教育的逻辑

The Logic of Education

罗崇敏　著

人民出版社

罗崇敏，出生于中国云南，经济学博士，博士生导师，现履职云南省教育厅。曾有下乡知青、乡村医生、工厂职工、中学职员、代课教师、党校教员、机关秘书的经历。先后履职于云南省江川县政府，中共江川县委、中共新平县委、中共玉溪市委、云南民族大学、中共红河州委、云南省委高校工委、云南省教育厅。系中国作家协会会员、书法家协会会员、哲学学会会员、经济学学会会员。涉猎哲学、社会学和经济、政治、教育、文化、艺术、医学、军事、武术等领域的学习研究和实践探索。

我追求的不是众人未见，而是众人所见但未思更未行。

——罗崇敏

我致力于研究的是，植根知识经济时代，发展人的生命、生存和生活，引领人类社会文明进步的现代教育。

　　我力图构建的是，以人的自由全面发展为目标，以公平教育为基础，以价值教育为灵魂，以能力教育为核心，以教育制度为保障的现代教育逻辑体系。

　　我所追求的是，以国际化思维、本土化行动、现代化目标的理念，深刻反思，理性批判，积极探索，勇于实践，不丢失肩负促进中国和世界的现代教育发展的一个机会和一份责任。

罗崇敏

2010 年 10 月 12 日

目　录

第一章 价值—能力—制度：
观察教育的三个维度

第一节 观察教育的三个维度及其相互关系

2009 年，电影《高考 1977》在全国热映。这部影片，以 20 世纪 70 年代末东北某农场一群知识青年的经历为线索，反映了那个年代"恢复高考"给中国社会带来的震动和影响。在恢复高考 30 年之际，一批关于当年恢复高考的文献资料、回忆录面世，激起了从那个时代走过来的人青春的回忆。观看这些作品，翻阅这些文献，我们都能体会到人们对于 30 年前"恢复高考"的赞美。正是由于这样一个决策，不仅成千上万的青年人就此改变了人生的轨迹，而且在全国上下形成了"尊重知识、尊重人才"的氛围，推动着百废待兴的祖国迈开了 30 年飞跃发展的步伐。然而，就是在这部影片上映的同时，恢复 30 年的中国"高考制度"，正在受到来自各方面越来越严厉的批判。一些过度激愤的言论甚至把"高考制度"说成是制约中国教育改革和发展的"万恶之源"。

基本相同的考试形式，大致相近的考试制度，前后 30 年，出现反差如此巨大的评价。这一现象，值得研究。在研究中，我们深深感到，除了在一些具体的考试内容、操作方式、成绩运用等方面确实需要适应时代的变化做出改变之外，最为重要的是，还是要从教育的"价值取向"着手，进行反思。

一、"价值取向"：教育变革的动力源泉

教育价值是人们对教育本真意义的追求，它既是关于教育问题的最基本的观点，也决定了对教育目的的认识、对教育方针的制定、对教育功能的选择和对教育活动的评价。对教育问题的思考源于对教育价值的思考。日本教育家小原国芳在他的《完人教育论》中就曾经说过："我认为，迄今为止教育研究的一个重大缺陷就在于忽视对于价值体系的探讨。"①

"价值"一词，人们耳熟能详。价值是主体与客体之间的一种关系范畴，价值的本质就是客体主体化与主体对象化的统一。客体主体化就是指客体对主体的效应，主要是对主体发展、完善的效应，从根本上来说就是对社会主体发展、完善的效应；主体对象化是指主体将其本质力量作用于客体，促进客体向着有利于增强主体本质力量的方向发展。所以，任何一种事物的价值，从广义上说应包含着两个互相联系的方面：一是事物的存在对人的作用或意义；二是人对事物有用性的评价与发展。价值是人之存在和目的性的证明。由于事物（客体）对增强、发展人（主体）的本质力量具有一定的社会性和历史性，所以，价值是绝对与相对的统一、客观与主观的统一。总之，价值是标志着人与外界事物关系的一个范畴，是在特定历史条件下，外界事物的客观属性对人所发生的效应和作

---

① 〔日〕小原国芳：《完人教育论》，转引自《教育学文集·教育目的》，人民教育出版社 1989 年版，第 313 页。

用以及人对之的评价与发展。

德国教育哲学家布雷钦卡指出："教育是成年人向成长中的一代提供的关怀。这种关怀又与成人对其所属社会及其文化的关注密切相关。父母、教师及其他的教育者所进行的教育活动，不仅影响相关的儿童和青少年，同时也间接影响这些孩子所属群体以及所属群体的未来。因此，教育并不单纯是私人的事务，同时也是群体和社会的事务。"[①] 由此可知，作为人类生活和发展一个重要组成部分的教育，它的"价值"，或者说教育活动的"有用性"、"效用"，是人们在有意识地掌握、利用、接受及享有教育时，对教育活动有用性的看法和评价。和人们审视和判断一般事物的"价值"一样，在审视和判断教育的价值时，人们总是以一定的利益和需要为根据的。由此，可以这样认为，"所谓教育价值，是指作为客体的教育现象的属性与作为社会实践主体的人的需要之间的一种特定的关系，对这种关系的不同认识和评价构成了人们的教育价值观。"[②]

在教育研究的领域，关于"教育的价值"，一般体现在对"什么是教育"和"教育为什么"这两个问题的回答上。

雅斯贝尔斯曾经指出："教育须有信仰，没有信仰就不成其为教育，而只是教学的技术而已。教育的目的在于让自己清楚当下的教育本质和自己的意志，除此以外是找不到教育的宗旨的。"[③] 人们对于"教育是什么"的回答，说到底就是对"什么样的教育才是好教育"的看法。对于这个问题的回答，在人类发展的历史上，大致有三种倾向：

---

① 〔德〕布雷钦卡：《信仰、道德和教育：规范哲学的考察》，华东师范大学出版社 2008 年版，第 1 页。

② 王坤庆：《现代教育价值论探寻》，湖南教育出版社 1990 年版，第 9 页。

③ 〔德〕雅斯贝尔斯：《什么是教育》，生活·读书·新知三联书店 1991 年版，第 44 页。

其一是"社会理想主义的教育观"。这种观点，"肯定社会既成的思想、制度、道德的合理性和优越性，认为教育的使命主要就是继承社会的传统，使人在思想、道德、品行等方面尽快地社会化。"最能体现这种观点的是以中国古代孔子为代表主张"修道以为教"的东方社会理想主义教育观、以古希腊柏拉图为代表主张"培养哲学王"的西方社会理想主义教育观。

其二是"科学主义的教育观"。这种观点认为，"教育的目的是使人了解自然的规律和提高人的工作效率，重视对自然知识的掌握和对自然现象的研究，强调人在征服自然的过程中自身力量的实现；它把传授科学知识当作教育的中心任务，把提高人的思维能力和智慧水平，获得职业技能当作教育的基本目标。"最能体现这种观点的有以苏格拉底、亚里士多德、洛克等为代表的主张教育必须以"启智"，即以训练"心智功能"为主的"形式教育派"和以培根、斯宾塞、赫尔巴特等为代表高举"知识就是力量"的旗帜，主张以学习和掌握"最有价值的知识"为主的"实质教育派"。

其三是"人文主义的教育观"。这种观点，"以人的和谐发展为目标，希望人的本性、人的尊严、人的潜能在教育过程中得到最大的实现和发展。""反对教育以预设的、人为的、外在的教育目的支配教育，主张以学生自身的发展为目的，强调发展人的天性，发展人的个性，发展人的潜能。"最能体现这一教育观的有中国老庄的"顺性达情"、西方夸美纽斯的"和谐发展"、卢梭的"以天性为师"以及马斯洛的自我实现理论、朗格朗的"终身教育"理论等。

从这个简短的回顾中，不难看出，处于不同的时代，具有不同的学术背景和政治、哲学主张的人们，对于"教育是什么"会有不同的回答。这些回答，说到底体现了他们对"什么是最好的教育"的理解和解释，体现了他们对于"教育"这一社会现象的认识和评价，也决定了他们的教育价值观。然而，这些对"教育是什么"的回答，有一个共同点，那就是他们自觉不自觉地把"教育价值"定位在"适应"和"传承"上。

教育是"引领"和"继承"、"适应"和"创新"的辩证统一，但从本质上讲，教育是引领性事业，而非适应性工作。在人类社会发展的早期，受到现实生产力等多种因素的制约，教育的"传承"自然就会多于"引领"、"适应"自然就会多于"创新"。然而，当人类社会进入"工业社会"并进而进入"知识社会"时，教育的"引领"和"创新"，第一次超越了"传承"和"适应"，成为教育的主要功能。人类最不可思议的是教育。人类作为宇宙的产物，居然能够理解宇宙；人类作为自然的一部分，居然能够创造出一个有别于自然的世界；人类作为生物圈里的一个物种，居然能够认识任何一种生物。这都得益于教育，教育使人类进化，教育使人类发展，教育使人类智慧，教育使人类崇高。随着社会生产力的发展，随着人类社会从"农业社会"经过"工业社会"向"后工业社会"的转化，随着人类文化传递由"后喻型"为主向"前喻型"为主的转变，随着教育的终身化和生活化发展，教育，在人类生活中的地位发生了天翻地覆的变化。在现实生活中，教育的"传承"和"适应"依然存在，但是"传承"和"适应"已经不是它的主要任务。作为引领人的发展、引领社会进步的"第一动力"，教育正以崭新的面貌出现在人类社会。

这种"引领"和"创新"的作用，主要表现在以下几个方面：

一是引领人的思维方式转变。思维是人类的花朵，教育从根本上讲是提高人的思维能力和思想水平的活动。通过教育手段提高人的具象思维和抽象思维能力，提高逻辑思维和辩证思维能力，提高发展性思维和创新性思维，使人和一般动物走得越来越远。

二是引领社会生产方式转变。社会生产方式是由人构建的，社会生产方式的文明程度和进步水平是由人的素质决定的。教育促进包括生产力和生产关系在内的社会生产方式由低级向高级的转变，使人类的再生产从盲目走向自觉，使经济的发展从主要依靠资源走向依靠人的素质提高和科技进步，从而带动整个社会的前进。

三是引领社会生活方式转变。除了生产活动以外的人类社会生活活动方式的总和的社会生活方式，它包括消费生活、社会生活、精神生活等多方面，是生活主体即人的生成方式和人自身的需要满足与实现方式。社会生活方式体现了人的素质和社会的文明程度。教育使人们远离愚昧、落后、迷信、奢侈、非理性、无道德、不健康的生活行为；教育培养人的良好生活行为，崇尚自然、崇尚环保、崇尚节约，使人们健康生活、文明生活、幸福生活、尊严生活。

四是引领社会管理方式转变。国家管理、全球治理的主体是人。公平比太阳更有光辉，正义比权力更有力量。教育催生人类社会公平、正义、民主、和谐的社会管理制度；教育增强公民的社会管理意识和参与社会管理的能力，促进人人享有基本公共服务平等权利和均等机会；教育推进社会管理的民主化、法制化和科学化；教育提高社会管理者和国家统治者的管理素养和管理能力；教育促进社会管理和全球治理从低级走向高级，从专治走向民主，从不平等走向平等。

我们可以看到和已经看到的现实告诉我们：教育是指向人的生存、生活目的，它使人认识到自身存在与生活的目的与价值，使人成为有价值的人。教育引领未来，是我们这个时代的最强音；教育的价值取向，将直接引领整个社会的发展方向！就是在这样一个基点上，也只有站在这个基点上，我们才能更深刻地认识和把握教育的价值：求取知识，求取生存，求取幸福生活！

人们对"教育是什么"的回答，体现了人们对"什么才是最好的教育"的认识和评价，形成的是"教育的价值观"，这种价值观必然深刻影响人们在教育活动中对教育内容、教育行动的选择。在价值观指导下，人们从事社会活动，必然带有一定的价值取向。

价值取向是指价值主体在社会活动、社会关系中所持有的基本价值立场、价值态度以及所表现出来的基本价值倾向。价值取向具有实践品格，它的突出作用是决定、支配主体的价值选择，决定价值活动的效应，价值取向的合理化是人类进步与发展的重大诉求。

在教育领域，教育"价值取向"首先体现在"教育目的"的理解和表达上。布雷钦卡指出："教育是一种努力改善、完善或提高受教育者的人格的尝试。教育行动就像教育机构一样，不过是实现这种目的的手段罢了，尽管有时它们并不一定就是恰当的手段。教育行为之所以产生，是因为人们会设定并追求一定的教育目的。因此，在施教之前，必须存在一定的教育目的。不管教育者是谁，他都必须首先知道他追求什么样的目的，或应该追求什么样的目的。只有目的设定以后，寻求实现目的的教育方法才有意义。"①

对于"教育为什么"即"教育目的"的问题，同样也是见仁见智。英国教育家约翰·怀特在他的名著《再论教育目的》中曾作出这样的概括："一些人认为教育应当从自身出发提高学生的理解力（或者知识，推理能力以及智力）；另有一些人则认为，教育应当帮助每个学生充分发挥自己的潜力。有些人把'个性'和'自治'看作头等重要的东西。有些人相信全面发展，相信在理论知识和实践成就之间，在艺术和科学之间达成某种平衡；另外一些人则更重视在一些专门领域中取得杰出成绩。还有一些人提倡社会需求，倡导确保为社会提供一支人数众多的劳动大军以及确保知识分

① 〔德〕布雷钦卡：《信仰、道德和教育：规范哲学的考察》，华东师范大学出版社2008年版，第1页。

子参与的民主制度。一些人强调艺术与文化，另一些人强调人的道德品质。总之，教育目的之多几乎无穷无尽。"① 当前，理论界对"教育目的"主要概括为四点："工具主义教育观还是本体主义教育观"、"教育是通向平等的人口还是社会成层的手段"、"教育是倾向于'社会化'还是'个性化'"、"通才教育还是专才教育"。② 这四个方面的"教育目的"深刻体现了"教育为什么"的两个不同的视角：即"以满足社会发展需要为取向"的"社会本位论"和"以促进人的充分成长为取向"的"个体本位论"。之所以形成不同的"教育目的"观，说到底，就是因为教育的"价值取向"不同。

"为了个体发展"和"为了社会发展"是现代教育两个基本的价值取向。前者认为，人是教育的主体，教育的目的在于满足个人发展的需要，教育的最终价值在于人的自我价值实现，在于达到个性的全面发展。这种观点被称为"个人本位"教育价值观。后者认为，人才培养应该以社会需要为前提，因为人的本质终究是"社会关系的总和"，任何受教育者的个人需要，均无法脱离社会需要而存在，加之教育本身就是一种社会活动，所以教育的最终目的在于满足社会的发展。这种观点被称为"社会本位"教育价值观。这两种教育价值观是人们出于对教育本真意义的追求，在对教育的基本问题进行了长期思考与实践的基础上形成的观点，都有各自的历史渊源和产生背景，都有丰富的理论依据和思想内涵，在不同历史时期，二者交替占据主流地位。

教育，是发展人的生命、生存和生活，促进社会文明进步的社会活动过程。教育作为一种培养人的实践活动，总是把促进人的全

---

① 〔英〕约翰·怀特：《再论教育目的》，教育科学出版社1992年版，第3页。
② 袁振国主编：《教育原理》，华东师范大学出版社2001年版，第42~97页。

面发展作为最根本的追求；而社会的发展需要建立在人的发展基础之上，通过人的发展来实现。因此，教育最根本的价值还是在于促进人的发展，这也是教育的内在价值所在。推动社会进步要以人的发展为前提，因此它是教育价值的进一步深化，体现了教育的外在价值。教育的内在价值和外在价值是不可分割的整体，这两种教育价值观的长期对立，导致了人们关注的中心问题始终在个人需要和社会需要二者之间徘徊，并陷入这种思维的樊篱难以自拔。恩格斯曾经指出："归根到底，自然和社会——这是我们在其中生存、活动并表现自己的那个环境的两个组成部分。"谈到教育价值，我们也不能把人与他所处的自然和社会绝对地对立起来。

教育价值高于一切价值。经济价值、社会价值、文化价值都是人创造的，而教育使人成其为"人"，成其为有价值的人。近代公共教育是借助于摆脱宗教、政治和权力而确立的。社会的要求本身并不是教育的目的，社会的传统和文化也并不是教育的内容。教育是从其自身固有的立场出发，琢磨、批判、精选社会的传统与现存文化，从而形成更高的需求和文化。教育所具有的这种理想性、批判性、创造性，使得教育摆脱了社会的垄断性支配，赋予教育价值高于一切的价值。崇尚和敬畏教育价值也必然是人类共同的、基本的价值取向。

过去，我们研究教育"价值取向"，主要依据两个方面的需求：一是所处时代经济社会发展的需要；二是作为教育对象的个体成长的需要。这两大因素又各有纷繁复杂的多样形态。教育作为社会系统的一个子系统，它的存在和发展，取决于它对这两种"需要"的认识和满足程度。然而，当我们运用"教育引领发展"的思路来考虑这个问题时，还应该加上教育"价值取向"的第三个维度——"未来社会的发展趋势"。只有认识到这一点，教育，才算是真正尽到了自己的义务。

处于一定时代的教育工作者，对一个时代主流的教育"价值取向"的理解、接受程度，直接影响他们所从事的教育活动的效率和效能，而且直接影响社会对教育的热情与认同。从这个意义上讲，教育的"价值取向"是任何时代教育发展的原动力。随着教育在人类社会中"领先"地位的确立，它必将越来越成为引领社会发展的动力。

二、"能力选择"：教育价值实现的途径

"价值"是隐形的、潜在的，它必须通过物化的形式和途径才能得以实现，从而发挥其引领人与社会发展的作用和功能。小原国芳曾提到，"我想，如果能确立起价值体系，然后制定出教育目的并正确选择各门教学科目的话，则教育的各种作用便可得到正确发挥，因此，研究价值体系亦即研究人。"[①] 在这篇《完人教育论》里，小原国芳在介绍了西方教育学家对教育价值研究成果的同时，结合日本的实际，提出了"真、美、善、健、富"的"教育价值体系"，提出了相应的实施方案。因此，他成为了日本现代教育的奠基人。

"科学求真，艺术唯美，教育向善"。虽然不同的时代，人们对教育价值取向的认识和表述会有所不同，但对"真、善、美"的追求、对"生命、生存、生活"的"有用"性追求，是教育价值取向永恒的标准和主题。虽然不同的时代和社会，对"真、善、美"和"有用"的理解和诠释未必一致，但人们已经深刻意识到，教育的价值或功能，只有通过育人——提高人的素质和能力——才能得以实现。因此，每个时代，人们都会问"什么样的知识（能力）

---

① 〔日〕小原国芳：《完人教育论》，转引自《教育学文集·教育目的》，人民教育出版社1989年版，第307页。

最有用"的问题，并由此确定主流的课程，实施对人的教育，发挥教育的功能，实现教育的价值。

教育的"价值取向"，首先体现在对教育内容的选择上。这个选择的物化形式，就是广义的"能力观"，以及基于这种"能力观"对于"教什么"和"怎么教"两大问题的回答，也就是学校"课程"的设置和实施的问题。国际课程论专家菲利浦·泰勒指出："课程是教育事业的核心，是教育运行的手段。没有课程，教育就没有了用以传达信息、表达意义、说明价值的媒介。"① 因此，教育的"价值取向"，必须体现学校的现实"课程"，才能发挥其作用。教育的"价值取向"决定了一个时代教育发展的方向，决定了人们对教育内容的取舍，决定了实施教育的方法和路径。而在学校实际执行着的"课程"，就是推进教育价值得以实现的具体路径。

课程，源出于拉丁语"跑道"，后转义为教育术语，意为"学生的学习路线、学习进程"。在我国，"课程"始见于唐宋之间。宋代朱熹《朱子全书·论学》中的"宽着期限，紧着课程"、"小立课程，大作功夫"等句所涉及的"课程"指的是"学习的范围、期限、进程"等意思，已经接近现代课程概念。随着人们研究的深入，对什么是"课程"的理解也逐渐增多。有人梳理过"课程"的定义，达数十个之多②，代表性的"课程概念"主要有6种：课程即教学科目、课程即有计划的教学活动、课程即预期的学习结果、课程即学习经验、课程即社会文化的再生产、课程即社会改造。③"从广义说，课程是指学生在学校获得的全部经验。其中包括有目的、有计划的学科设置，教学活动，教学进程，课外活动以及

---

① 〔英〕菲利浦·泰勒：《课程研究导论》，辽宁教育出版社1990年版，第11页。
② 陈玉琨等：《课程改革与课程评价》，教育科学出版社2001年版，第3~5页；瞿葆奎主编《教育学文库·课程与教材》，人民教育出版社1988年版，第245~282页。
③ 施良方：《课程理论》，教育科学出版社1996年版，第3~7页。

学校环境和氛围的影响。"①

一般认为，"教什么"的问题，直接体现了教育的"价值取向"。在这个问题上，人们要回答的是"课程形态：学科课程还是经验课程"、"课程内容取向：面向现实还是继承传统"、"课程组织：依据学生认识心理还是学科知识的逻辑顺序"等问题②。"怎么教"则更注重于"用什么方式更有效地实现教学目标"的"技术方面"，具体要回答的是"向书本学还是在做中学"、"发现式还是讲解式"等技术问题，但其本质，还是与人们的教育"价值取向"密切相关。例如，如果你所持的是"个性化"发展的价值取向，那么，在"怎么教"的方法选择上，你自然会偏重于"发现式"、"做中学"。

总之，通过对不同时代教育的课程选择和课程实施，我们可以非常清晰地把握教育的价值取向是如何落到实处的，也可以从学校实际执行着的课程，来分析和梳理教育的价值取向，以及存在的问题和今后改革的方向。

三、"制度建设"：教育发展的切实保障

唯有制度可以兴国。一个富有理性、高素质的民族，应该是崇尚制度的民族。因此，人们的"价值取向"和"能力选择"，要切实得到实现，从根本上说，就需要通过设计和安排合理的制度加以保障。一般认为，"制度"既包括要求成员共同遵守的、按一定规程办事的规则，如工作制度、学习制度等，也包括在一定的条件下形成的政治、经济、文化、教育等的规则体系。它既规定了在从事一定活动中必须遵守的基本准则，也规定了从事该类活动必需的各

① 陈玉琨等：《课程改革与课程评价》，教育科学出版社2001年版，第4页。
② 袁振国主编：《教育原理》，华东师范大学出版社2001年版，第205~259页。

种条件和基本程序。因而，一般也称之为"机制"。

　　一个机构或组织系统之所以能够成为一个系统，就是因为它具有一套明确的、具有约束力的运行和协调规则，这套规则为系统的每个要素所理解和遵守。反过来说，一定的制度或规则总是以一定的组织或机构系统为对象的，起到制约和协调机构或组织之间及其内部的各种关系的作用。不存在没有规则的机构或组织，就像不存在没有实施对象的规则一样。

　　教育制度，可以从广义和狭义两个方面讨论。广义的教育制度，是人们从事教育活动所必须"共同遵守的、按一定规程办事的规则"和"在一定的条件下形成的体系"的总和。它包括生活惯例习俗、教育教学制度、学校管理体制、学校教育制度（学制）、教育行政体制等方面。狭义的教育制度，特指"一个国家或地区各级各类的教育机构与组织的体系及其管理规则"。它包含了"教育教学制度"、"学校管理体制"、"学校教育制度（学制）"、"教育行政体制"等一系列以学校为中心的法律法规和规章制度的总和。一定时代的教育制度，源自于人们基于这一时代社会发展需要而产生的"教育价值观"以及由此对"教育内容的选择"，并且为这两项的落实提供保障。

　　在所有的"制度"中，"学校"是迄今为止最具有特色的人类对教育活动的一种"制度化"安排。在原始社会，人类的教育活动主要是通过社会群体之间的生产活动而发生、发展。随着社会生产力的发展，当社会生产活动日益复杂，人们已经不可能在家庭范围内进行传递经验的时候，学校就应运而生了。夸美纽斯在《大教学论》中曾指出，"由于人类职务和人类数目的增加，所以很少有人具有充分的知识或充分的闲暇去教导自己的子女。因此就兴起了一种贤明的制度，为儿童的共同教育选出一些有丰富知识和崇高道德的人。这种教导青年的人叫做导师、教师、教员或教授，作为这种共同教导之用的场所就叫做学校、小学、讲堂、学院、公立大学或大学。"① 其实，随着社会的发展，随着"终身教育"思想的普及，影响人和社会发展的教育活动，已经不仅仅是学校教育，它已经是一个包含社会教育、学校教育、家庭教育等多种类型、多种样式的"大家族"。这些具有不同名称的"教育"，各有特点，相得益彰，共同构成整个社会的"教育大厦"。但迄今为止，"学校"依然以其"规范化"、"程序化"、"系统化"为特征的"制度安排"而居主导地位。现代人必须具备的基本素质，就是通过这样的"制度安排"得以实现的。

"学校是一种制度的存在"——其实何止是学校，整个教育本身就是人们为实现有效提升人的能力、满足社会各方面要求而设置的"制度"安排。它包括了一个人接受教育内容和程度的序列（学制）的安排规定，包括了教育与其他社会领域各要素的相互关系的规定，包括了不同类型学校之间关系的规定，也包括了学校内部各基本要素的构成以及相互关系的规定。可以这样说，在法制健全的社会，对"教育"的这种制度安排，不仅体现了整个社会的教育价值观，而且还为教育价值观的实现以及能力选择等落实提供切实的保障。

在确保教育的"价值取向"实现和"能力选择"落实的过程中，教育制度的作用不可低估。我们仅以"学校课程制度"为例。

"学校课程制度"是规范、引导和促进学校课程开发活动的一整套规则体系。它是在学校时空范围内形成和制定的、强制要求参与学校课程建设的有关人员共同遵守的程序、步骤和规范体系。这个体系也是随着教育价值取向和能力选择而构建和发展的。我们知道，学校课程制度，大体包括"学校课程计划与审议制度"、"学

---

① 〔捷〕夸美纽斯著，傅任敢译：《大教学论》，教育科学出版社1999年版，第33页。

校课程资源开发和利用制度"等几方面的制度。以"学校课程计划和课程审议制度"为例，在实行集权制的教育制度下，学校几乎没有这方面的权利，因此也没有建立这类制度的需要。在现代教育制度下，当课程成为体现学校教育价值取向和能力选择的重要载体时，这一制度的必要性就会充分表现出来。对一个学校所开设课程的必要性、可行性等进行集体审议的制度，源于美国课程论专家施瓦布，他在批判传统课程理论的基础上，提出了课程开发的"实践模式"，在这个"模式"中，通过"集体审议"来解决"课程问题"是十分重要的内容。施瓦布认为，所谓"课程审议"，就是对构成课程的"学科内容"、"学生"、"环境"、"教师"等四个基本要素进行"协调和平衡"，以便使学校的课程更为合理有效①。这一思想，在"工业时代"向"后工业时代"转换过程中，由于能够体现新时代的教育价值取向、培养符合时代要求的人才而得到了人们的普遍认可，在我国中小学新一轮课程改革中，确立了"三级课程管理"制度，学校在"学校课程决策"中，建立"课程审议制度"，成为基础教育课程建设民主化进程中的重要一环。尽管在中小学课程实施中，对于"国家课程"和"地方课程"的板块，学校并没有太多的自主空间，但在如何有效地实施这两类课程，即"国家课程（地方课程）校本化实施"方面，学校还是有很大的自主空间。至于大学、成人教育方面的"课程审议"，更是确保这些教育机构落实"能力选择"、确保"价值取向"实现的重要制度。

　　"学校课程制度"可以看成是"制度保障"的缩影。它的设计和落实，涉及到外部的有关规定，例如来自国家的"教育法"等法规对"教育价值取向"的规定、来自国家教育行政部门的"课程标准"对"能力取向"的约束，但更主要的是学校办学者、教师

————————

①　施良方：《课程理论》，教育科学出版社1996年版，第204～206页。

的教育价值观以及他们对能力选择的认识。可以想象，只有当来自学校外部和内部的"价值取向"、"能力选择"趋向一致时，教育的作用和意义才能得到最大限度的实现。而在实现这个"趋向一致"的进程中，离开了以"法规"、"课程标准"、"学校章程"、"学校课程制度"等制度保障，效果必定会大打折扣。

四、观察教育三个维度的内涵揭示

综上所述，价值、能力、制度，构成了人们认识、研究教育发展的三个重要维度。三个维度相互依存，相互促进，共同构成以人为根本的现代教育核心逻辑体系。对于任何社会、任何时代教育的研究，只要把握住"价值"、"能力"、"制度"这三个要素，就能真正把握教育发展的秘诀。古代教育是这样，现代教育也是这样。为了方便讨论，我们把这三个维度，分别用"价值教育"、"能力教育"、"制度教育"来加以命名。

所谓"价值教育"，就是要从价值取向上，形成人们的共识：教育，不仅能促进人的全面发展，使人成其为人；而且能适应社会发展需要，使社会更加和谐；更能把握社会发展的方向，引领人们走向未来。现代教育，特别是中国特色的现代教育，要围绕建设社会主义核心价值体系的目标，以"教真育爱"为根本的价值取向。所谓教真，就是教育要教导真理，追求真理，传承真理，使受教育者热爱真理，求取真知，做真人，做真事。所谓育爱，就是教育要培育受教育者的爱心，爱自己，爱他人，爱团体，爱党，爱国家，爱民族，爱社会，爱人类，爱自然。追求教育终极价值，必须从家庭教育、学校教育、社会教育全面展开，要从每一个老师、每一个学生、每一个家长自身的追求开始。

所谓"能力教育"，就是要通过"能力选择"、"课程设计"等方法和途径，确保教育的实施能够真正体现时代特征与价值取向，使每个社会成员都能获得最大的发展，有效地促进自然和人文等资源向物质、文化及精神财富的转化。这里所说的"能力教育"，是与"应试唯一教育"相对立的，所要表达的是教育过程的根本任务在于全面提高人的学习能力、适应能力、实践能力、合作能力、发展能力、创造能力和社会责任能力等，从而促进人的能力全面提升。实施"能力教育"，要积极构建满足"社会发展需要"和"个体成长需要"的课程体系以及与之相适应的教学体制。

所谓"制度教育"，就是要创设一个良好的社会环境，使符合时代特征和要求的"价值教育"、"能力教育"得以完美实现。发展现代教育，需要创造有利于各种教育资源充分涌流和科学整合，有利于教育主体的积极性、创造性充分发挥的体制机制。教育制度的设计和执行，包括以公共治理和公共服务为基本特征和内涵的国家宏观制度设计和执行，以学校在规范基础上自主发展形成特色为基本要求的微观制度设计和执行，以及促使社区、家庭等共同育人的中观制度设计和执行。必须顺应知识经济和知识社会的要求，必须适应市场经济和社会发展的需要，必须遵循现代教育发展规律，要正确处理国家与地方的关系、市场与学校的关系、政府与市场的关系。构建政府宏观管理，社会广泛参与，市场适度调节，学校自主办学四位一体的发展模式。坚持基础公平、效率优先原则，推进收入分配绩效化。推进政府管理法制化，依法确立政府与学校的关系，政府依法对学校进行教育区域规划，学校办学方向、办学质量效益评价和办学资金拨付的管理。推进学校内部体制机制创新，落实学校办学自主权。

价值教育是现代教育的灵魂，能力教育是现代教育的核心，制度教育是现代教育的保障，三者相互依存，相互支撑，相互促进，充分发挥现代教育适应当代经济和社会发展，引领时代和个人不断进步的功能。

以中国古代的科举制度为例。创始于隋朝终结于近代，在中国历史上存续与发展1000多年的"科举制度"，对中国封建时代的教育产生过极大的影响。封建时代，中国幅员辽阔，经济和科技不发达，在这样的社会背景下，需要充分理解、自觉运用统治思想为统治阶级利益服务的"人才"。在"独尊儒术"成为统治阶级思想的背景下，以熟读、精通"四书五经"为标准来选拔人才，成为必然的选择。因为，这不仅可以在形式上确保一些人通过对儒家学说的钻研获得"真才实学"，改变自己的命运，而且也能够为统治阶级管理国家与社会选拔适当的人才。可见，科举制度的产生和设计，很好地解决了"满足社会需要"和"个人充分发展"的矛盾，确实有它的"合理性"和"先进性"。作为一种"开放报名、公平竞争、择优录取的考试制度"，甚至有人认为，科举制度是中国对人类文明的"第五大发明"。事实上，从现代西方的文官制度、各国的公务员遴选制度等制度中，都可以找到"科举制度"的影子。

现在看来，产生于那个时代、适应人才需要的"科举制度"，以及由此所形成的全社会对"人才"、对如何"成才"的认识，成为那个时代的人们对于"什么是好的教育"的认识，这深刻地影响着人们的教育"价值取向"。科举制度对于促进封建时代的教育发展，引领那个时代社会的发展，都起到了持久的作用。但"科举制度"本身也存在历史的局限性。正像中国"四大发明"一样，当这些"发明"的影响力和对人类发展的作用与日俱增的同时，它们的"局限性"也同样在发展、变化、放大。当时代环境发生巨大变化时，这些"局限性"若不加以变革、消除，总有一天会使整个"发明"走向它的反面，从促进发展的动力演化为制约发展的桎梏。

1905年，之所以必须要"废科举"，不在于"科举考试"作为一种"开放报名、公平竞争、择优录取"选人程序的本身，而在于"科举考试"教育"价值取向"所带来的危害"极大化"。人类所处的世界已经发生了巨大的变化，中国社会的发展和每个人的成长，都有了许多新的需要，有了许多新的内容，但是"科举考试"却还是依然按照几百年前的"定制"在"考选人才"。因此，科举制度"寿终正寝"、被历史所淘汰，是必然的。在批判科举制度时，科举制度被误解、被妖魔化，这自然是有其历史局限。在分析批判"应试唯一"的教育取向时，将"科举"和"高考"做简单类比，并以此作为否定并取消高考的理由，在我们看来，是一种"矫枉过正"的思维，不值得提倡。"文革"时期的许多惨痛事实证明，尽管以"科举"为代表的考试制度有弊病，但彻底"废止考试制度"必将对社会、对人才的成长造成更大的祸害。正是基于这种认识，人们才会对1977年"恢复高考"表现出极大的热情。经过变革以后的"考试选才"方法，从"公平竞争"和"平等择优"的角度上来看，与"科举制度"是一脉相承的。之所以后来人们对"高考制度"产生质疑问难，说到底，还是应该从"教育的价值观"以及由此带来的对"价值—能力—制度"三者关系的相互匹配和支撑上去认识、分析，并找到对策。

我们知道，教育的根本目的是育人，学校教育更是如此。"考试"绝不是学校教育的目的。在我们社会生活中的"考试"比比皆是，除了中考、高考之外，又有多少考试和我们的学校教育相关呢？把学生"通过考试"作为学校的根本任务，这完全是我们教育部门和学校"自作多情"的结果。考试是什么？无非是一道质量检验工序而已。产品有品质，还怕检验吗？一个工厂，如果只为了通过某个产品的技术标准而生产、管理，这个工厂就不会有前途，任何一个有远见的企业家也不会这样做。从教育的角度看，如果我们的学生各方面的品质（包括面对考试检验能应对自如的发挥自己水平的品质）都很强，"考试"怕什么呢？我们所能见到的现实是：越是层次高、发展好的学校，"应试唯一教育"的成分越低；越是层次低、发展落后的学校，"应试唯一教育"的成分越高。这种现象说明了什么呢？仅仅是学生素质好吗？仅仅是社会就业的压力吗？都不是。关键还在于我们的教育"价值取向"出现了失误。

由此，可以回答开头提到的问题：当我们观察关于高考的议论时，30年来为什么会出现这样大的差异时，不能只是"浮光掠影"、"慷慨激昂"的声讨，而应该从"教育价值观"和"价值取向"的视角，做一些实实在在的反思！

第二节 "艰难的日出"：价值—能力—制度 视角下的中国百年教育

三年以来，在人民解放战争和人民革命中牺牲的人民英雄们永垂不朽！

三十年以来，在人民解放战争和人民革命中牺牲的人民英雄们永垂不朽！

由此上溯到一千八百四十年，从那时起，为了反对内外敌人，争取民族独立和人民自由幸福，在历次斗争中牺牲的人民英雄们永垂不朽！

这镌刻于天安门广场人民英雄纪念碑背面的碑文，人们耳熟能详，它高度概括了中国一百多年的历史。从中国历史的进程来看，1840 年，是中国几千年以农业为主体的社会向工业社会变迁的开始。从那个时候开始，中华民族经历了几千年来从未有过的阵痛。在这个以沦落和抗争为主要形式的阵痛中，中华民族开始了"现代化"的步伐。1949 年，以"中国人民站起来了"为标志，中国完成了现代化的第一阶段。随后的 60 年，我们在摸索中前行，在曲折中发展，以"中国人民富起来了"为标志，在"改革开放"的进程中，实现了现代化的第二阶段。从 1840 年开始的这一百七十多年的历史，中国教育，和着民族发展与前行的步伐，同样在摸索中、曲折中前行……这里面，有欢乐、有遗憾；有经验、有教训。运用"价值—能力—制度"的框架，对这一段历史进行回顾梳理，有助于更好地认识我们所面临的教育的起点和未来的发展。

一、百年阵痛："救国图强"的社会责任与教育的价值取向

在 1840 年以前的数千年历史的长河中，中国的社会、中国的经济、中国的教育，一直处在世界发展的前列。然而，当西方以"文艺复兴"、"地理大发现"，特别是以"蒸汽机的应用"等为标志的革命，"仿佛用法术创造了如此庞大的生产资料和交换手段"，"它第一次证明了，人的活动能够取得什么样的成就"，"资产阶级在它的不到一百年的阶级统治中所创造的生产力，比过去一切世代创造的全部生产力还要多，还要大。自然力的征服，机器的采用，化学在工业和农业中的应用，轮船的行驶，铁路的通行，电报的使用，整个大陆的开垦，河川的通航，仿佛用法术从地下呼唤出来的大量人口，——过去哪一个世纪能够料想到有这样的生产力潜伏在

社会劳动里呢?"① 这一后来被称之为"第一次产业革命"的变革,使在西方各主要国家先后确立起资本主义制度,并打破了国与国之间的樊篱,将古老的、尚处于农业文明中的中国卷进了世界商品经济的旋涡。作为四大文明古国之一,充满智慧的中华民族,曾经创造了无比灿烂的文化和悠久文明,在世界向"现代化"发展的关键时刻,这头"东方的狮子"却昏昏欲睡,沉浸在"天朝大国"的幻想之中。鸦片战争的炮声,轰开了"闭关锁国"的大门,尚在沉睡的中国人,在猝不及防中,感受到了灾难的降临。转瞬间,"文明大国"的美梦被打得粉碎。华夏大地,满目凄凉;百业凋敝,积贫积弱;丧权辱国,国土被瓜分;一时显赫于世界的大清帝国,处在风雨飘摇之中。

面对着这样的历史和社会背景,教育,不可能超然于社会历史发展的进程之外,"救国图强"不能不成为从1840年开始的100多年中国教育"价值取向"的主旋律。

早在鸦片战争之前,在明代"实学"思想和后来的"西学东渐"思潮的影响下,尽管有明清统治者的压制,但是在徐光启、黄宗羲、顾炎武等一批学者的推动下,学界和教育界已经开始关注西方的科技文化。尽管在严密的科举制度的统治下,这些西学、实学在教育界不可能有多大影响,但毕竟为中国学界和教育走出封建束缚,作了最初的探索。

鸦片战争前夕,在清朝统治者的严密控制和文字狱的高压下,整个社会处于"万马齐喑"的状况,但是,开始于明末的这股以"实学"、"西学"为主体的改革浪潮,正逐渐汇聚到"经世致用"的旗帜下,"经世致用"逐渐成为人们对人才、对教育提出的要求。龚自珍、林则徐、魏源等主张改革的知识分子,开始了"睁开眼睛

---

① 马克思、恩格斯:《共产党宣言》,人民出版社1997年版,第30~32页。

看世界"的历程。这不能不影响当时的知识界和教育界。鸦片战争的爆发，为这一思潮的最终形成提供了条件。有人曾这样评价这一思潮的历史地位："尽管这种主张的企图还是为封建专制统治效力的，对实学的理解还多半是综合汉宋、会通名实的体验，对师夷之长技也还主要限于器物层面，但从历史的发展来看，却具有承前启后，为中国教育走向近代化开拓先路的重大历史意义。"①

　　在鸦片战争炮火的轰击下，统治者迫于"闭不了关、锁不住国"的现实，不得已才选择了有限的"改革"。然而，被西方列强的入侵唤醒的有觉悟的中国人，他们在痛定思痛的过程中，开始关注西方、研究西方、学习西方，试图从中寻求民族独立、富强的道路。这个探索自然也会影响教育的发展。梁启超早在1923年2月发表的《五十年中国进化概论》一书中就概括了中国学习西方的历程：第一期，"先从器物上感觉不足"，觉得外国船坚炮利，"有舍己从人的必要，于是福建船政学堂、上海制造局等渐次设立起来"。第二期，"是从制度上感觉不足"，从甲午战败中，认识到"堂堂中国为什么衰败到这田地，都为的是政制不良"，于是发动了"变法维新"运动。第三期，"便是从文化根本上感觉不足"，因为辛亥革命以后，虽然政治制度变化很大，但文化上仍旧老一套，以致革命希望件件落空，后来，"渐渐有点废然思返，觉得社会文化是整套的，要拿旧心理运用新制度，决计不可能"②。梁启超的论述，可以说代表了1840年鸦片战争到1919年五四运动期间中国思想界、教育界探索"救国图强"的历程，也反映了这个时期人们对于教育价值取向的思考和实践。

---

　　① 董宝良、周洪宇：《中国近现代教育思潮与流派》，人民教育出版社1997年版，第28页。

　　② 董宝良、周洪宇：《中国近现代教育思潮与流派》，人民教育出版社1997年版，第2页。

现在看来，洋务派们"中学为体、西学为用"的思想，价值取向很明确：要战胜列强，必须发展经济！在这个共同的价值认识面前，他们以"器物文明"为追求的目标，自然会影响教育的价值取向。尽管此时，还没有现代意义上的"学校"，但在许多地方，教育，已经开始从"封建道德教育修养"的价值追求向"技术手段和工具"的价值追求转换，教育已经被人们认为是解决政治危机、实现富强独立的重要途径和手段。这种以"国家意识"为主，以"自强"、"求富"为目标的基本价值取向，代表了教育作为求强求富、向西方学习先进技术的手段，对解决各种尖锐复杂矛盾，维护国家的统一，具有现实的意义，它们的出现，尽管是那么弱小，但是已经呈现出教育引领社会发展的重要作用。

甲午海战的失败，使中国人终于明白仅仅学习西方的器物文明是远远不够的，西方的科学技术再发达，中国人学习得再好，如果缺少了有力的政治制度保障，最终还是功亏一篑。只有改变社会政治制度，跟上世界现代发展的步伐，才有可能使中国强大起来。于是，以"维新变法"为标志，开始了新一轮的探索。与洋务派相比，维新派也主张向西方学习、改造中国社会，但他们的视野已不仅仅是"器物文明"。他们开始关注"制度文明"等更为深刻的部分。在政治、经济上，他们比"洋务派"提出了更为完整和激进的改良方案，但是，维新派天生具有软弱性，把改革的希望寄托在封建统治者的身上，期望通过自上而下的改良道路发展资本主义，历史证明这是一条死路。在教育方面，或许已经意识到"教育引领未来"的道理，"戊戌变法"提出了"变法之本，在育人才；人才之兴，在开学校；学校之立，在变科举"的主张。以教育作为变法维新之本，形成了维新教育运动。维新派提出的"开民智"、"育新民"的口号，相对于过去中国的教育而言，呈现出一种全新的价值取向，在这种"价值取向"的引导下，他们创办新学堂，为维新变法培养人才。这些学堂在课程建设等方面，和洋务运动时期相比，依然注重"器物文明"，但已经开始关注政治、经济等多方面的"制度文明"，"自强"、"求富"，培养适应当时社会需要的人才，并通过这些人才来影响教育的价值取向。后来的历史也证明：维新运动尽管失败了，但是，他们通过"兴教育"所播下的"变革的种子"却深刻地引领着中国社会的发展。

维新派的改良变法失败，追求进步的中国人认识到，社会改良解决不了问题，必须进行彻底的革命。1911 年的"辛亥革命"，推翻了清朝统治，建立了"中华民国"，标志着几千年的封建政治制度终被取代，中国社会由此向前迈出了一大步。然而，正如鲁迅在他的小说中描绘的"未庄"一样，表面上，辫子不见了，衙门换主了，但骨子里却一切如故。近代的三场革新运动都失败了，国人百思难解，究竟是哪方面出现了问题呢？

人们痛定思痛，终于意识到，要真正"救国图强"，必须抛弃传统，进行一场文化领域的革命。"五四新文化运动"，就是这一反思的成果，它翻开了中国迈向"现代化"的崭新的一页。

"五四"时期，中国人已经认识到：中国之所以落后，是因为我们被中国传统文化中宗法的、伦理的、血缘的、专制的思想深深禁锢着、钳制着。只有消除对国人思想的禁锢和钳制，才能真正走上民族独立、民主富强的道路，才能更好地进行制度革新和物质文明再造。打破传统，建立新的文化价值体系和国民新的思想观念，实现文化、教育、道德、观念的全面、全新的构建，成为大家的共识。"五四"新文化运动以"民主"和"科学"为两面大旗，反对封建旧文化，提倡科学和民主，使"科学"、"民主"成为妇孺皆知的名词。"五四"前后，大批留学欧美的学生回国，他们亲眼目睹了欧美科学技术对生产力发展的巨大推动作用，认为，"现在的世界是一个科学的世界，整个中国必须受科学的洗礼，方能适于生存。"他们提倡科学救国，提倡科学教育，提倡从推广科学教育着手改变中国。"五四"时期，以实用主义著称的美国教育家杜威，遍访中国各大城市，到处演讲，在中国，掀起了一股"实用主义"的热潮，极大地影响了中国哲学界和教育界。

"五四"运动带来了思想解放的热潮，形成了不同的价值观，这些不同价值观的相互竞争、相互补充，使整个 20 年代到 30 年代，中国思想界空前活跃，由此也带动中国教育出现了在整个 20 世纪空前绝后的大繁荣。梁启超、蔡元培等人倡导并付诸实施了以尚武强身为宗旨的"军国民教育"。王国维、蔡元培积极倡导并努力实施"以美育代宗教"为目标的"美感教育"。黄炎培等倡导，逐渐成为浪潮的，以"谋个性之发展、为个人谋生做准备、为个人服务社会做准备"为宗旨的"职业教育"。以陶行知、晏阳初等一批有识之士身体力行，积极开展以提升普通百姓素质为目标的"平民教育"。以普及科学、倡导科学救国为宗旨的"科学教育"思潮。以留欧勤工俭学为主要载体的"工读教育"。以根治百姓中"愚贫弱私"为目标的"乡村教育"。在大学中出现的"教育独立"思潮。

随着人们开始意识到要彻底解决中国的发展需要依靠教育来"开启民智、唤醒民众"，一批新型学校陆续建立起来。工人俱乐部、工人夜校、农民运动讲习所等，代表了那个时候共产党人为唤醒民众而开展的教育探索。国共第一次合作高潮的形成，以黄埔军校为标志，在"三民主义"和"打倒军阀"的共识基础上，出现了一批以革命性、政治性、军事性为价值取向的新型学校，这些学校不仅为北伐等反帝反封建事业准备了人才，而且影响着人们对不同"主义"的选择与接受。这些学校深刻影响了一代中国人，引领着中国历史的发展。

这些思潮、实验，由于倡导者的学术背景、社会理想有所不同，因而他们所秉持的教育理想和教育价值观也各有所长，但是，不管出于什么价值标准，"救国图强"，尽快改变中国的落后面貌，是他们的共同点，他们都是在"救国图强"的大旗下，为20世纪中国教育的发展奠定了很好的基础。我们完全有理由相信，若不是后来的政治因素的介入和抗日战争的爆发，中国教育一定会在20世纪的中后期，出现更为繁荣的局面。

随着国共两党决裂，国民党"党化教育"的提出和推行，而形成的两种政权、两种性质教育的对立，加上日本帝国主义的入侵，民族矛盾的激化等多种政治、军事因素的推波助澜，开始于二十世纪二三十年代的中国教育的美好时光被无情地打断。

30年代日本帝国主义的入侵，中国再次处于危亡时刻，在民族矛盾暂时取代阶级矛盾成为社会主要矛盾的时刻，教育要为抗战服务，围绕"战时教育"、"国家意识"，教育的军事政治服务的"价值取向"成为共识，也确实对战时的人才培养起到了积极的作用。但抗战的胜利，并没有带来人们预期的"和平建国"，国共两党再度决裂，解放战争的开始，使这个刚刚经历了艰苦卓绝抗战的国家，暂时无暇顾及"教育"，"为战争服务"、"为推翻蒋家王朝服务"，使得那时的教育只能是"政治"和"战争"的附庸。

不难看出，从1840年到1949年这一百多年的中国社会，是个动荡的社会。中国同西方帝国主义之间的矛盾、中国内部剥削阶级同劳苦大众之间的矛盾贯穿于整个一百多年的历史。在这一百多年中，"革命与战争"是中国社会的主题。在这一时代背景下，曾出现了教育短暂的"百花齐放"，但当国家、社会不可能"摆下一张平静的书桌"时，教育的价值取向，不得不以"救国图强"的"国家意识"为重。这就是为什么在"教育救国"论的主导下，20年代出现的短暂的"教育价值取向多元化"的尝试不得不终结的原因。这是时代使然、社会使然，在这种背景下，教育的"工具性"，尤其是"政治的工具",被最大化地突显出来,成为社会变革的重要手段和工具。

20世纪50年代,由于历史和现实的原因,尽快"让中国人民站起来"的愿望,成为中国教育主要的"价值取向"。为了尽快改变"积贫积弱"的现实,尽快赶上世界历史发展的步伐,国家积极倡导"教育必须为无产阶级服务,为社会主义建设服务",强调"国家意识"、"社会责任"而忽略教育对"个人成长和发展"的满足,这有其客观的原因。在计划经济体制的时代背景下,教育也确实对那个时代的社会发展,起到了引领的作用。

简短的回顾,我们不难看出,"价值取向"对教育发展的重要影响。"百年阵痛",救国图强必然要求中国教育为我们这个多灾多难的祖国培养和输送具有"变革社会"能力的人才。这些时代的要求,决定了"工具性"、"国家意识"的教育"价值取向"。在绝大多数人连温饱都难以解决的情况下,满足"个人成长"的需要根本没有实现的可能性。我们要看到这一历史背景,也看到这种"价值取向"的历史局限。当决定这一"价值取向"的社会环境发生变化的时候,要做到与时俱进,对教育价值取向作出必要的引导与调整。

二、面对挑战:"摆脱贫穷"的现实需要与教育的内容选择

"救国图强"的基本价值取向,"教育救国"的责任意识,必然左右着对教育内容及课程设置的选择。

鸦片战争后,面对西方列强的入侵,科举制度下的"人才"内无以自强、外不能御侮的现实,促使曾国藩、李鸿章、左宗棠、张之洞等为代表的洋务派主张办"洋务"、兴"西学",试图以此振兴中国。洋务派从鸦片战争的教训中不得不重新思考"德行"与"技艺"的关系,审视科学技术在强国富民过程中的作用。洋务派

在"中体西用"的指导思想下，依据"以中国之伦常名教为原本，辅以诸国富强之术"的标准，兴办了一批不同于传统教育的新式学堂——洋务学堂。洋务学堂，规模小，缺乏系统学制，自成体系，相对独立，基本上游离于当时整个教育制度之外。但这些学堂根据"救国图强"的需要，在课程设置和教学内容的选择上，以西方为榜样，聘请了大量"洋教习"，讲授西学课程。他们开设"外国语学堂"以培养翻译人才，"军事（武备）学堂"以培养军事技术和指挥人才、"科技学堂"以培养洋务企业所需要的各种科技人才。这种课程和教学内容的选择和洋务派"中学为体、西学为用"的"价值取向"密切相关。

甲午战争失败后，维新派在"中体西用"、"会通中西"、"新民"等文化观的指导下，对学校课程和教育内容的选择，做了一些意味深长的改变。懂得西文、西艺的各种实用人才依然是重点，除此以外，懂得西政、明体达用的政治人才也提上日程。这一时期课程的主要特点就是重实用。相比洋务学堂开设的课程完全是出于肤浅的实用目的的课程内容，维新派更强调中西会通，开始重视从学理角度引进西方的自然科学。

总之，中国近代教育的课程，随着教育价值取向的变化，冲破封建教育传统的束缚而开始变化。这些课程和教学内容，虽然带有某些"新学"的特征，但是社会环境使其依然保有封建性特征。维新运动的失败，使最初建立的本来就先天不足的几所大学堂体制更加难以维系。清政府被迫出台了一系列教育"改革"措施，包括改书院为新式学堂，废科举，创设中央教育行政机关——学部等。1902 年 8 月 15 日，由当时管学大臣张百熙"上溯古制，参考列邦"拟订的《钦定学堂章程》（又称"壬寅学制"）正式颁布，以及1905 年正式"废科举"，都是中国教育发展史上的大事。

新学制的颁布和废科举，打破了一千多年来人们靠"四书五经"博取功名、改变自身、"报效国家"的迷梦。人们开始关注社会需要，关注"安身立命"的本领以立足于社会，于是，对学什么的"功利性"关注，成为教育的重要价值取向。用历史的眼光看，这种"功利化的教育内容选择"具有双重性。当人们改变落后面貌成为主要的社会背景时，这种倾向是有积极意义的。

辛亥革命后，清朝的教育制度被彻底废除，教育的价值取向出现了前所未有的新变化，由此，教育培养目标由"艺才"、"专才"变为"通才"。当然，这个时期所指的"通才"与封建教育强调的"通才"（即所谓"一物不知，儒者之耻"）在内涵方面有所不同。它以掌握"各项学术艺能"为前提，尽管在"德"的要求方面，仍然没有跳出旧的那一套，但整体而言，它开始接纳西方教育的理念和课程内容。这一时期的学校课程，主要有以下几个特点：

第一，直接引入或参照西学课程（包括日本），但也保留了一些传统课程。譬如，模仿日本开设了一些近代化课程，同时，传统的修身课、经学课仍有一定的比重，课程设置还带有浓厚的儒教色彩。

第二，课程数量大增，已成体系，但课程数目繁多，内容庞杂。这一时期，西学课程明显增多，中学课程也比洋务学堂多。但是，由于课程设置还是以"中学为体，西学为用"为宗旨，一方面体现"尊孔读经"的人伦道德、经学大义等"中学"课程要学；另一方面，为了富国强兵，学习西方，又大开"西学"课程。这样就造成学校课程名目繁多、内容庞杂，学生负担过重、疲于应付，从而不利于当时人才的培养。此外，由于当时师资匮乏，不少课程流于形式，弊病很多。

第三，引进大量反映自然科学和技术的课程，实用与学理兼顾。这是一个巨大的、深刻的变化，不同于以往我国注重空谈心性、坐以论道、轻视与经济关系的课程设置。在这一点上，与蔡元培先生曾反复强调的"自然科学关系着一个国家的强盛与贫穷"是一致的，模仿过来的课程无疑对我国新型人才的培养具有进步意义。

第四，重视体育。这一时期，体操是其课程中的必修课程，重视体育是与其教育宗旨（尚武）相一致的，这也是直接学习日本、间接学习西方的结果。

五四运动前后，以杜威在中国讲学为标志，我国的教育出现了一次较大的改革，这次改革明显地打着美国教育的印记，高举"实用主义"的大旗，对中国后来的教育产生了极大的影响，功利化的倾向有加强的趋势。1922年，新学制的确立，明显是受美国杜威实用主义教育思想的影响，不立教育宗旨，制定了七项标准：适应社会进化之需要；发挥平民教育精神；谋个性之发展；注意国民经济力；注意生活教育；使教育易于普及；多留各地方伸缩余地。毫无疑问，这七项标准明显地打上了美国模式的烙印，深受杜威"教育无目的"思想的影响。在人才培养目标方面，注重个体本身的兴趣、爱好、特长的培养和发展，谋求有个性的国民素质的培养，并且注重平民教育精神的塑造。从这一点来讲，符合教育对人本身价值发展的规律。

在此影响下，1924年2月23日，北洋政府教育部颁布了《国立大学条例》，以《壬戌学制》为标准，重新制定了大学教育的培养目标，即："国立大学校以教授高深学术，养成硕学宏才，应国家需要为宗旨。"从总体上看，这一时期各类高等学校课程设置主要有以下特点：（1）课程设置较为灵活。首先，国家统一大学课程设置标准的取消，使各高等学校可以根据自身具体情况与学生实际自行设置课程，课程设置灵活，伸缩性较大。其次，"大学校用选科制"，即将课程分为必修和选修两类，采用学分制，学校选修课不仅可以选本系课程，也可以选外系课程，较为灵活，对于培养学生兴趣、发展个性、培养专门人才起到了积极作用。这种开放的课程体系为高等学校自主设置课程和学生自主选择课程提供了一定的伸缩余地，有助于完善学生的知识结构、培养学生的各项能力、发挥学生的自主能动性。（2）增加了科学课程，废除了反映封建文化的课程。由于留美学生归国后大多成为高等学校的教学、科研或管理骨干，他们开设了大量在美国所学的课程，使高等学校的课程设置更为充实，课程体系趋于完善，高等教育体系开始摆脱旧的课程体系束缚，逐步向近代化课程体系靠拢。尽管这里所涉及到的是大学，但这些改革措施也必然影响整个教育体制。在这种趋势的综合作用下，二十世纪二三十年代，中国教育界出现了前所未有的蓬勃发展的良好局面，出现了一批影响了整个 20 世纪中国的教育家，形成了近代中国教育发展的一个小高潮。

然而，十年内战、日本帝国主义入侵以及随后的三年解放战争，打断了中国教育发展的正常进程。当"中华民族到了最危险的时刻"，救国图强，不得不又一次左右了中国教育的价值取向和内容选择。救亡运动的需要，使得整个中国"摆不下一张平静的书桌"。尽管还有"西南联大"等依然延续着二三十年代的辉煌，培养着社会的精英，但绝大部分教育内容的选择，不得不服从"全民动员，救亡图强"的需要。即使到了全国解放以后，面对着百废待兴的社会现实，面对着帝国主义对新中国的敌对态势，面对着尽快改变一穷二白面貌的实际需求，在学校教育内容的选择上，也不得不倡导"急用先学"的功利倾向。

20 世纪 80 年代，当改革开放的春风吹拂祖国大地的时候，在"实现四个现代化"的指引下，人们迫切希望"将被耽搁的时间夺回来"，以"恢复高考"为标志，中国教育迈向新时代，但是在相当一段时间内，"功利化"的课程和教学内容的选择，依然是学校教育的重要依托。这种在"改变落后面貌"背景下的"能力选择"，有其合理性，但也有其弊端。特别是当以"升学率"等为

"标识"的单一价值取向成为主导行为的内在动机，成为人们求学的唯一目标时，这种"功利主义"的弊端日趋严重，最终造成了整个教育的扭曲。

三、走向开放："体制变革"的社会环境与教育的制度变革

中国近代教育的产生，一方面，它是西方列强的侵略对中国造成的民族危机不断加深，中国人认识到这种危机产生原因后发起"教育救国"运动的产物；另一方面，它又是"西学东渐"发展的必然结果。教育制度的这种变化，经历了漫长的过程。

从学校管理制度讲，洋务学堂是中国近代最早的专科性质的官办学校，它直接依附于各种洋务事业的教育机构。不同的洋务学堂，由于培养目标、规模等不同，体制也各有差异。但总的来说，有几个共同的特点：一是部门办学、中央集权。中国第一所近代性质的高等学校——同文馆，就是由清朝总理各国事务衙门及海关开办的。此后的洋务学堂多数也属于部门办学。由此，在宏观管理体制上，埋下了中央集权管理的"伏笔"。二是机构简单。由于学生人数少，管理任务不重，各种洋务学堂基本上由清政府某大臣兼管，下设总教习、教习。三是缺乏自主性，对外国人依附性强。作为洋务企业的附属机构，洋务学堂受制于外国人，洋务学堂的教习大多数是外国人，总教习和监督也基本上由外国人担任，左右着洋务学堂的诸多重大问题。此外，受中央集权制的影响，高等教育以国立（公立）为主体，政府在兴办学堂过程中起着绝对的领导作用。这些制度的特点，应该说是基本适应当时"洋务学堂"的需要的，但它也为后来中国教育管理制度的中央集权埋下了伏笔。

从学校教育制度（学制）角度讲，虽然中国历史上早在《学

记》中就有"古之教者，家有塾，党有庠，术有序，国有学"、"一年视离经辨志，三年视敬业乐群，五年视博习亲师，七年视论学取友，谓之小成。九年知类通达，强立而不反，谓之大成"、"学不躐等也"等论述[①]，但是，却从来没有明确的"学制"规定。一般都是以"科举"取得的"功名"来替代"学制"。随着洋务学堂、维新学堂等"现代教育"的需要，构建明确的"学制"成为当时教育发展的必需。为此，在张之洞等人的积极倡议下，清政府颁布了《钦定学堂章程》（又称"壬寅学制"），第二年，光绪帝又命张之洞、张百熙、荣庆重新厘定学堂章程。1904 年 1 月 13 日，清政府公布了由张之洞、张百熙、荣庆主持重新拟订的《奏定学堂章程》（又称"癸卯学制"），这是近代中国第一个在全国范围内付诸实施的学制，是学习西方教育的系统性成果，是 1904～1911 年间整个清末教育的法律规范。它的颁布实施标志着近代新式学校教育制度（学制）在中国的正式确立。

1904 年颁布的《奏定学堂章程》总体上是以日本明治维新时期的学制为蓝本，教育结构、层次分明，具有明显的时序性。纵向来看，学校设置分为三段七级：第一阶段为初等教育，设三级；第二阶段为中等教育，设一级；第三阶段为高等教育，设三级。横向来看，第一级专门教育之初阶，设有五种学堂：高等实业学堂及实业教员养成所，优级师范学堂，进士馆、仕学馆（临时为新进士及各级官吏学习新知识而设），译学馆（由原京师同文馆改办），高等学堂及大学预科。其中，高等学堂每省一所，为省内的最高学府；大学预科设于分科大学内，实为解决当时分科大学生源问题的权宜之计，程度、要求与高等学堂相同。高等学堂内分三类：第一类为升入分科大学经学科、政法科、文学科、商科之预备，第二类

---

① 傅任敢：《学记译述》，上海教育出版社 1982 年版，第 7～10 页。

为升入分科大学格致科、工科、农科之预备，第三类为升入分科大学医科之预备。第二级为大学堂（大学本科），为教授各科学理法，备将来可施诸实用之所，大学堂先在京师设一所，内设经学、政法、文学、格致、医、农、工、商八科，故又称分科大学。各分科大学修业年限，除政治科及医科中的医学一门学习四年外，其余各科均以三年为限。设立在京师的大学堂必须八科齐备，设立在省会的不必八科齐备，但至少须设置三科。第三级为通儒院（即研究生院），是最高学府，为研究各科精深义蕴、以备著书制器之所，设于大学堂内，招收大学毕业生。

此外，从1904年《奏定学堂章程》有关规定来看，在具体管理人员的设置方面，有中央集权的特点：模仿日本在中央设立学部，各省设提学司，各级各类行政人员的隶属基本上是自上而下，由学部统领管辖以下各学堂监督、斋务长、教务长、庶务长等人。斋务长、教务长及庶务长又分别统辖下设的几个部门，并同时又集中由学堂监督统辖。由此看出，其管理组织体现了由基层到中央集权化的特点。清政府基本上照搬近代日本设置高等教育管理机构的做法，表现出整齐划一的特色，即国家从学校设置、学生管理到聘请教习，乃至毕业生去向等各方面都进行统一规定。这也是由于中国在较短时间内兴办高等学校、自身无史可鉴之缘故。

20世纪20年代至新中国成立前夕，中国高等教育发展模式主要是在融合美国和欧洲各国特点的进程中，以美国模式为基本走向。1922年11月1日，北洋政府教育部以大总统名义颁布了《学校系统改革案》，又称"壬戌学制"，亦称"新学制"。"壬戌学制"的颁布和实施，大体上是依照美国的教育制度。由于"壬戌学制"比较适合当时中国的情况，所以这个学制除了以后在学分制、课程和综合中学制方面有局部修改外，一直沿用到1949年全国解放前夕。

"壬戌学制"对学校教育的层次、结构做了一些调整。新的学制采用"六三三四制",即:初等教育段六年;中等教育段:初级中学三年、高级中学三年;高等教育段至少四年。就高等教育段结构而言,纵向看,与癸卯学制不同之处主要有两点:一是取消大学预科,使高等学校与中等学校直接衔接,高等教育由原来的三级变为两级;二是高等师范学校升格改为师范大学,且独立设置。横向看,高等教育的第一级分为大学和专门学校两种。大学可设多科,也可只设一科,单独设一科者称某科大学;修业年限 4~6 年,各科可根据内容繁简,在此限度内斟酌决定,但是医科大学、法科大学修业年限至少五年,师范大学四年。大学和专门学校得附设专修科,修业年限不定;大学教育科或师范大学得附设两年制师范专修科。高等教育的第二级是大学院(即研究生院),大学院为大学毕业生及具有同等程度者进行研究之所,年限不定。

"壬戌学制"实行分权管理制度。在旧学制中,高等教育管理体制有着明显的中央集权的特点,而新学制未明确管理部署,无形中取消了集权性的管理办法,向分权管理转变。对学生的课业成绩管理实行选科制(即学分制),课程由各校自定,在专业设置、学术要求、毕业标准等方面没有统一的管理模式。管理的多样化和灵活性为学生创造了富有弹性的学习空间,并打破了旧体制对学生的严格限制。

总之,中国近代教育模式的演变走过了一条移植西方(包括日本)教育模式的道路。按照我们"价值—能力—制度"的分析框架,这一制度集中体现了一百多年历史发展中人们对这一时代教育"价值取向"和"能力选择"的认识,对确保这一时期"价值取向"和"能力选择"的实现,起到了积极的作用。在这个过程中,被动成分逐渐减少,主体意识逐渐增强,从以模仿为主而转向全方位吸收。同时,在移植过程中我们也付出了很大的代价,为后人积累了可供借鉴的经验教训。

从"价值—能力—制度"三个维度，回顾梳理了中国近代、现代教育发展的历史，我们可以得出这样的结论：

首先，教育的发展，是不可能游离于社会政治经济发展而存在的。社会发展的各种需求和信息，必然会通过各种方式影响教育的价值取向，从而进一步影响到教育内容的选择和教育制度的建构。只有符合社会政治经济发展需要，教育才会有它的生命力。因此，研究一个时代的教育——不管是古代、近代还是现代——都要从研究时代对社会、政治、经济乃至于个人的发展提出了什么要求出发。

其次，教育是面向未来、引领未来的事业。构建适应现实社会发展需要的价值取向，以及由此而实施能力选择，必然会对社会发展、个人成长起到深刻的作用（显性作用和隐性作用）。无论是显性还是隐性，都必将会对未来的发展起到应有的作用。

再次，一定时代的教育，既要完成一定时代的任务，更要肩负未来的使命。当一个时代的教育在履行它满足社会需要的职责时，也会出现一些偏向；在肩负未来的使命时，也会产生一些误解。我们不能盲目迎合当代的需要，也不能非逻辑地憧憬教育的未来。在总结前人经验时，我们既不能全盘肯定也不应全盘否定，而要实事求是，找到其合理的、值得继承的东西，扬弃其不适合的内容，从而促进教育的可持续发展，保持教育的引领功能。

明白这些道理，我们就有可能对现代教育改革必须面对的问题有一个清醒的认识。例如：当我们在讨论现代教育要注重"个人发展"、要避免"功利色彩"时，就不能因此对历史上因为"救国救民"、"富国强兵"需要所形成的那种传统全盘否定。有了这样的认识，我们就能更加清醒地认识到人类最大的危机不是经济危机，不是政治危机，而是教育危机！

第三节 现实的挑战：价值—能力—制度 视角下的教育变革

2009 年 7 月 23 日，奥巴马在俄亥俄州一所高中演讲完毕后，抱起了身边的一个男孩。翌日下午，他宣布了美国历史上最大规模的联邦教育改革投入计划——"力争上游计划"，总额高达 43.5 亿美元。按照美国教育部的公开说法，这笔教育经费将由各州申请，并根据四方面的标准发放，标准主要包括：采纳国际基准的教育标准；招募和维持高质量的教师队伍；建立数据体系以评判学生表现；告知教师如何改善教学工作和改善表现不佳的学校等。

那么，美国人最希望奥巴马政府给教育改革带来什么呢？21 世纪技能，尽管这是美国 IT 界提出来的一个概念，但在最近美国教育界的一项调查中，民众对"21 世纪技能"的关注度毫无疑问地被排在了首位。此前，在美国教育界，一种普遍的担心是，教育会落后于时代。一些教育专家认为，现在美国很多的孩子都缺乏抽象问题的解决能力、信息的鉴别能力、有效的数字化沟通能力和全球性的视野。进而这种担心被延伸为——未来美国可能落后于全球的经济。而"21 世纪技能"恰恰可以缓解上述担心，它着重培养三方面的能力：全球化视野、信息素养、数字化的沟通和协作等。因此，这成为了奥巴马教育改革的重点之一。

在国内教育界，一场旨在培养学生 21 世纪数字化学习能力的活动也正在悄然兴起，越来越多的学校开始把 IT 设备和技术应用于教学过程当中。事实上，信息技术的进步和网络产业的迅猛发展给人们的生活方式带来了巨大的改变。同时，也为现代教育带来了变革与冲击。尤其近年来，我国的教育教学模式中更广泛地使用信息技术以提高教学的效果和效率；如何利用现代信息技术创新教学模式，推动教育教学的改革和发展，成为当代教育研究的重要课题。

那么，这个以网络信息技术应用为特征的时代，究竟有哪些特点呢？这些特点又会使社会和人们的需求发生哪些变化？这些变化将怎样影响人们的教育价值取向、教育内容的选择和教育制度的建设呢？这必将引起每一位生活在这样一个时代的人，特别是教育工作者的高度关注。

一、时代与世界：面对知识经济时代的教育挑战

20世纪的最后20年，以信息技术应用为标志的高科技迅猛发展，以及由此引发的席卷全球的一系列以"知识"（如知识转型、知识经济等）打头的新事物的出现，成为人们越来越关注的重心，成为这个时代发展的标志。知识经济，就是这个新时代发展的基石。

1996年，世界经合组织发表了题为《以知识为基础的经济》的报告。该报告将知识经济定义为建立在知识的生产、分配和使用（消费）之上的经济。这里的"知识"，包括人类迄今为止所创造的一切知识，最重要的部分是科学技术、管理及行为科学知识。从某种角度来讲，这份报告是人类面向21世纪的发展宣言——人类的发展将更加倚重自己的知识和智能、知识经济将取代工业经济成为时代的主流。

一般认为，知识经济具有以下标志和特征：（1）资源利用智力

化。从资源配置来划分，人类社会经济的发展可以分为劳力资源经济、自然资源经济、智力资源经济。知识经济是以人才和知识等智力资源为资源配置第一要素的经济，节约并更合理地利用已开发的现有自然资源，通过智力资源去开发富有的、尚待利用的自然资源。（2）资产投入无形化。知识经济是以知识、信息等智力成果为基础构成的无形资产投入为主的经济，无形资产成为发展经济的主要资本，企业资产中无形资产所占的比例超过50%。无形资产的核心是知识产权。（3）知识利用产业化。知识形成产业化经济，即所谓技术创造了新经济。知识密集型的软产品，即利用知识、信息、智力开发的知识产品所载有的知识财富，将大大超过传统的技术创造的物质财富，成为创造社会物质财富的主要形式。（4）高科技产业支柱化。高科技产业成为经济的支柱产业，但并不意味着传统产业彻底消失。（5）经济发展可持续化。知识经济重视经济发展的环境效益和生态效益，因此采取的是可持续化的、从长远观点有利于人类的发展战略。（6）世界经济全球化。高新技术的发展，缩小了空间、时间的距离，为世界经济全球化创造了物质条件。全球经济的概念不仅指有形商品、资本的流通，更重要的是知识、信息的流通。以知识产权转让、许可为主要形式的无形商品贸易大大发展。各国综合国力的竞争在很大程度上转化为人才、知识、信息的竞争，集中表现为知识产权的竞争。全球化的经济与知识产权保护密切联为一体。（7）企业发展虚拟化。知识经济时代，企业发展主要是靠关键技术、品牌和销售渠道，通过许可、转让方式，把生产委托给关联企业或合作企业，充分利用已有的厂房、设备、职工来实现的。（8）人均收入差距扩大化。这是针对发达国家与发展中国家，发达地区与落后地区之间而言，是知识经济带来的负面效应之一。这也是在知识经济时代，必须掌握第一流知识和信息，占领经济制高点的重要性、紧迫性所在之处。①

　　知识经济的出现是生产力发展的必然结果，代表了人类社会进步的方向，也是当今世界发展的大趋势。当代科学技术的飞跃发展，大大促进了生产力的发展。全球范围内的生产协作分工使得生产、销售、消费成为世界各地企业的协同工作，再也不能明确指出产品的产地。没有哪一个国家能够拥有发展本国经济所必需的全部资源、资金和技术，也没有哪一个国家能够生产自己所需要的一切产品，因此必须进行相互交流和合作。在知识经济时代，随着贸易、投资和金融资本国际流动的增加，世界经济正走向一体化，消费者购买的外国货越来越多，有越来越多的公司跨国经营，投资者比以往任何时候都更自由地在边远地区投资。开放的世界使世界各国原有的"一国经济"正在走向"世界经济"，从而形成了"全球相互依赖"的经济格局。而全球环境的变迁，更加深了人类命运的一体感。全球温室效应不断升高，工业化国家大量废气的排放以及热带雨林的滥伐，加重了臭氧层的破坏程度，这些都是世界各国共同面临的问题。随着全球经济的发展，地球上的空间距离"缩短"了，信息的"时间差"也趋于消失，生活在"地球村"中的人们，无时不感受着这新技术带来的巨大冲击。

　　管理学大师彼得·德鲁克富有远见而敏锐地指出：知识生产力将日益成为一个国家、一个产业、一家公司的竞争实力的决定性因素。就知识而言，没有哪个国家、哪个产业、哪家公司有任何"天然"优势或劣势。它能获得的唯一优势，就看它能从普遍适用的知识中获取多少生产能力。② 在知识社会里，学校的学习和文化越来越成为决定工作、生活与求职的重要因素，所以全体社会成员都需

---

　　① 百度百科，"知识经济"条目，http：//baike.baidu.com/view/487.htm？fr=ala0_1。
　　② 〔美〕彼得·德鲁克：《21世纪的管理挑战》，机械工业出版社2009年版，第141页。

要有文化。在知识时代，有文化远不止于会阅读、写作与计算，它还包括基本的计算机操作技能以及对信息化社会的了解，每个社会成员都必须有广博的知识和对这个复杂的世界相当深的了解，而新的传播媒介就提供了大量的这样的知识。在知识社会中，知识的迅速更新更是其重要特点之一，要求我们学会如何学习，这远比掌握有限的知识更重要。

一个新的时代已经来临，这个时代是知识经济的时代。科技与教育是知识经济发展缺一不可的两个支点，而在科技与教育之间，教育又是基础。知识经济固有的"知识经济化"、"产业知识化"、"管理柔性化"、"发展创意化"、"竞争隐性化"和"教育终身化"的特征决定了21世纪人类经济发展的水平和质量，这些都将取决于知识的生产能力、知识的积累能力、知识的获取能力、知识的应用能力，尤其是知识的创新能力。知识经济决定了未来世界的人才特征和教育理念，它要求我们所培养的人才既要知识结构合理化，又要能力多样化；既要思维成熟化，又要教育个性化；既要身心健康化，又要发展持续化。

20世纪90年代以来，教育界出现的以信息技术的广泛应用为特征的"教育信息化"，从本质上讲，就是教育在知识经济社会背景下的一种对应。"教育信息化"的概念是在20世纪90年代提出来的。1993年，美国克林顿政府正式提出"国家信息基础设施"（National Information Infrastructure），俗称"信息高速公路"（Information Superhighway）的建设计划。教育信息化是教育领域运用现代信息技术，促进教育改革和发展的过程，这一过程不仅是技术运用于教育的过程，更是一种教育思想、教育观念变革的过程，也是一种创新思想运用于技术的过程。它具有促进教育现代化、促进教育公平、促进教育均衡发展、促进学生全面发展、促进改革开放、引领社会进步的功能。

信息使圆的地球变为平的世界，任何一个国家和地区都不可能表演教育独角戏。仅仅十余年的工夫，"教育信息化"就已经从美国走向世界，成为21世纪教育发展的潮流。面对着这样的发展趋势，我国的教育准备好了吗？从我们所见到的文献看，并不容乐观。

1. 教育的价值取向与知识经济的发展不相适应

由于知识经济特征的存在，"创新"必然成为知识经济的灵魂。"尊重知识，尊重人才"，顺应人才成长规律，才能真正做到"物尽其用，人尽其才"，这必将成为新时代对教育的需求，这必定影响着未来教育的"价值取向"。

20世纪末开始的世界教育改革浪潮，强调"以人为本，以人的发展为本，以培养人的创新意识和能力为本"的价值取向和教育目标。为此，在教育目标、课程设置等方面，采取了许多措施。我国也不例外。从20世纪90年代至今，国家明确提出实施以"创新精神"、"实践能力"培养为核心和基础的"素质教育"，连续发布了多个全国性的教育改革文件，规划了知识经济时代我国的教育蓝图。但是，这些蓝图的落实，却不尽如人意。

仅以"创新"为例。创新"是以新思维、新发明和新描述为特征的一种概念化过程"，"起源于拉丁语，它原意有三层含义，第一，更新；第二，创造新的东西；第三，改变。创新是人类特有的认识能力和实践能力，是人类主观能动性的高级表现形式，是推动民族进步和社会发展的不竭动力。一个民族要想走在时代前列，就一刻也不能没有理论思维，一刻也不能停止理论创新。创新在经济，商业，技术，社会学以及建筑学这些领域的研究中有着举足轻重的分量。口语上，经常用'创新'一词表示改革的结果。既然改革被视为经济发展的主要推动力，促进创新的因素也被视为至关重要。"① 可见，无论是"更新"、"改造"、"改变"，都意味着需要有个性化的思维和独创精神作为基础。

我们知道，在前工业时代的漫长岁月里，对"人"的教育，主要有两种途径：一是以家庭长辈为师长，通过生产、生活的实践，在实践中口授面传，在"手把手"中慢慢进行；二是在以个别教育为主的"私塾"里进行，通过"塾师"和学生之间的传授进行。由于前工业社会的生产力发展十分缓慢，这种"个别化"的教育，无论在内容上还是手段上，都是低水平的，口耳相传、观察模仿、个人体悟，是其基本特征。到了"工业化时代"，由于机器生产需要"批量化"、有一定文化技术基础的劳动者，现代意义上的"学校"———种按照年龄、水平等因素以"班"、"级"为基本单位对学生进行"批量化"教学的教育机构才出现。这种"批量化生产劳动力"的机构，有其优势：可以大规模地复制相对符合统一"标准"的"人"以满足大机器生产的需要；也在一定程度上实现了普及教育，提高了人民素质，但这又是以"抹杀学生个性发展的需求"为代价的。由于这一教育制度长期存在而形成的教育价值观和价值取向，显然是不符合知识经济时代需要的，也不利于个人的成长。

任何时代的经济特征，都是以一定的生产力为基础的。工业经济以蒸汽机、电动机为基础和标志的，而知识经济的生产力基础是网络信息技术。如果说，网络信息技术为知识经济的全面发展准备好物质基础的话，那么，它也为知识经济时代所需要的教育提供了物质手段。关键是：我们的社会、我们的教育工作者，是不是为这一价值取向的转变做好了准备？答案并不能令人乐观。

---

① 百度百科，"创新"条目，http://baike.baidu.com/view/15381.htm。

仅以"应试唯一教育"为例：尽管国家三令五申，坚决杜绝这一倾向，但事实是在相当一部分中小学，以通过考试为唯一目标的"价值取向"仍然起着实质的作用。"素质教育轰轰烈烈，应试教育扎扎实实"等说法，就是证明。这种以书本知识为内容、以考试获高分为唯一目的的教育价值取向，必然导致"考什么教什么"，任何与书本知识不相吻合的质疑问难，任何带有创新意识的课程，都是不受欢迎的，被摈弃在日常课程和教育教学之外。学生的最后一点"创造"的灵气，被淹没在无穷无尽的题海之中。经过"身经百考"的学生，或许能在有"标准答案"的考试中获得头筹，但是一旦进入社会、进入生活，至多只能成为"书橱"，谈何"创新"？可以想象，当这些"人才"充斥于中国的大学、科研、企业等部门，能跟在发达国家后面"捡知识"尚且未必合格，又从何谈起"进入世界一流强国"？

2. 课程体系与知识经济的不适应

高速度、加速度，是知识经济时代的最大特点。据统计，20世纪90年代以来，世界平均每5分钟就有一项科学新发明，全世界的知识每5年更新一次。学得再快，也没有知识的更新速度快、时代的发展变化快。大学毕业生在学校学的知识会很快折旧、过时和淘汰。要适应时代发展，最根本的"应变之道"是教学生学会学习。只有学会学习才能终身学习，只有终身学习才能不断更新知识，不断获取新信息，不断调整自己的知识结构以适应时代的发展。可以预料，学习将成为未来社会的主要生存方式。不仅个人发展靠学习，企业发展、社会发展、国家发展都要靠学习。由此，我们在学校课程的设置上应该顺应这一发展的需求。

2001年发布的《基础教育课程改革纲要》将这种需求界定为六个"改变"。"改变课程过于注重知识传授的倾向，强调形成积极主动的学习态度，使获得基础知识与基本技能的过程同时成为学会学习和形成正确价值观的过程。""改变课程结构过于强调学科本位、科目过多和缺乏整合的现状，整体设置九年一贯的课程门类和课时比例，并设置综合课程，以适应不同地区和学生发展的需求，体现课程结构的均衡性、综合性和选择性。""改变课程内容'难、繁、偏、旧'和过于注重书本知识的现状，加强课程内容与学生生活以及现代社会和科技发展的联系，关注学生的学习兴趣和经验，精选终身学习必备的基础知识和技能。""改变课程实施过于强调接受学习、死记硬背、机械训练的现状，倡导学生主动参与、乐于探究、勤于动手，培养学生搜集和处理信息的能力、获取新知识的能力、分析和解决问题的能力以及交流与合作的能力。""改变课程评价过分强调甄别与选拔的功能，发挥评价促进学生发展、教师提高和改进教学实践的功能。""改变课程管理过于集中的状况，实行国家、地方、学校三级课程管理，增强课程对地方、学校及学生的适应性。"①

应该说，这"六个改变"，点中了我国几十年来教育改革在课程领域停滞不前的要害，提出了改革的方向。然而，文件发布已经过去了近十年，文件提出的课程体系建设和改革的实践，依然举步维艰。不少学校，依然只注重"基础性课程"，甚至只注重"基础性课程"中要参加中考高考的"考试课程"。有的虽然开了"拓展性课程"，但实质上只是"补课"的代名词。有的虽然有"研究型课程"的设置，但事实上已经演化为"认认真真走过场"的学生"秀"。总之，我们的学校教育，不仅没有开发学生创造力的课程设置，而且也没有培养学生独立学习能力的课程安排。"知识"，尤其

---

① 钟启泉等主编：《为了中华民族的复兴，为了每位学生的发展》，华东师范大学出版社 2001 年版，第 4 页。

是狭义的知识，依然是我们课程和教学的"主旋律"。而且在"应试唯一"背景下，以教师讲授为主的填鸭式教学方法，造成了学生只会在教师指导下被动地接受知识，严重影响知识经济时代人才能力的养成。

　　知识经济时代的另一特点是知识量的增加。知识不是呈算术级数，也不是呈几何级数，而是呈指数级数，像原子裂变般的爆炸式增加。据统计，近10年，人类知识总量超过以往2000年的总和。全世界每年有80万种书籍面世，一个人一天读一本书，需要2000年才能读完。① 另外，每年还有数以百万计的杂志、报纸出版发行，特别是近几年发展起来的网络信息正在迅速增加。可以预计，一个人要想跟上时代发展步伐，必须能在尽可能短的时间内获取尽可能多的相关信息；一个企业要想达到和保持世界领先水平，必须尽快获得世界范围内竞争对手的有关情况。知识爆炸要求我们学会迅速从大量信息中筛选和获取所需的信息。因此，学校教育应该给学生接触大量信息，培养在最短时间内掌握最多知识的能力。文献表明：美国中学的英语课程根本没有固定的教科书，但每个学生每星期至少要读一本书，看完后不是上课互相交流，就是写读书报告，阅读量之大可以想象。美国的理科课程经常要求学生自己做实验，查资料，求证所学知识，写实验报告等。美国中学生的信息量比我国大学生还要大。而我们的教学方法仍然停留在一点一滴向学生灌输零散知识的层面上，一本书教一个学期，甚至一年的现象还很普遍，一年下来，除了教科书外，学生几乎读不了几本书。显然，这同知识爆炸时代所需要的知识面和信息量相差甚远。

　　3. 教育制度的建设与知识经济的需要不适应

　　面对着知识经济的挑战，无论"价值取向"还是"能力（课

_____

① 谭顶良：《学习风格论》，江苏教育出版社1995年版，第84页。

程）选择"上，我国教育都存在许多弊端。不仅如此，与中国传统教育相适应的教育管理理念以及在这一理念指导下的"制度保障"，同样存在类似的问题。

我们知道，中国的传统哲学倾向于"唯上、唯先、内省"，由此，在教育管理方面，也倾向于"内倾式"的管理，即一切以"上"、以"师"、以"书本"为行事的准则，一切都以"内省、收敛"为行为标准。这种"内倾式"教育管理的弊端是：首先，重目标结果，轻过程方法。在教学评价上表现为只看学习结果，即分数，而不关心获得结果的方法；在教学方法上表现为只注意传授灌输知识，忽视学生学习方法的掌握和能力的发展。其次，重求同从众，轻求异创新。在教学管理上表现为"一刀切"、"大一统"（统一教学管理、统一教材、统一大纲、统一考试、统一答案），不考虑学生的个性发展；在教学方法上表现为强调教师的主导地位，不鼓励学生独立思考，发表不同见解；在学习方法上表现为死记硬背，不求甚解，只要是老师说的、书上写的就认为正确。其结果是形成思维惰性，求异欲望和创新潜能遭到扼杀。再次，重思辨内省，轻实证外求。在教学思想上表现为重知识积累，忽视知识运用；教学方法上表现为"传道授业"，教师一言堂；在学习方法上表现为重视内心记忆和领悟，忽视对外部世界的感知和求证。

这些特征，与传统教育的价值取向和内容选择，有着必然的联系，而且事实上也为那时的教育价值和课程选择奠定了很好的基础。但是，这与知识经济时代的要求产生了极大的冲撞。因而，为了适应知识经济对价值取向、内容选择的要求，必然要对这种"内倾式"的管理思维进行较大的变革。

综上所述，教育要适应时代潮流，发挥好引领社会的功能，有效实施教育信息化，是当前必须予以特别关注的战略方向。

根据教育信息化的发展现状和发展规律，积极应对国际、国内信息化的挑战，实施跨行业整合、全领域覆盖、全过程应用、全社会共享，面对全体学生，促进学生全面发展的教育信息化战略。实施跨行业整合：最大限度地利用各行业的信息化设施、信息人才资源和资金优势，建设先进的信息化基础设施和应用平台。全领域覆盖：建设覆盖从城市到农村，从幼儿教育、义务教育、特殊教育、高中教育、职业教育到高等教育和继续教育，从学生到老师，开放的、交互性的、优异的、资源丰富的数字化学习环境。全过程应用：从幼儿教育到终身教育阶段的全体学生都要学习和掌握信息技术知识，提高国民的信息素养，提升学生的创造能力和实践能力，培养高层次的专门人才；应用信息技术，提高学生的学习能力和学习质量，培养发展学生的适应能力、应变能力和终身学习能力，改革人才培养模式和管理方式，提高科研水平，拓展社会服务能力。全社会共享：发挥教育信息化的共享和协作优势，使全社会共享优质的教育资源和数字化的学习环境，让每一个人都享有良好的教育，享有终身学习的环境条件，使信息化有利于每一个人的发展，充分发挥教育信息化引领社会信息化的功能作用。根据以上战略选择，按照教育信息化要引领社会信息化的目标以及系统标准、实用高效、安全畅通、引领创新的总体要求，加强"四体系"（基础设施体系、网络平台和管理体系、人力支持服务体系、信息化应用体系）、"五机制"（管理保障机制、投入保障机制、政策保障机制、技术保障机制、科研保障机制）的建设，全面推进教育信息化发展，不断提高师生信息化素质和信息化能力，加强学校现代管理和教师队伍专业化建设，促进教育公平和均衡发展，全面加强现代教育体系建设，不断提高教育现代化水平。

二、改革与发展：教育对社会转型的适应

社会转型是指中国由传统社会向现代社会的过渡和转变，是社会全方位的变迁和发展。中国改革开放 30 多年的社会转型对教育产生了深刻的影响，这些影响，表现在教育观念、教育目标、教育结构、教育体制、教育内容等诸多方面。经济、政治、文化和社会生活的变化使传统的价值观念、道德意识、思维方式、行为准则和社会秩序受到全面冲击，引起教育观念多方面的振荡，进而导致一系列冲突形成。

社会变化愈快，引发的教育冲突愈多，也愈剧烈。我国当前正处于社会转型时期，这种转型是从改革开放开始的。目的在于消除旧有的政治、经济、文化体制中的各种弊端，构建更加富有生机、充满活力的新的体制：政治上高度民主、法制完备；经济上市场规范、调控适度、富有效率；文化上市场运作、开拓创新、充满生机。总之，打破封闭自守造成的落后局面，努力吸收世界的先进文明成果，逐步缩小我国同发达国家的差距。转型的过程，必然引起新旧体制的摩擦，必然导致新旧文化的碰撞，必然诱发一些社会冲突。教育，作为社会系统中一个具有引领社会发展方向功能的子系统，出现冲突，更是在所难免的。

这种冲突，主要表现为：一方面，社会转型带来的政治、经济、文化与科技体制的变革，引起人们价值观念、生活态度、思维方式与行为方式的变化。这些广泛而深入的社会变化，打破了教育赖以生存的环境和固有秩序，进而形成新的教育需求，对教育理念、教育内容、教育制度的更新，提出越来越高的要求。另一方面，由于教育所承担的"传递人类已有的知识"的特点本身所要求的相对的稳定性，以及教育系统倾向于"形成自己的工作模式、信

念模式和权力模式"带来的"高度保守化定型"的特征①，由此形成的相对独立性、稳定性与保守性，完全有可能形成冲突。

当前我国社会经济、政治、文化等转型所引起的教育冲突具体表现在如下几个方面：

1. 社会转型，引发了教育价值取向的冲突

首先，"多元"与"一统"的冲突。多元化观念是现代社会多元化发展的反映，是人们对事物从单一走向多样的发展规律的深化认识。适应社会转型的需求，我国教育改革也呈现多样化的发展趋势。然而，受传统观念影响，我国教育领域内"大一统"观念盛行，认为学校管理模式、办学方式、课程教材、教学方法、考试考核都应该整齐划一，使得地方与学校的积极性、创造性受到压抑，人才培养难以做到因地、因时、因人制宜，教育实验难以开展。

其次，"开放"与"封闭"的冲突。开放，是现代社会的标志，交流，是社会进步的动力，教育必须开放才能获得生机。然而，依然有不少人从各自不同的认识出发，主张作为"专门的知识传授场所"，学校应远离社会，做到"纯而又纯"，让孩子们在"象牙塔"里长大成人。

再次，"先行"与"迟效"的冲突。现代社会经济发展对人才的大量需要，要求教育发展先于经济，并以超过经济增长的适当速度安排教育投资。但是，这种教育先行观念与传统的先富后教观念相冲突。至今仍有人把教育看成是"软任务"，没有把教育真正置于基础性、先导性的地位上来，致使教育投资长期不足，教育事业发展一直处于"贫血"状态。

---

① 〔美〕伯顿·R·克拉克：《高等教育系统——学术组织的跨国研究》，杭州大学出版社1994年版，第204页。

2. 社会转型，引发对教育重点选择的冲突

首先，"满足社会需要"与"满足个人需要"何者优先？社会目标与个人目标是教育发展的基础和前提，教育应同时承担满足两种需求的任务。随着社会转型与价值观念的变化，"以人为本"日益成为人们的共识，因而，我国教育界长期信奉的"国家为主，兼顾个人"的课程与教育内容选择，必然受到挑战。现实是：社会目标越来越纷繁复杂，个人目标也更加广泛多样，两种目标虽然有时候能够统一，但在不少情况下是矛盾的。我们既不能以牺牲个人发展为代价来满足单纯的经济需要或政治需要，也不能不考虑社会目标，片面鼓吹"自我设计"、"自我发展"。如何处理社会目标和个人目标之间的关系，仍是当前需要我们小心谨慎解决的一个难题。

其次，"效率"与"公平"何者为重？没有效率社会难以发展，没有公平社会易生动乱，教育，也同样必须面对这个难题。过去，为尽快改变落后面貌，我国教育在课程和教育内容的选择上，既有为求效率而牺牲公平的做法（例如：建设重点中小学的政策），也有以牺牲效率追求公平的做法，但前者占多数。在资源有限的特定历史背景下，这样的做法有它的积极意义，但留下的教训更多。随着社会的转型，效率与公平兼顾，日益成为人们思考问题的出发点。在教育领域，既要确保社会公平，做到"有教无类"，让每个孩子享有基本相同的受教育权，又要注意提高效率，做到"因材施教"，使每个孩子的潜能都能得到充分的发展，这本身就需要统筹兼顾，发挥智慧。特别是在教育需求和资源有限的背景下，出现冲突在所难免。

再次，"个性"与"共性"如何协调？个性的自由与全面发展是现代文明社会的基础与标志。社会转型，竞争加剧，强烈呼唤个性鲜明的创新人才，然而，人毕竟是社会的动物，人需要走向社会

化。过去的教育，过度强调"社会化"而忽略甚至压制"个性化"的做法固然不可取，但反过来只强调"个性化"而忽视"社会化"也未必是合适的做法。马克思、恩格斯在《共产党宣言》中提出的"每个人的自由发展是一切人自由发展的条件"的命题，为我们处理这两者的关系提供了一个思路，但怎样落实，还需要我们的努力。

3. 社会转型，引发了合理教育结构认识的冲突

首先，层次结构的冲突。随着社会经济的发展与国民教育意识的觉醒，社会对中等以上文化程度专门人才的需求逐渐增加，人们对接受高层次教育的追求也日益强烈。然而，一个社会人们接受高层次教育的比重，是和这个社会经济发展的水平密切相关的，并不是越高越好。1999年开始的高校扩招，效果是明显的，我国高等教育毛入学率由1949年的0.3%增至2007年的23%，尽管与发达国家70%以上的高等教育毛入学率相比仍有很大的差距，[①] 但是，"大学生就业难"等现象就已经开始困扰我们。当然，形成这一难题的原因是多方面的，但高校的盲目扩张，无疑需要认真反思。

其次，科类结构的冲突。当今社会发展既需要适应市场的应用性学科专业，又需要立足长远的基础性学科专业和前瞻性学科专业。但目前高校的专业设置，存在着"多余"和"不足"的矛盾。有的学科专业，"四处开花"，结果"供过于求"，毕业生难以找到就业岗位，接受多年的高等教育，没有用武之地，人才浪费严重；也有的学科专业，因需要较长的培养周期或较高的投入，大家都避而不办，结果"供不应求"。形成这一现象的原因，自然也是多方面的，但缺乏对国家发展所需人才的科学论证与规划，以及急功近

---

① 教育部：《2007年全国教育事业发展统计公报》，http://www.moe.gov.cn/edoas/website18/inf01209972965475254.htm，2008—05—05/2008—05—31。

利的功利化倾向，无疑是两大重要的原因。

再次，布局结构的冲突。和谐社会的构建要求不同层次不同类型的教育机构在不同区域之间有一个相对合理的布局，以促进社会弱势群体素质的提高，以推动落后地区社会经济的发展。但由于历史的原因，我国许多重点学校，尤其是高等院校大都集中在大城市，分布在经济发达或比较发达的地区，落后的农村和边远地区则分布较少，由此形成时代发展的要求与现行教育布局的冲突。这一冲突若得不到及时的调节，势必加剧不同地区、不同阶层之间的两极分化。

4. 社会转型，引发了教育管理体制的冲突

首先，分权制与集权制的冲突。在计划经济体制下，我国教育体制与政治体制一致，实行高度统一的集权制。随着社会民主化进程的推进，学校和地方要求分权而治的呼声日高。尽管 20 世纪 90 年代以来，《教育法》、《高等教育法》、《民办教育促进法》等一系列法律制度在一定程度上保障了学校和地方的多种教育自治权力，但在实施过程中存在的冲突仍然较多。办学自主权的真正落实尚需一个长期的过程。

其次，多轨制与单轨制的冲突。长期以来，我国在办学体制上实行的是单轨制，即单纯由政府办学，这一体制在基础较差的情况下具有有效集中教育资源等优点。随着经济体制的转轨，多种社会力量办学的要求高涨，多轨制与单轨制的冲突逐渐明显。时下，我国民办学校、外资学校、合资学校虽发展较快，但在体制上存在的问题仍然很多，并且在事实上影响和制约着这类学校的发展。

再次，"委员会制"与"一长制"的冲突。我国学校内部的管理体制几经变革，中小学校的"校长负责制"和大学的"党委领导下的校长负责制"基本确立，但在社会管理日益民主化的趋势

下，由学校利益相关者代表组成各种委员会，要求参与学校决策与管理的愿望越来越强烈，在中小学里教学自主权与行政干预权的矛盾越来越明显，在大学里学术权力与行政权力的冲突也不断增多。

5. 社会转型，引发了在课程与教育内容选择上的冲突

首先，科技知识与人文知识如何并重？古代中国，儒家文化强调"做人"，特别是人的道德修养的重要性，因而，人文知识在中国教育中占有很高的位置。近代中国，从关注"器物文明"开始，人们逐步形成了"学好数理化，走遍天下都不怕"的认识，科学知识成为人们学习追求的中心，这在特定的历史条件下，有积极的意义。但在科学技术高速发展的今天，科技知识越来越受到广泛重视，以培养理想信念、人生态度、道德情操为主旨的人文知识却在相当一部分学校遭到冷遇，由此导致了一系列严重后果，如部分学生精神世界贫乏，道德素质下降，青少年违法犯罪率上升等等。如果我们仅从技术层面来赞扬科技，"无异于买椟还珠——因为它消解了作为一种文化和智慧的科学的本真，泯灭了科学的精神价值和文化意蕴"[1]。正确处理科技知识与人文知识的关系，是一个亟待解决的重大课题。

其次，专业知识与综合知识如何协调？现代科学技术正朝着不断分化又不断综合的方向发展，为适应这种变化的要求，未来的人才不仅应具有某一专门领域的知识和技能，还应具有根据经济结构变化而改变工作类型的能力和熟悉整个生产过程所需的多方面知识和技能。因此，世界上许多国家都十分强调通识教育。但我国长期受计划体制的影响，强调"按需培养、对口就业"，忽视通识教育，导致人才的知识底蕴薄弱、思维方式单一等弊端。处理好通识教育

---

① 李醒民："思想的迷误"，《自然辩证法通讯》1999 年第 2 期。

与专业教育的关系，是培养时代需要的"厚基础、宽口径、高素质、广适应"专业技术人才的重要前提。

再次，书本知识与生活知识如何整合？在迅速发展的现代社会，学生接受教育既是为了适应现实生活的要求，也是为了适应未来社会的变化。从现实生活出发，编制生动活泼的教材，传授丰富多彩的知识，提高学生的生活技能，陶冶学生的生活情趣，提升学生的生活品位，帮助学生追求和创造美好的生活，是当今教育内容的必然选择。

由于社会转型对教育的影响极其复杂，教育的冲突还表现在教育方式、教育方法、教育手段与教育评价等很多方面。教育冲突的出现容易造成人们，尤其是教育工作者教育思想的混乱、价值取向的迷茫和教育实践的困惑，甚至使教育陷入无所适从的困境。但任何事物都具有双重性，教育冲突并非都具有破坏性，社会转型期教育冲突一方面暴露出现存教育的弊端，使教育陷入无所适从的困境，另一方面又孕育着变革的契机，推动着教育协调发展。只要能够正确认识，因势利导，合理调节，教育冲突就会变成教育改革的契机，成为促进教育与社会和谐发展的动力。调节教育冲突，既有赖于社会的整体调控，也有赖于教育的全面调适。正确认识教育领域中各种冲突产生的必然性及其表现，探讨调节这些冲突的思路与对策，既有利于促进我国当前教育改革的全面深化，也有利于推动教育与社会的和谐发展。

三、期待改变的中国教育：价值、能力、制度

一个国家教育的价值取向是指该国家对教育现代化的理想价值的追求。我国现代教育培养的目标应该是全面发展的人才而不仅仅是一个劳动者。但令人无法回避的一点是，这种认识往往只是停留

在理念的层面上，至多只是落实到口号上，在实际运行中则产生了较大的价值反差。各级教育管理者出于种种现实性的考虑，采取了一种功利性的做法，只敢在既有的教育体制中增加一些变通的措施，只是做加法，不敢触及教育深层次的问题与矛盾；在培养人才方面，只要短期的"太平"，看一时的升学率，而不管长期的国家人才发展策略，不顾长远危机；甚至做最不坏的选择——只要不出现大的结构性危机，就可以应付下去，陷入"非此即彼"的停滞陷阱。

1. 价值取向的迷茫化

建国以来，无论是在理论上，还是在实践中，我们始终强调教育与政治、经济之间的密切联系，强调教育适应社会需要，强调教育为社会、国家、政府的利益、目标和政策服务，并为此建立了一套较为严密的制度。

这种以满足社会、国家、政府等需要服务的价值取向，有它的历史必然性，但也会带来一些历史局限性。从认识上看，把教育的社会功能局限在教育"为社会服务"的功能上，对"教育为社会服务"的理解又往往集中在为政治服务，集中在教育直接为特定时期的社会目标和社会政策服务，容易把教育的社会功能简单化、教条化，容易被误解为，教育只是对不断变化的社会形势和任务的单纯的、被动的适应和顺应。这看似充分发挥了教育的社会功能，显示了教育的社会地位，实际上是以牺牲教育社会功能的本质为代价的。在这种情况下，教育成了实现某种目的的手段或工具，造成以"工具的直接效用"的评价。这种认识，使得教育的价值取向、宗旨完全服从于国家、政府的具体社会目标和政策，于是必然形成这样一种局面：国家、政府包揽了一切教育事务，成了唯一的学校开办者、教育管理者和监督者，这就迫使国家、政府承担起建立、管理和监督世界最大的教育体系的艰难使命。而事实上，由于我国的经济发展水平以及地区差异等，政府缺乏真正完成这种使命所必需的各方面条件。此外，由于教育机构长期缺乏自主性，而完全依赖、甚至依附于国家、政府，并不具有自我生存、自我发展的能力，因而，尽管几十年间一直不断强调教育要适应社会发展、教育为社会服务，但是，整个教育制度并未真正形成一种合理的、内在的、主动的、适合教育特征的社会适应机制，对社会形势变化的适应往往是外加的，因而是被动的。正因为教育不具有主动、灵活地适应社会发展的内在机制，因而，一旦社会发生重大的、根本性的变革，一旦教育所依存的社会基础出现结构性变化，教育就必然陷入茫然不知所从的尴尬境地。例如，前几年出现的将"破墙开店"、"处处收费"等行为当作"教育要适应市场经济"，就是这种现象的突出表现。教育行为与经济行为虽然存在着相似之处，但二者的本性是相悖的。经济行为的根本目的是以较小的投入获得最大的利润，利益是一切经济行为的准则。而教育行为的基本宗旨则是训练、陶冶人，发展人的天性，"人文"是一切教育行为的原则。以经济行为的原则指导教育行为，必然导致"人力"教育的不断强化，从而使"人性"教育日益萎缩，并最终使教育走向实质性衰败。由此可见，面对知识经济的现实，根据时代和社会的变化，确立新的适合时代发展需要的价值取向，是当今教育需要十分关注的。

2. 能力选择的功利化

各国在教育现代化的进程中如何处理好"为了社会发展"和"为了个体发展"的关系，是能力选择和课程设置必须要考虑的问题。"每个人的自由发展是一切人的自由发展的条件"①，这句话对

---

① 马克思、恩格斯：《共产党宣言》，人民出版社1997年版，第50页。

于我们认识和处理这两者的关系，有着十分重要的指导意义。对教育民主化和平等化的追求，体现了人们为协调处理好两者关系所作的努力。正确认识和处理好"功利"，是十分重要的。毋庸讳言，当下的中国教育，以过度的功利化追求为特点的"功利主义"倾向，却成了制约教育功能发展的桎梏。

不管是家庭教育还是学校教育，学生被鼓励朝着极端个人主义的方向发展。这其中有传统习俗的原因，也有教育方法的原因。但更为根本的是"教育价值取向"的迷茫和偏离所造成的。在学校里，教师鼓励个人竞争，但很少有意识地去培养学生的协作意识和公民意识。在个人竞争的学习环境中，学生之间很少有共同探讨问题的兴趣，也很少发生协作关系，而是各自暗中用功，这就形成了一种畸形的人际关系。虽然学校里实行班级授课制，但集体荣誉成了对每个个体毫无意义的符号，班级中缺乏团队精神。在家庭教育中，许多家长期望孩子将来成为人中龙凤，希望依靠子女实现生活的改善和阶层的提升。他们按自己的意志来培养孩子，急功近利，强迫他们学钢琴、练书法等，给孩子灌输"学得好，将来就可以出人头地"的思想。应该说，家长期待通过教育让子女谋得更好的地位、更好的工作、更多的薪水，本没有大错。但因此而置孩子在人文、精神、道德、文化上的全面发展而不顾，重智力开发轻情感培养，实有南辕北辙之嫌，结果一定是事与愿违。当今学生中普遍存在的"年级与厌学成正比"的现象，就是这种行为的必然后果。

教育的这种"功利主义"倾向，是一把双刃剑。正如我们前面在分析"百年教育"时所提到的，在"救国救民"、"富国强兵"的背景下，为了尽快改变国家的面貌，在教育内容的选择上，采用"功利"的标准，无可厚非。但必须看到，现代教育不仅具有直接的经济功利价值，同时具有促进社会平等和社会整合，促进人格养成、心智发展及文化传承和文化认同等非功利价值，而后者是教育更为本质的功能。片面强调教育的经济功利价值，会导致教育价值的失衡、教育品质的异化，沦为"目中无人"、见物不见人的教育。可以看到，当前我国人口素质的落后不仅表现为平均受教育程度仍然较低，而且表现为接受过一定程度教育的人在"做人"的能力和公民素质方面存在明显的不足。这正是教育中"人"的价值缺失、教育功能异化的结果。

首先，教育过度功利性，会使教育逐渐背离国家的教育方针。教育方针要求使每一个人都获得全面发展，而功利性的教育在排斥了一部分所谓升学无希望的学生的同时，对人的全面发展也造成了破坏。在追求升学率、重视智育的旗帜下，人的德、体首先被抛弃，而人的个性和创造性也在标准答案和题海战术中被彻底扼杀。无论教师的教，还是学生的学都是出于功利的目的，教育被功利性彻底异化了。

其次，教育过度功利性，会破坏人的培养规律和教育的可持续发展。十年树木，百年树人。然而，功利性的教育却只顾眼前，不顾长远；只要名利，不要事业。教书为赚钱，读书是为了考试等等功利思想和行为都在危害教育事业的健康发展。长期以来，我国在学术领域缺少大师级人物，产生不了诺贝尔奖获得者，教育难辞其咎。因为教育功利性与优秀人才的培养是格格不入的，与整个教育事业的大发展也是格格不入的。

3. 制度的缺位和越位

建国以后相当长的历史时期，我国的教育体制是计划经济下的政府集权、国家包办的体制，由此，人们常误以为，既然教育是国家包办的，政府拥有无上的权力，也就应该承担无尽的责任。因此，有关教育的一切，都推到政府身上。从宏观的确立教育方针、分配教育资源和经费、课程大纲与教材编写，到教师调配、设备添置、考试入学、教学进展、证书发放、作息安排等等，都应该由国家"政策"指令。应该说，在特定历史条件下，这样的管理体制有它的合理因素。但弊端也是很明显的，特别是在中国这样一个地域广阔、差异较大的国度，出现政府职能缺位和越位的现象，在所难免。例如：对社会低收入家庭、女童、残疾人、农村和边远地区人口，特别是弱势群体的教育补偿和优先扶持就力度不足。而一些属于学校内部管理的诸如人事调配、教学管理等，又往往干涉过多。

制度缺位的后果，不仅是教育资源的浪费，而且也会阻碍教育的正常发展。长期以来，我国办学成本高，办学效益低下。教育领域缺少效益观念，人员配备不合理、行政机关冗余、专业设置脱离人才市场需求；公办学校习惯于不断向政府要投资，只讲排场，不讲效率（或只讲分数、升学率）；学校内部经费分配不合理，缺乏规模经济，办学成本居高不下，这些弊端，无不和制度缺位有关。

制度越位，本质上就是政府职能的越位。如果政府事无巨细，样样独揽，不仅在学校可能成为制约办学者积极性和主动创造性的桎梏，而且还会导致部门领导急功近利，舍弃周期长、效益滞后、成本相对较高的人才培养和教育发展计划，使人力资源是第一资源和教育优先发展的战略成为一句空话。

现代教育的"透明度"原则，要求政府教育决策、规定、办事程序以及各项条款尽量公开。我国如何尽快改变教育行政部门对学校统得过多、管得过死的体制，公开、广泛、充分地实现民主，进一步扩大学校办学自主权，提高教育管理效率，是对政府在教育管理上的深层次挑战。衡量现代学校制度的重要标准之一，就是坚持教育为现代化建设服务和为人民服务的根本宗旨，实现政务公开和校务公开的制度化，抑制政府与公办学校的违规和腐败行为，规范民办学校的管理，构成教育实践主体的行政（背后是政府）、学校和教师三种力量才不会互相牵制或冲突，才可能以一种良性的互动促进学校乃至教育事业的蓬勃发展，办让人民满意的教育。

综上所述，我们运用"价值—能力—制度"的维度，对面对知识经济挑战的中国教育，进行了反思。我们意识到，与现代教育的要求相比，还存在一定的差距。要进一步推进现代教育的发展，需要我们从价值、能力、制度的层面，进行深入的探讨。

那么，什么才是符合现时代需要的教育价值取向、能力选择和制度保障呢？

第二章 生命—生存—生活：
实践现代教育的三个基点

这是一个流传很广的故事：

一个哲学家，乘船要到彼岸去，在船上，他发现船夫的年龄已经很大了，非常的辛苦，在那儿使劲地划着船。

哲学家就说："老先生，您学过哲学吗？"老先生没上过多少学，他说："哎呀，抱歉先生，我没学过哲学。"听完，这个哲学家摊开两只手说："那太遗憾了，你失去了50%的生命呀！"

过了一会儿，哲学家又看老先生如此辛苦，他又说："老先生，那您学过数学吗？"那个老船夫就更自卑了，说："对不起先生，我没学过数学。"哲学家又说："那太遗憾了，那您将失去80%的生命呀！"

正在这个时候，突然一个巨浪把船打翻了，两个人同时掉进水里，都在作挣扎，就在这时候，船夫看着哲学家如此费劲地在那儿挣扎，就说："先生，你学过游泳吗？"这个哲学家回答："我没学过游泳。"那个老船夫说："哎呀，那真抱歉，那你将失去100%的生命了。"

关于这个故事的寓意，可以有各种不同的诠释，它给我们带来的启示，也是多方面的，至少从中我们可以领悟到"生命"的价值和意义。常识告诉我们：人，首先必须吃、喝、住、穿，然后才能从事政治、科学、艺术、宗教等等活动。这个非常普通的道理，正是对这个故事的绝佳注解。当"以人为本"的理念日益深入人心，成为我们这个时代的主旋律时，它必将对教育的"价值取向"、"能力选择"和"制度保障"产生重要的影响。

第一节　"三生教育"的产生背景

一、现代社会与现代教育

从教育发展的历史沿革来看，可将教育分为原始教育、古代教育和现代教育。在原始社会极度恶劣的自然环境面前，人是如此的渺小、无力，因而，原始时代的教育具有"神化性"特点，表现出对自然的"崇拜性"。随着社会生产力的发展，当人类进入以农业为主的"自然经济时代"时，人本身也成为"物"的一种，因此，那个时代的教育具有"物化性"特点，表现为通过教育能成为"人上人"，实现对包括"人"在内的物的"占有性"。工业经济时代，蒸汽机带来了巨大的生产力，并斩断了束缚人们的形形色色的封建羁绊，让"人"第一次感受到了自己的力量。从那个时候开始，教育才具有了"人化性"特点，体现了人在一定程度上的"自主性"。

人们一般把开始于工业经济时代的教育，称之为现代教育。现代教育的产生与发展大致可分为四个阶段：第一阶段是从 18 世纪到 19 世纪后期约 100 年的时间，是与以使用蒸汽机为标志的第一次工业革命在先进资本主义国家的发生和发展相适应的；第二阶段从 19 世纪末到 20 世纪中期的这一段时间，是与以电气化为标志的第二次工业革命在各个先进资本主义国家和苏联的发生和发展相适应的；第三阶段指 20 世纪中叶到 20 世纪后期的这一段时间，是与以使用电子计算机为标志的第三次新技术革命在世界各国发生并普遍发展相适应的；第四阶段则是 20 世纪后期到现在，是与网络信息技术的普及应用以及由此引发的知识经济和知识社会时代的到来相适应的。

在讨论现代教育时，我们应该充分肯定起自于"第一次工业革命"的教育改革的功绩。作为那一次教育改革的成果，"班级授课制"的出现和推行，起因固然是大机器生产对劳动者的刚性要求，但这种形式的出现，为文化、科技、知识的普及，为民心民智的启蒙和开发，提供了机会和保障。从此，人，特别是占人口绝大多数的劳动者，才有了实现自己作为"宇宙之精灵"的机会，人类社会才有了从未有过的飞速发展。

时过境迁，当人类社会经历了以电气化为标志的第二次工业革命，进入了以电子信息技术为标志的第三次工业革命，特别是进入了以现代网络信息技术为标志、以知识经济为基础的知识经济时代的时候，现代教育又应该有哪些变化呢？

我们现在正处于知识经济时代的大门口。从世界经济合作发展组织 1996 年年度报告《以知识为基础的经济》中，我们得知，知识经济就是以知识为基础的经济，它表达了人力资本在经济社会发展中的核心作用。知识经济理论追求的是知识社会的建设。所谓知识社会，是以知识为核心的社会。在这样的社会中，智力资本将成为一个国家、一个民族、一个地区最核心的资源，受过教育的、富有创新意识和能力的人，将成为社会的主流群体。一般认为，这样一种社会具有"六性"、"三化"的特点，即：人本性、竞争性、公平性、全球性、整合性、创新性，网络化、智能化、信息化。

我们知道，人类社会活动是以人为主体，将自然资源和人文资源转化为物质财富和文化财富的活动过程。转化的主体是受教育的人，转化的过程是人的活动过程，转化的结果是人的享受追求。落实科学发展观从根本上讲，就是促进社会生产方式的转变、人们生活方式的转变和社会管理方式的转变，提高生产力水平、生活方式质量和社会管理能力。这三个转变都依赖于人的素质的提高。在知识经济时代，这种转化对于人的素质提出了更高的要求。我们可以得出这样的结论：现代教育发展到第四阶段——知识经济的时代，应该能起到促进现代经济发展，促进现代政治文明，促进现代文化繁荣，促进现代社会和谐，最终促进人的全面发展的作用。可以这样说，在人类漫长的发展历史上，教育从来没有像现在这样被赋予引领人类历史发展的使命。因为，知识经济、知识社会，只有拥有创造力的人，才能真正成为时代的主人，社会文化的发展，第一次实现了从"后喻型"为主向"前喻型"为主的转换。第一次做到了：没有人的发展，就没有经济的发展；没有人的文明，就没有政治的文明；没有人的和谐，就没有社会的和谐。教育就是使人真正成其为"人"，使人走向幸福的活动，教育的价值取向和价值观，将引领整个社会的价值取向和价值观。

据此，我们这样界定知识经济时代的现代教育，它应该是以人为根本，以价值塑造为前提，以能力培养为核心，以社会公平为基础，根植现代社会，引领时代不断进步的教育；是对现时代各种教育思想、观念、体制、内容、方法等的总称；是以现代生产和生活方式为基础，以现代科学技术和文化为内容，以人的现代化为目的的教育。基于以上认识，我们把这一阶段的现代教育的本质表述为：构建人的主体素质，发展人的主体性，完善人的本质，促进社会的文明进步，教真育爱，实现人的全面发展和幸福人类世界。

可见，与知识经济社会的特点相适应的现代教育具有人本化、全民化、国际化和开放性、合作性、创造性等特点。在推进教育改革、实现现代教育的过程中，我们必须坚持以人为本的科学发展观，以民生为本、以教师为本、以学生为本，实现好、发展好、保护好人民的教育利益；必须坚持推进全民教育，促进教育公平，人人享有教育的基本权利，提高国民整体素质；必须坚持国际化思维，本土化行动，现代化目标，跨国、跨地区整合教育资源，加强教育合作；必须坚持发展创造性教育，培养创造型人才，提高全民族的创造能力、竞争能力和发展能力；必须坚持教育效益至上原则，加强现代教育管理，努力提高教育的社会效益、经济效益、政治效益、文化效益和生态效益。总之，应该以"人"为中心，实现教育的跨越式发展。

现代社会的发展，具有阶段性；现代教育的推进，也具有阶段性。根据社会发展的不同阶段，确立教育价值取向，提出相应的教育发展目标，并据此选好教育的内容，形成适合时代需要的教育制度，才有可能扎扎实实地把教育推向前进。毋庸讳言，由于历史原因，中国社会现阶段的发展面临着"工业化补课"和"信息化发展"并行的双重任务。当东部发达地区大踏步迈向信息化时代时，西部一些地方还在继续进行着"实现工业化"的努力。但是，可以预料的是：实现跨越式发展，尽快实现以知识经济为基础的现代化，是全中国未来发展的方向。中国的教育，注定要为实现这个跨越作出自己的贡献。

二、"三生教育"是现代教育发展的必然要求

人类历史的发展，从本质上讲是"人"逐渐从自然、经济、政治等各种束缚中逐渐解放出来的过程，是人的生命意义逐渐彰显的

过程。从 16 世纪文艺复兴"人"的解放开始，到当代"以人为本"理念确立并为人们所普遍接受的过程，就是一部人类发展的历史。

人，首先是一种生命的存在。《辞海》是这样界定"生命"的："由高分子的核酸蛋白体和其他物质组成的生物体所具有的特有现象。能利用外界的物质形成自己的身体和繁殖后代，按照遗传的特点生长、发育、运动，在环境变化时常表现出适应环境的能力。"[①] 在哲学上，一般将"生命"理解为，生物所具有的生存发展的性质和能力，是生物的生长、繁殖、代谢、应激、进化、运动、行为表现出来的生存发展意识，是具体事物和抽象事物的统一、共性规定和个性特色的统一。不同的生物个体都具有共同的自主生存性质和生存意识，但是不同的生物个体由于所处的环境各不相同，因此，又表现出所具有的生命活力的特殊性。时间、空间、价值是一切事物具有的一般规定和内容，也是生命具有的一般规定和内容。作为地球上迄今为止生命存在的最高、最完善的形式——人，他们的"生命"的存在，是人类一切发展的基础和前提。

人的生命具有完整性，它不仅是"物的存在"，更是"精神存在"，是"理性"和"非理性"的统一。人的生命具有自主性，个人生命的价值和意义是有差别的，一个人只要努力奋斗、顽强拼搏就能充分发挥和展现自己生命的价值和意义。人的生命具有生成性，和其他生物相比，人的生命活动，同样要和环境进行互动交流，但人在这个交流互动中，改变着世界，创造着越来越美好的未来。人的生命具有独特性，世界上没有两个完全相同的生物，更不要说两个完全相同的人，每一个生命都是独一无二的。

人的生命，只有在一定环境中才能茁壮成长，这就是"生存"

①《辞海》（世纪珍藏版），上海辞书出版社 2010 年版，第 1675 页。

的含义。所谓"生存"，可以简单地理解为"活着，活下去"。它是自然界一切存在的事物保持其存在及发展变化的总称，特别是指生命系统的存在和生长。生命系统包括生物系统与生态系统，如微生物、植物、动物等就是生命系统，多种生物体与自然环境共生的形态就是生态系统。在我们人类刚刚产生时，面对野兽的侵袭，大自然的灾害，为了保护自己的安全，会用工具保护自己。遇到灾害有求生的欲望，这就是生存渴望或生存意识，在这种强烈意识的指引下，人们学会了生存。人类的社会系统，也像生命系统一样，都生存在环境中。社会系统是由社会人与他们之间的经济关系、政治关系和文化关系构成的系统，比如一个家庭、一个公司、一个社团、一个政党都是一个个的社会系统。社会系统也像生命系统一样，具有生长、适应和进化的功能，一个组织机构由组建到发展、壮大、扩张、危机、衰亡、倒闭、重建的过程，就是一个生长和进化的过程。另外，社会系统存在于、依赖于和作用于自然环境，生态系统成为社会系统的一个重要支撑，社会系统也对生态系统有重要影响。特别是联合国教科文组织发表《学会生存》的报告之后，"生存"不仅引起人们的关注，更是成为教育改革的热点和重点。

　　人的生命，只有在一定环境中，通过人们生生不息的活动才有意义和价值。人们习惯于把"人的各种活动"称之为"生活"①。狭义的生活，是指人在生存期间为了维生和繁衍所必须从事的不可或缺的生计活动，它的基本内容即为衣食住行；广义的生活，则是指人的各种活动，包括日常生活行动、工作、休闲、社交等职业生活、个人生活、家庭生活和社会生活。对于人类而言，生活是一个连续的过程，人不可能在生活进程之外同时进行另一个过程。生活既是教育的起点，又是教育的归宿。教育过程内含于生活进程之

---

① 《辞海》（世纪珍藏版），上海辞书出版社2010年版，第1674页。

中。教育过程作为"特殊的生活过程",乃是受教育引导的个人生活展开的过程。教育指向个人当下的生活并使教育过程成为充实、饱满的生活过程。

由此可见,在"以人为本"成为人们思考问题、实施教育的出发点和价值尺度的今天,以"生命"、"生存"、"生活"作为现代教育的基本内容,是有其现实意义的。为了便于讨论,下面分别以生命教育、生存教育、生活教育命名之(以下简称"三生教育")。

"三生教育"的提出,是时代的必然。我们知道,素质教育是顺应时代要求提出的教育理念和行动要求。但素质教育提出多年,实施依然困难重重,未能落实到位。分析其原因,除了人们常说的理念滞后、认识不到位等以外,我们认为最为关键的是需要找到一个切入点、支撑点,这样才有可能把素质教育从天上落到地上,从口号变为实践。这个切入点不仅要与人的成长规律和学生心智健康的规律相统一,而且要与解决学生素质教育的问题相结合。"三生教育"正好符合这个条件,因而必然成为深入推进素质教育的首选路径之一。

当前学校教育中,教育精神的缺失、教育品格的缺失、教育价值的扭曲、教育方法的僵化,固然是以"应试为唯一目标"的教育价值取向带来的弊端,但同时也与教育实施过程中缺少有效的路径和方法有关。仅以我们比较熟悉的"理想教育"为例,从幼儿教育到大学教育,应该体现是人生学习的一个个台阶,既不能颠倒也不能"躐等"①,才能起到应有的作用。可是,我们的现实是:幼儿园在"塑造""远大理想",而大学却在"训练""行为习惯",这种本末倒置的现象,其效果可想而知。在中小学,"应试唯一"的

---

① "躐等",出自《学记》,"幼者听而弗问,学不躐等也",意为"循序渐进,不随意超越等级"。参见傅任敢《学记译述》,上海教育出版社1982年版,第10页。

价值取向，提升"能力"变为提升"应试技巧"，我们的制度，似乎正为"应试唯一教育"提供保护伞，所有这一切，离我们所期盼的现代教育价值目标越来越远。在媒体上，学生不珍爱生命，轻生、自杀、残杀、伤害别人，伤害自然界其他物种生命的报道时有耳闻，其原因固然多种多样，但我们的教育，不仅没有教给他们对生命意义的认识，而且还使他们过早地陷入"恶性竞争"的泥坑，无法体会童年生活的幸福，这不能不说是一个重要的原因。至于不少在"应试"中"脱颖而出"的"佼佼者"，从幼儿园到大学，甚至获得了硕士、博士学位却依然面对生存问题束手无策，这更让我们教育工作者感到汗颜。有人对近 30 年来全国 144 名高考状元进行跟踪调查，结果告诉我们：几乎没有一个"状元"在自己从事的领域有大成就的。这一现象值得我们深思。试想，走上社会后，这些"佼佼者"连适应社会、实现自身发展都如此困难，又怎能指望他们有多高的"创造能力"呢？在日常生活中，我们不难看到一些对生活没有追求、对生活信心不足，缺乏信念，幸福观狭隘的"无头苍蝇"式的学生。为了应对教育价值危机，构建现代教育价值体系，云南省从 2008 年起在幼儿园到大学各类学校中广泛开展的生命教育、生存教育和生活教育，受到了国内国际的广泛认同和高度评价。2009 年 5 月 29 日在北京人民大会堂举办的"中国生命·生存·生活教育论坛"，2010 年 7 月 14 日在香港举办的具有国际意义的"中国生命·生存·生活教育高峰论坛"，标志着现代教育价值体系和教育模式的诞生。

第一，实施"三生教育"是提高国民素质的基本要求。教育事业的发展集中体现在促进人的全面发展上，体现在人的素质提高上。"三生教育"从根本上说，就是要使自然人转化为社会人，是使人真正成其为人的教育；是培养理想远大、信念坚定的新一代，品德高尚、意志顽强的新一代，视野开阔、知识丰富的新一代，开拓进取、艰苦创业的新一代的教育。实施"三生教育"应坚持育人为本、德育为先，根本任务是立德树人。素质教育关注人的素质提升和内在发展、和谐成长，具有基础性、主动性、发展性、实践性、创新性等特征。"三生教育"着眼于学生的健康成长、成人、成才，着力开启学生心智，培养学生的创新精神和实践能力，提高学生的健康水平，促进学生的全面发展。

第二，实施"三生教育"是现代教育的基本任务。现代教育是坚持以人为本，坚守教育公平，适应当代、引领未来的事业。现代教育具有人本化、大众化、社会化、国际化、现代化和公平性、民主性、科学性、法制性、创新性等特点。现代教育的根本目的是实现教育现代化，本质是促进人的现代化，核心是培养适应当代社会和未来社会需要的人。发展现代教育必须坚持以教师为本，以学生的发展需要为本。发展现代教育，事业发展是根本，制度创新是关键，价值体系建设是核心。这三者构成了完整意义上的现代教育发展必不可少的支点，形成了支撑现代教育发展的"铁三角"。"三生教育"从帮助个体成长出发，着力于促进个人发展与社会发展的统一、人与自然的和谐发展，努力培养现代社会所需要的现代人，是建设现代教育价值体系的重要载体和有效切入点。

第三，实施"三生教育"是促进学生全面发展的基本途径。"三生教育"站在人文精神和科学精神融合的高度，从人文关怀的高度出发，关注人类发展面临的普遍问题，关注个体生命、生存、生活的基本问题，关注学生主体、健康、全面发展的问题，从小事做起，从点滴入手，由表及里、由浅入深地开展教育，从人生的起点上逐步构建个体成长的基础，为人的全面发展提供了可能性和现实性。

第四，实施"三生教育"是实现家庭幸福、促进社会和谐的必然要求。幸福是人生的终极目的，家庭幸福是以家庭成员的幸福追求为前提的。帮助和引导学生从小确立高尚的幸福观，去追求一种真正有意义的生活，是实现家庭幸福的基础。家庭幸福以每个家庭成员树立正确的生命观、生存观、生活观为标志。社会和谐从根本上讲是人的和谐，是生命的和谐、生存的和谐、生活的和谐、人与自然的和谐。开展"三生教育"，对帮助学生增强爱心、感恩之心和社会责任感，从小树立正确的家庭幸福观，培养为幸福生活而奋斗的激情、理智和意志力，都有着重要的促进作用。

第五，实施"三生教育"是推进教育国际化、发展普世教育的重要基础。国与国之间的教育对话和交流合作，全球教育治理和教育发展都需要有坚实的基础。任何国家、任何地区的教育都应该是发展人的生命、生存和生活，促进人类的文明进步。"三生教育"追求的不光是培养国家私民，而应该是培养合格的国家公民和世界公民。"三生教育"作为对人类贡献的教育智慧，对促进中国与各国的教育发展，促进世界各国之间的教育对话和教育合作交流，促进普世教育都有着重要的意义。

总之，在现阶段，"三生教育"体现的是符合时代需要的教育价值取向，它必然影响教育内容的选择和教育制度的设计。

第二节　"三生教育"的内涵及相互关系

现代教育的本质是以人为本的教真育爱，教育的终极价值是使人成其为人，使人全面发展，使人生活幸福。人是由生命、生存、生活构成的有机体。人的发展是生命成长、生存改善、生活发展之间相互影响和相互作用的整体运动过程。当我们确认现代教育要以人的有尊严的生活和人的发展为本时，生命、生存、生活就成为促进现代教育的切入点、支撑点和基本点。因此，推进生命教育、生存教育、生活教育，自然成为推进现代教育的价值取向、内容选择的基本依据，也必将成为现代教育制度的基础。

一、生命教育：认识生命、敬畏生命、发展生命

所谓生命教育，就是帮助学生认识生命、尊重生命、珍爱生命，促进学生主动、积极、健康地发展生命，提升生命质量，实现生命的意义和价值的教育。其主要任务是：通过生命教育，使学生认识人类自然生命、社会生命和精神生命的存在和发展规律，认识个体的自我生命和他人的生命，认识生命的生老病死等过程，认识自然界其他物种的生命存在和发展规律，最终树立正确的生命观，领悟生命的价值和意义；以个体的生命为着眼点，在与自我、他人、自然建立和谐关系的过程中，促进生命的和谐发展。

教育要认识生命、敬畏生命、发展生命，这是因为教育起源于生命、依据生命、服务生命，生命是教育的基础。主要体现在：一是生命价值是教育的基础性价值；二是生命的精神能量是教育转换的基础性构成；三是生命体的积极投入是学校教育成效的基础性保证。教育与人的生命和生命历程密切相关。教育的开展既需要现实的基础——生命个体，又需要把提升人的生命境界、完善人的精神作为永恒的价值追求。教育受制于生命发展的客观规律，它必须遵循个体生命发展的规律。教育的生命基础决定了教育必须依据生命，尊重生命，提升生命。

据有关文献记载，生命教育这一概念的提出是在 1964 年。那一年，日本学者谷口雅春出版了《生命的实相》一书，第一次提出了生命教育的概念，并以此与当时导致师生关系决裂的"唯物教育"相对。1968 年，美国学者杰·唐纳·华特士，从印度瑜伽大

师雪莉·雪莉·阿南达·摹提吉那里获得启示，首次明确提出生命教育的思想，并且在美国加州创办"阿南达村"、"阿南达学校"，开始倡导和实践生命教育的思想。直到 1989 年，日本在修改《教学大纲》时，针对青少年自杀、污辱、杀人、破坏自然环境、浪费等现象日益严重的现实，提出"以尊重人的精神"和"对生命的敬畏"之观念来定位道德教育，才出现了现代意义上的生命教育。不久，中国台湾、香港地区的中小学，也系统地开设生命教育课程。随后，生命教育的理念越来越受到人们的重视，并取得了令人瞩目的成绩。近年来，中国内地许多有识之士也开始关注这一问题。大家开始意识到，青少年遇到挫折，选择终结生命这种极端做法，除了心理脆弱的原因之外，还跟社会、学校、家庭对青少年缺乏生命教育有关。"21 世纪的教育改革呼唤越来越多地关注生命"的呼吁以及围绕这一主题提出的对策和措施建议，受到各方面的重视。2004 年，党中央、国务院先后出台的几个关于加强青少年思想道德教育的文件，明确要求：把生命教育作为思想道德建设的重要载体，纳入全民素质教育范畴统一考虑、有效落实。随后几年，生命教育取得了许多可喜的成绩。上海市制定并出台了《上海市中小学生生命教育指导纲要》，对青少年进行生命起源、性别教育、青春期教育、心理健康教育和生存训练等方面的指导。辽宁和江苏两省教育系统也将把开展生命教育作为工作重点，培养青少年珍爱生命的意识。辽宁省还启动了中小学生命教育工程，制定了《中小学生命教育专项工作方案》。湖南省也于 2005 年颁布了《湖南省中小学生命与健康教育指导纲要（试行）》。2005 年 12 月中国宋庆龄基金会在北京主办了中国首届青少年生命教育论坛。2006 年 12 月，"第二届中华青少年生命教育论坛"在北京举办，北京大学还在论坛上发布了《中华青少年生命教育年度立项报告》。我国的生命教育已经形成了政府主导、民间参与、社会各界积极配合的态势。

我们这里所说的生命教育，就是在梳理和汲取了近年来生命教育的思考、探索和实践的基础上，从"价值—能力—制度"的视角提出并实施的。

二、生存教育：强化意志、掌握技能、主动适应

"生存"指有"立足之地"，有生存空间，有"英雄用武之地"，它是自然界的一切生命存在形式。达尔文"物竞天择，适者生存，不适者亡"，道出了自然生物生存的普遍规律。但是，人与生物不同，不仅有与万物一样依赖环境生存的一面，更有为生存而适应和创造环境的能力。人类可凭借知识战胜危机，创造赖以生存的物质条件，这就是人类的生存能力，也是人的社会责任。基于此，人类必须不断学习知识，以掌握生存的本领，适应时代的需要。进行生存教育，是人类学习生存本领的最佳、最直接的途径。

所谓生存教育，就是帮助学生学习生存知识，掌握生存技能，保护生存环境，强化生存意志，把握生存规律，提高生存的适应能力、发展能力和创造能力，树立正确生存观念的教育。其主要任务是：通过生存教育，使学生认识生存及提高生存能力的意义，树立人与自然、社会和谐发展的正确生存观；帮助学生建立适合个体的生存追求，学会判断和选择正确的生存方式，学会应对生存危机和摆脱生存困境，善待生存挫折，形成一定的劳动能力，能够合法、高效和较好地解决安身立命的问题。

生存教育最早源于为提高人们对自然灾害（如地震、海啸、泥石流、龙卷风、雪崩），意外事故（如传染病疫情、动物疫情等）、社会安全事件（如恐怖主义、安全事件等）的认识，学会应对技能的需要而开展的。它通过教育人们面对各类突发事件如何冷静判断、规避风险、自救救人等，来提高人的生存能力。但随着社会的

发展，生存教育内涵越来越丰富，范围也日益扩大。特别是联合国教科文组织的名著《学会生存》发表以后，学会生存、生存教育更是成为教育文献上出现频率极高的词。

然而，国内生存教育的现状还远不令人满意。仅以"特殊情况下保存生命的自救生存技能"为例，有关部门曾对 7～10 岁的学龄儿童进行专项问卷调查，其中 40%～60% 的孩子，在物质诱惑面前缺少自我保护的意识；当问及"你掉进无法爬出的山洞怎么办"，大多数的回答是"用劲跳"、"拼命爬"、"喊救命"等消极办法；问及"你找不到家怎么办"时，近 70% 的人无言以对……2008 年的四川地震，由于没能掌握正确的逃生技巧，不少原本可以幸存下来的生命就那样匆匆地离去……我们还注意到：在被称为"信息之海"的互联网上，想找到几个专门讲述在各种情况下生存技巧的生存类网站，也并非易事。

"特殊情况下的应对技巧"教育都如此现状，更不用说社会生存能力教育了。当学生完成学业，走向社会时，如何通过自己的努力，找到合适职业、岗位，以便获得独立生存和发展的意识和能力，是当今学校教育的重大缺失。不要说刚完成中等教育的学生，即使是受过多年高等教育的大学生，又有多少能够做到独立生存和发展的呢？

可见，生存教育，更是需要我们给予特别关注的领域。生存教育是有层次的。最低层次，是上面提到的"应对事故"的教育，我们以为这是远远不够的。我们这里所说的生存教育，更多的是立足于人面对社会，通过自己的努力，找到合适职业、岗位，以便获得独立生存和发展技巧的教育，其核心是"生存意识"以及与其相配套能力的教育。"生存意识"作为保存生命的一种意念，是人类的一种本能，人类之所以繁衍不绝、昌盛兴旺，便是其生存意识强烈、生存手段多样的缘由。

三、生活教育：立足现实、注重体验、追求幸福

所谓生活教育，就是帮助学生了解生活常识，实践生活过程，获得生活体验，确立正确的生活观，追求个人、家庭、团体、民族、国家和人类幸福生活的教育。其主要任务是：通过生活教育，让学生理解生活是由物质生活和精神生活、个人生活和社会生活、职业生活和公共生活等若干方面组成；帮助学生提高生活能力，培养学生的良好品德和行为习惯，培养学生的爱心和感恩之心，培养学生的社会责任感，形成立足现实、着眼未来的生活追求；教育学生学会正确的生活比较和生活选择，理解生活的真谛，能够处理好收入与消费、学习与休闲、工作与生活的关系，使学生认识生活的意义，热爱生活，奋斗生活，幸福生活。

生活教育可以上溯到陶行知的教育思想。我们知道，"生活教育理论"是陶行知教育思想的主线和重要基石，他明确提出了"生活即教育"、"社会即学校"、"教学做合一"等一系列教育思想，主张教育同实际生活相联系，反对死读书，注重培养儿童的创造性和独立工作能力。他在晚年，又把生活教育的特点归结为生活的、行动的、大众的、前进的、世界的、有历史联系的几方面，指出这是争取大众解放、民族解放的教育。

当今的生活教育，在继承陶行知先生的生活教育思想的基础上，又有新的发展。实施生活教育从根本上说就是要运用教育的力量，追求学生均衡发展，以获得个体生活与群体生活不断的革新与进步。首先是谋求顺利适应现实的生活；其次在于对现实生活经验不断地更新改造，不局限于模仿过去，更要开创未来的生活；再次兼顾个人的调适与社会的进步，追求个体生活与群体生活的革新、进步与成功。

　　生活教育就是指导学生在生活中养成良好的习惯，发展天赋的才能，培养健全的品格；使之成为身心平衡、手脑并用、智德兼修、文武合一的人才的教育。凡与个人及社会生活有关的一切，均应是生活教育所应涵括的范畴。生活教育，统摄了家庭、学校、社会三大层面。学校生活教育已经发展出一套课程来实施教学，而家庭生活教育与社会生活教育则仅是约定俗成或社会约束等潜在的道德修养。学校生活教育的内容主要涵盖：日常生活教育、健康生活教育、道德生活教育、学习生活教育、公民生活教育、劳动生活教育、职业生活教育、休闲生活教育等。

　　生活教育的实施，是一种艺术，其中认知教学、行为实践与情操陶冶，必须因应对象（角色）之不同或时空之转换，而单独或整合运用，行为实践和情操陶冶尤为如此。若流于公式化或过分死板，将导致生活教育事倍而功半，甚而造成更大的社会问题。以生活教育与品德教育为中心的课程与教学的落实，对启迪学生自动、自发、自律的态度，陶融爱整洁、守纪律、负责任、重荣誉与合群互助之美德，培养身心健全、适应社会变迁之能力的时代胸怀，都有重要的意义。然而这一切都要是自然发生，是不可以过分强求的。学校教育功能膨胀、家庭及社会教育式微、偏重教条灌输、忽略行为实践、偏重习惯型铸、忽略认知启发等教育危机都会给生活教育带来问题。家长、教师、社会大众应以身作则，以身教代替言教；让学生在家长、教师的示范下，在社会大众的指导及舆论下，耳濡目染，久而久之，自能收到潜移默化之效。以热诚感动儿童，以人格教化儿童，使之变化气质，养成良好的生活习惯。生活教育是基本性、全面性、长期性的教育，它是以人的全部生活为实施对象，所以应从进退之礼开始教起，透过启发、关爱及无比的耐心，以培养他们自尊自爱、自动自治的精神，使之能守法尽责、关怀别人、充实生命、造福人群、造福人类。

　　教育即生活，生活离开了教育，便不成为生活；教育离开了生活，也不成为教育。显然，已有许多事实强烈地证明需要家庭生活教育、学校生活教育、社会生活教育。

　　生命教育、生存教育、生活教育三者之间互为条件，密不可分，相辅相成，是一个有机统一的整体。其中，生命教育是前提、是根本，生存教育是基础、是关键，生活教育是目标、是方向。我们认为，"三生教育"是适应当今现代教育的最佳模型，它深刻体现了现代教育的"价值取向"，深刻影响能力选择和制度保障。我们用如下表格来说明这三者的关系：

	生命教育	生存教育	生活教育
价值维度	认识生命意义，提升生命质量，实现生命价值。	理解生存环境，掌握生存技能，强化生存意志。	掌握生活技能，理解生活意义，追求幸福生活。
能力维度	个体生命质量的认识 群体和谐生存的认识	综合和专门技能整合 基础和发展环境协调	调节情感的需要 美好生活的技巧
制度维度	宏观——公共服务：投入、布局、保障。公共治理：督促、评价。 中观——社区环境：社区与学校互动。网络信息时代的家庭教育。 微观——自主：定位、支配、发展。要素优化：课程、师资、资源。		

　　教育即生命、教育即生存、教育即生活。"三生教育"引导人们关注生命、学会生存，成为生活的强者。它使当代人们所追求的"求真、向善、唯美、自由、尊严"理念的落实，有了扎实的载体；它使受教育者在"知生理、调心理、明伦理、懂哲理、晓事理"的过程中，实现"适应社会发展"与"促进个人成长"的有机统一，从而真正实现人的主体价值。因此，在当今世界，"三生教育"对社会、对人类都有意义，它是人类社会共同的教育价值取向，是中国奉献给人类社会的现代教育智慧。

第三章　价值教育：塑造"有尊严的现代人"

　　南怀瑾在他的《论语别裁》中有这么一段精彩的话：唐宋以后的中国文化，要讲儒、释、道三家，也就变成三个大店。佛学像百货店，里面百货杂陈，样样俱全，有钱有时间，就可去逛逛。逛了买东西也可，不买东西也可，根本不去逛也可以，但是社会需要它。道家则像药店，不生病可以不去，生了病则非去不可。生病就好比变乱时期，要想拨乱反正，就非研究道家不可。道家思想，包括了兵家、纵横家的思想，乃至天文、地理、医药等等无所不包，所以一个国家民族生病，非去这个药店不可。儒家的孔孟思想则是粮食店，是天天要吃的，"五四运动"的时候，药店不打，百货店也不打，偏要把粮食店打倒。打倒了粮食店，我们中国人不吃饭，只吃洋面包，这是我们不习惯的，吃久了胃会出毛病的。要深切了解中国文化历史的演变，不但要了解何以今天会如此，还要知道将来怎么办，这都是当前很重要的问题，因此我们要研究四书。

　　这段文字不难理解，它要告诉我们的是：价值取向的重要性。这个思想，对我们讨论以"三生教育"为主体的现代教育，不无启示。我们知道，教育的价值取向和价值观，是一切教育活动的灵魂。那么，从价值取向的视角看，"三生教育"的价值观有哪些基本的要求，又为什么符合现代教育的需要呢？

第一节　认识生命意义，提升生命质量，实现生命价值

以"三生教育"为主体的现代教育，从价值取向角度看，是生命教育价值、生存教育价值和生活教育价值的整合。其中，生命教育是基础，生存教育是核心，生活教育是目标，三者相互作用，相互促进，最终目标是：塑造"有尊严的现代人"。

一、认识生命教育的价值

所谓生命教育，指对受教育者进行生命与健康、生命与安全、生命与成长、生命与价值、生命与关怀的教育，帮助和引导受教育者正确处理个人、集体、社会和自然之间的关系，使受教育者认识、感悟生命的意义和价值，从而激活与生成对自身、对他人和对其他生命的尊重、敬畏与热爱之情，增强社会责任感，树立自尊、自信、自立、自强的精神，引导与提升自我生命价值与人生态度，实现个人与社会的和谐发展。通过生命教育，使受教育者认识人类自然生命、精神生命和社会生命的存在和发展规律，认识个体的自我生命和他人的生命，认识生命的生老病死过程，认识自然界其他物种的生命存在和发展规律，最终树立正确的生命观，领悟生命的价值和意义。生命教育以个体的生命为着眼点，在与自我、他人、自然建立和谐关系的过程中，促进生命的和谐发展。

根据这一认识，我们把生命教育的价值取向，归纳为三句话：认识生命意义，提升生命质量，实现生命价值。

　　"认识生命意义"，就是要使受教育者在了解生命的形成和发展规律的基础上，充分认识生命的唯一性，从而树立起珍惜生命、敬畏生命的意识。

　　"提升生命质量"，就是要使受教育者认识生命的成长发展规律，了解有质量的"生命"的特点，懂得如何保持生命的乐观态度，过好充实、愉快的每一天。

　　"实现生命价值"，就是使受教育者认识人类自然生命、精神生命、社会生命的关系，学会通过自己的努力，为创造自我、他人、自然和社会的和谐关系作出自己应有的贡献。

　　总之，使人认识生命、珍惜生命，知道自己从哪儿来到哪儿去，知道生命是一个短暂的过程；使人领悟到生命是自然生命、社会生命和精神生命的统一，人活在世界上就是要追求更高的生命目标。认识这些，是作为一个"有尊严的现代人"必不可少的基础。

　　由于种种原因，我们的孩子，从小就被灌输"考个好学校就能出人头地"的思想，为此，不少家长不惜剥夺了孩子们童年应该有的欢乐。这样的后果是，在孩子们的意识里，"自主的、生成的、完整的、独特的"生命特征，完全被笼罩在竞争的阴影里。他们的"生命"，他们的"成长"，似乎都不是自己的事，在他们看来，来到这个世界的意义，只是在为别人、为分数"撑门面"。这种把"人"不当"人"的教育模式，怎么让孩子们能体会到生命的意义和价值呢？更不要说生命的快乐、幸福了。因此，当因种种原因无法满足家长们的希望时，他们陷入迷茫和痛苦，甚至做出放弃生命的决定，是不难理解的。我们提出生命教育，从价值取向上说，就是要从教育的本质出发，在尊重人生命的价值、尊严的基础上，探索生命价值教育的理念与方法，教会学生懂得珍惜自己的生命，并在此基础上培养学生的生活调适、人际互动、社会适应能力以及道德、责任、良心、尊重等德性的养成，让学生通过对生命的深层感受，深刻体会到人与人、人与社会、人与自然的各种关系以及人的自由、自主、尊严、价值、理想，形成"生命的智慧"。

二、实施生命教育的途径

1. 形成学生正确的"生命价值"观

教育的终极价值是使人成其为"人"，成其为全面发展的人，成其为有价值的人，成其为幸福的人。为此，要让学生明白：

——保全生命，悦纳自己。生存是生命的底线，只有生命的存在，才能谈得上人的其他问题。活着，本身就具有意义。人一旦放弃生命，也就放弃了一切。要形成这样的认识：不珍惜生命，轻易放弃自己的生命是滥用生命的体现，是一种恶的行为；好好活着，既是对自己负责，也是对家庭、社会负责。

——发展生命，实现价值。人的生命的本真意义在于谋求发展，发展是人类生命存在的自觉意识和永恒追求。要形成这样的认识：人要想有意义地活着，就必须在有限的生命中，追求生命的永恒价值，实现自己的人生追求和理想，从而珍惜和敬畏生命，主动创造自身的生命价值。

——认识"死亡"，敬畏生命。人的生命的完整过程包括生与死，死亡是生命的重要组成部分。要形成这样的认识：死亡是人的正常生理过程，死亡对亲人、朋友的可能的伤害，认识生命的脆弱和宝贵，从而更加珍惜生命。

2. 掌握系统生命发展的知识

在终身教育背景下，学生接受教育的途径是多样的，但学校依然是他们最重要的途径。学校教育通过系统的生命价值知识的学习和传播，使学生更好地理解生命的价值，提升生命意识和生命能力。为此，主要做好以下几件事情：

——开好独立的生命价值教育课程。系统讲授生命价值教育的学科规律，生命知识、生命安全技能、生命智慧、生命超越和人生价值实现等常识，让孩子们从生存、安全、法制、健康、理想、信念、人格、情感等广义的生命领域去领悟生命的意义和价值。

——联系平时教学让学生学会多视角地认识生命。通过挖掘各门学科中蕴含的生命意识、生命价值，让学生在增长知识中体验和感悟生命的社会属性，领悟珍惜生命、善待人生、积极进取的真谛。

3. 优化学校专职咨询辅导力量，解决学生生命发展的多元性

要积极培养学生健全人格。尽管学校可以通过上述途径和渠道对学生群体进行正面的教育，但毕竟学生是存在差异的，在个体学生需要的时候，应该采用有针对性的方法，使学生的生命成长得更美好。为此，我们要做的是：

——把心理健康教育纳入学校课程体系中，使心理健康教育成为校园文化建设的有机组成部分。

——健全心理咨询、危机干预机制，通过提供多样化的优质服务及系统跟踪，进行自我心理调适，保持心理平衡，增进自身心理健康和人格健全。

4. 丰富校园文化和拓展社会实践领域，为学生生命价值教育创设"体验"情境

"体验"是一种心理过程和心理状态，在体验中，能够让学生真正体会到生活的真谛和意义，感悟自身生命存在的价值。为此，要做好以下几点：

——丰富校园文化。以校园精神为主要特征，以学生为主体，以课外活动为内容的校园文化，能够为学生提供一个自我教育和发展的良好空间，可以大大丰富和活跃他们的生活，满足他们归属和交往的需要，为学生创设良好的生存感受体验环境。

——拓展社会实践领域。社会实践活动能够为学生才能的施展提供广阔舞台，并提高他们的责任意识，社会实践活动在学生生命价值能力形成过程中具有重要作用。学生通过参与多种社会实践活动，可以广泛接触社会，正确认识社会、认识自我，找到个人与社会的结合点，增强社会责任感。

第二节　理解生存环境，掌握生存技能，强化生存意志

一、认识生存教育的价值

人的发展是由生命发展、生存发展与生活发展共同组成的整体运动过程，其中，生存是沟通生命与生活的桥梁。生存教育是当代世界广泛关注的一个话题。1972 年联合国教科文组织国际教育发展委员会在《学会生存——教育世界的今天和明天》中首次提出了21 世纪教育的口号为"Learning to be"（学会生存），将学会生存作为当代教育改革与发展的重要任务。1996 年联合国教科文组织在《教育——财富蕴藏其中》中又强调："教育的最终目的是培养孩子的生存能力，让他们学会生存"，"学会认知、学会做事、学会共同生活、学会生存"是生存教育的四大支柱。

与生命教育不同的地方在于，生存教育更强调人与环境的互动以及在这个互动的过程中如何实现人自身的发展，满足自身的幸福。解决好"人与环境"的矛盾，就是生存教育最为重要的价值取

向。生存教育，就是要在破解当代人的生存危机中，引导人们走出生存异化，寻找对生存的本质回归，实现自身生存的价值。所以，生存教育要凸显生存中的美，将生存中的美与善良、公平与正义、德性与法治以及破解人类生存危机紧密结合起来。所有这一切，也是一个"有尊严的现代人"所必不可少的基本素质。

具体来讲，生存教育的价值追求主要包括：理解生存环境，掌握生存技能，强化生存意志。

"理解生存环境"。人类生存环境由自然环境和社会环境共同组成。理解生存环境，就是要把握生存的规律，把握"生存的主动权"。一般认为，生存主要有以下三大法则：一是"适者生存"。是指通过对生存规律的把握，使个体在日益激烈的竞争中保持旺盛的精神，提升自己的生存技巧与生存能力。二是"生存有度"。要学会理解任何物种的生存空间和生存环境都是有限度的，从而避免物质欲望的无限膨胀带来的资源枯竭、环境恶化等生存困境，实现可持续的发展。三是"生存发展"。注意选准时机，实现对生命本身的超越。总之，我们要坚持理性的发展、科学的发展、和谐的发展，将生存之根牢牢建基在智慧生存的轨道上。

"掌握生存技能"。系统传授生存的知识、技能和经验，在这个过程中，提升生存意识、生存能力，形成科学的生存价值观，促进学生个性自由全面健康发展，实现人与自然的和谐统一。鼓励生命个体在获得最基本的生存需要的基础上，不断创新，去开拓生存环境，提升生存品质，进而提升人类整体的生存能力，推进社会文明的进步，提升人类的生存环境，扩大人类的生存空间。

"强化生存意志"。生存意志是生存教育的核心，通过生存意志的培养和提升，使人能科学地认识生存环境，正确地对待生存空间，正确地选择生存方式，从而生活得更美好。总之，生存教育解释生存困境，突破生存困境，引导人走出生存迷惘，在破解当代人类的生存危机中，引导人类在走出生存异化的过程中，寻找对生存本真的回归、对生命本真的回归，实现教育的生存价值与生命价值。

二、实施生存教育的方式

从实践层面来看，不同国家和地区对生存教育的理解各有差异，但其主要内容都是围绕着培养生存技能和怎样适应社会展开的。通过生存教育变学生被动地适应社会为主动地适应社会，教会学生学会在独自情况下生存，培养独立精神和自理能力；学会在压力下生存，培养进取精神和创新能力；学会在紧急状况下生存，培养冷静沉稳的态度和自我保护能力；学会在集体中生存，培养团结精神和协作能力；学会在逆境中生存，培养坚强意志和抗挫折能力。通过生存教育，使学生树立生存意识，学会生存的方法，知晓生存的艰辛，成为适应性强的"社会人"。人是一切社会关系的总和，人的生存和发展离不开具体的生活条件，也离不开所处的群体。这就要求人通过生存教育，掌握生存的法则和与所处群体进行交往的手段；学会维持生活的知识和技能；争取有保障的生存权利；改善生存条件，提高生存的质量。

生存教育的成果是一种隐性的知识与技能，是面对挫折与灾难时的一种自我防护的意识和强烈的生存欲望，它很难物化为可展示的教育"成果"，但生存教育一定是关怀、呵护生存的教育，它是指向人生的高质量生存的实践课，它的终极目标就是让学生实现共性与个性的和谐统一。生存教育作为一种新型课程，它一方面要向受教育者传授知识、技术和生存手段，另一方面要传播文明健康的生活方式，传播社会生活领域内诸方面的道德标准、价值取向和行为规范。主要从以下几个方面着手：

——开设生存教育课程，进行直接的生存教育。通过讲授生存的自然过程、生存的价值和意义，如何珍惜生存和实现自身的价值、实现社会价值等，为学生对"生存"的认识奠定基础。

——在其他学科课程中渗透生存教育。挖掘各学科课程中的生存教育的元素，引申突出生存的重要特点和技巧。整合其他课程，如学生心理健康教育、性教育等，利用多种资源，把生存教育渗透到各学科教学中，以增强生存教育的效果。

——创设生存教育氛围。遵循学生身心成长规律，建立健全学生生存教育关怀与指导的工作机制，把生存教育纳入校园文化建设的范畴，使生存教育成为学校文化的重要组成部分。

——强化社会实践活动中的生存教育。将生存教育渗透到社会实践中，在实践中掌握生存知识，形成正确的生存态度、生存意识。

——学校和家庭联起手来，共同进行生存教育。充分利用生存教育与日常生活紧密相关的特点，发动、辅导家长结合日常生活对孩子进行生存教育。

进行生存教育是全社会的责任。学校是培养人才的基地，从这里走出去的人才应该是全面的人才，不仅拥有专业知识，同时还拥有健全的人格，积极向上的乐观精神。因此，学校要积极进行生存教育，让每一位学生远离消极和灰心，让生活的阳光普照到每一位学生的身上。

第三节　把握生活智慧，理解生活意义，追求幸福生活

一、认识生活教育的价值

人类一切活动的出发点是人与人的生活，生活是人类活动的落脚点。"有尊严的现代人"，应该是具有生活技巧、生活追求，充满幸福感的人。教育是培养人、完善人的活动，那么关注人的生活，理应成为整个教育的核心问题。当知识经济、知识社会来临之际，教育对人的生活的影响，早已不是"滞后"、"迟效"的了。当代人生活的价值，来源于教育，已经是不争的事实。由此，在"三生教育"中，生活教育的价值意义更为重要。

人的一切实践活动的目的就是追求幸福，没有人会主动去做一件让自己感到不愉快、不幸福的事情。然而，如何理解"幸福"，不同的人会有不同的解释，从而体现出人的不同层次。对幸福的理解，是源于人们对生活意义的理解。因此，我们认为：生活教育的价值，主要体现在三句话上，这就是：把握生活智慧，理解生活意义，追求幸福生活。

"把握生活智慧"。一切具有生命的东西都无一例外地向着有益、有利、方便于自身的方向发展，也同时总是尽力避免向相反的方向发展，躲避那些破坏、有害于自身的事件，这是人类在长期进化中积累起来的"趋利避害"的本能，而这一"本能"则凝聚了多少技巧和智慧。通过生活教育，让学生了解、掌握这些智慧和技巧，从而在人生道路上走得更为稳当。

"理解生活意义"。生命，既是个体的、自己的，也是群体的、社会的，只有将个体的生活融入社会、融入群体，将个体的成长和社会群体的发展融合起来，才是有意义的生活。

"追求生活幸福"。教育源于生活，高于生活，又最终指向生活。生活则始终以体验幸福为目标。因此，通过生活教育，使受教育者认知生活，热爱生活，学会以个人幸福促进家庭幸福、团体幸福、民族幸福、人类幸福，这是现代教育义不容辞的责任。

总之，生活教育是帮助学生了解生活常识，把握生活智慧，实践生活过程，获得生活体验，确立正确的生活观，追求个人、家庭、团体、民族、国家和人类幸福生活的教育。通过生活教育，使学生认识生活的意义，热爱生活，奋斗生活，幸福生活；让学生理解生活是由物质生活和精神生活、个人生活和社会生活、职业生活和公共生活等组成的复合体；帮助学生提高生活能力，培养学生的良好品德和行为习惯，培养学生的爱心和感恩之心，培养学生的社会责任感，形成立足现实、着眼未来的生活追求；教育学生学会正确的生活比较和生活选择，理解生活的真谛，能够处理好收入与消费、学习与休闲、工作与生活的关系。

教育作为一种生活实践，它的目的在于追求幸福生活，这种幸福是指所有参与者的幸福，既有教育者的幸福，也有受教育者体验到的幸福。教育的过程虽然有自身的重心，即教育目的在受教育者身上的实现，但丝毫不能干扰其作为一种社会实践活动所必须指向幸福的追求。正因为教育过程的重心倾向于受教育者，因此，在受教育者身上的教育目的的实现对于教育实践整体的幸福举足轻重。

教育目的的实现是迈向人生幸福的奠基石。教育目的的实现，对教育过程的幸福追求不是一种阻碍，它对受教育者未来的幸福生活更是意义非凡。教育实践使受教育者认知到幸福的"真"，影响、培养、促进受教育者的发展，是教育前进的第一块基石。对受教育者整个人生的幸福来说，教育目的的实现是一个必不可少的条件，是一个最基本的前提，是最有决定意义的因素，它的实现效果对整个人生的幸福有着一定程度上的制约作用。

二、实施生活教育的措施

重视在基础教育阶段对学生进行生活实践教育，为他们尽早接触社会和工作生活创造条件，通过学生的实际体验培养其职业意识、市场观念、商业意识以及经营理财的本领，使基础教育阶段培养出来的青少年，不论升学或从事哪种职业，都能成为一名合格的社会成员。要达到这一目标，应该从以下几点做起：

——确立生活教育的理念：教育与生活是一脉相承的。在现代社会，教育源于生活，高于生活而又直接指向生活，那么一切围绕生活，以生活为核心的教育自然是教育实践必须关注的。教育即人的生活，整个人类生活的历程就是人类接受教育的过程，人是在不断地接受教育中得以延续和发展的，人类也是在教育的氛围中成长与进步的。教育基于逝去的生活，在眼前的生活中活动，面向未来生活，为以后生活的幸福照亮前进的道路。教育是生活自有的东西，是人生原有的，并非外加在生活、生命之上的。陶行知有言："是生活就是教育，不是生活就不是教育；是好生活就是好教育，是坏生活就是坏教育"、"是康健的生活，就是康健的教育；是劳动的生活，就是劳动的教育；是不劳动的生活，就是不劳动的教育；是科学的生活，就是科学的教育；是不科学的生活，就是不科学的教育；是艺术的生活，就是艺术的教育；是改造社会的生活，就是改造社会的教育；是不改造社会的生活，就是不改造社会的教育。"① 一切教育都只有、也必须通过生活才有效，才可行，才是真的教育，才是善的教育，才是美的教育，才是幸福的教育。

——寻找生活教育的切入点：教育与生活交相辉映。要把握住生活与教育的一致性，既关注生活，又关注教育，关注生活就是关注教育。生活制约着教育，而教育从属于生活。生活教育体现着人类存在的意义，折射出人类智慧的潜力，唤醒人的生命灵性，启迪人的精神世界，建构人的生活模式，使人类更全面、更尽情地展现出人之为人的魅力。

——注重生活教育的实际体验：从已知的生活中汲取幸福。教育与人类生活紧密联系，且为人类生活所必需。教育是社会生活延续的工具，人类生活因教育而延续、生存、更新。杜威在《哲学与教育》中明确指出，教育应该被视为达到并延续美好生活的手段，这种美好的生活对于个人来说是充分的、优雅的、丰富的，对于由个人组成的社会来说，也是美好的。每个时期的教育，都会从已知的生活中提取精华，汲取其中的幸福瞬间与幸福经验，并把它吸收、孕育在教育中，然后通过教育过程"传达"后来人，以促进生活的改造、更新、进步。教育是对已知生活的反省总结、品味消化，它源于已知的生活，又高于已知生活。生活教育，是从已知的生活中汲取幸福，然而并不是生搬硬套的吸纳，而是以现有的生活幸福为最低目标，以将来的幸福生活为远景，顺应人性本意，面向未来生活幸福，"为我所用"的形而上的继承。

——追求生活教育目标：幸福完整的教育生活。教育是人类的一种实践活动，属于生活的范畴，也是人类的一种存在方式、行动方式、生活方式。美国哲学家、教育家杜威认为教育的本质可以用

---

① 陶行知：《生活即教育》，《陶行知全集》（二），湖南教育出版社 1985 年版，第 181 页。

三句话来概括："教育即生长"、"教育即生活"、"教育即经验的持续不断的改造"。事实上，教育是一个完整的、自足的生活实践。所以，生活教育首先为人们提供一种幸福且完整的教育生活。学校里那种"鸟笼式的教育"实在太苍白乏味了，只有在教育中添加生活的酸甜苦辣咸等佐料，像生活一样充满生机、活力、激情，教育才会显得自然、有生气、有滋有味，才是生机勃勃的教育，才是人类的教育。如果我们的孩子天天埋头于书山题海中，奔走在教室、食堂、宿舍"三点一线"之间，"两耳不闻窗外事，一心只读圣贤书"，那么这样的教育还是教育吗？如果老师、学生们都丝毫不能体会到教育本身的快乐和幸福，这样的教育有何意义呢？教育，作为人类生活中一项特殊的实践活动，它对自身幸福的追求自在情理之中，这是教育本身首要达到的目标，更是教育本身所不可缺少的，是教育的"灵性"之源、活力之本。生活教育强调要重视教育的生活意义，教育中生活韵味的增加，使得教育一下子拉近了与生活的距离，让教育显得饱满、丰富、生动、鲜活起来，教育整体显得幸福完整。这也正是生活教育的要义：营造一种幸福完整的生活——教育生活。

——集聚生活教育的力量和经验：照亮通向未来生活的幸福之路。教育是引起生活变化的"伟大力量"，它对生活的改造、促进作用来自生活，在生活中进行酝酿、蓄积，并且最终又通过生活散发出真正的力量，这才是真正的教育、完美的教育、幸福的教育。在最广泛的意义上，教育乃是人类生活延续继起的工具，是生活转承起合的桥梁，更是人类自身轮回进化的"中继器"。教育培养人，以人为载体对生活进行改造，以促进生活向着更高层次前进。生活自身时时刻刻都在不断变化、发展着，它通过生活的特殊变体——教育，向繁衍不息的人类解释其变化的可能性，借助于人类的能动性完成自身的更新、改造。生活是教育的根，教育的生命，教育的精神。教育促进个体和人类的生活有条不紊地存在、发展，并升华着具有特殊意义的人类实践。它不仅要实现当前教育生活的幸福，同时还必须放眼未来，对未来的生活做出自身的努力。因此，教育必须作用于人的生活，教育是生活的改造。人类的幸福，是由生活成就的，是来源于生活、环绕生活而又普照生活的。生活教育深刻彰显了教育与生活之间水乳交融、相生互补的精髓，它从教育最根本、也最鲜明的起点——人类的生活——出发，从汲取已知生活的幸福，在当前生活中孕育并努力给人们的现世生活带来幸福，同时又指向人类未知生活的无限幸福，时时刻刻以人类生活的终极幸福为导向。生活教育，培养真正的人，教会生活，在教育中引领人们走向幸福人生。生活教育，照亮了通往未来幸福生活之路。

第四章 能力提升：促进国家、社会和个人的可持续发展

　　珍惜生命，是消除自卑，重塑自我，参与竞争，勇于尝试的有力后盾。生命的真谛就在于坚持与奋斗，在不断努力之中，获得和保持这种心境，你就会拥有潇洒的人生，创造出值得珍重、回味的美好生活。

　　珍惜生命，有着丰富深邃的思想内涵、外延和人生哲理。生命中的每一瞬间，过去的都将永不再来，人生的每一次经历，都是生命中不可再得的体验。唯有珍惜自己，才会豁达处世，以平和的心境直面人生，就能在纷繁的大千世界里保持一颗平常心，不人云亦云、随波逐流，能化干戈为玉帛，化疾病为健康，甚至化险为夷。

——雨果

　　文豪雨果这些优美的文字，表达了生命、生活的内在关系，艺术性地展现了以生命为起点，实现幸福生活的路径和方法。生命教育、生存教育、生活教育则使这一路径和方法更周延，并缜密地阐释了三者之间的关系和价值取向。那么，为了实现"三生教育"的价值取向，我们的路径和方法是什么呢？

第一节 构建符合"三生教育"要求的学校课程体系

一、构建课程体系：落实"三生教育"价值的必由之路

"现代课程论之父"泰勒，在他的《课程与教学的基本原理》一书中提出了著名的"泰勒原理"。他指出，任何课程的编制，都必须回答四个问题："学校应力求达到何种教育目标"、"要为学生提供怎样的教育经验才能达到这些教育目标"、"如何有效地组织好这些教育经验"、"我们如何才能确定这些教育目标正在得以实现"。[①] 在"泰勒原理"提出后 60 多年中，关于"课程要素"的研究层出不穷。但这四个要素，依然是研究课程问题不能绕过去的"坎"。

任何一项有可能纳入学校课程的内容，要从"非课程"转化为"课程"，需要实现五大转变，即"对学习者学习该课程后，预期发生的变化，即目标，从模糊到能清晰表述"（目标清晰化）、"用以使学习者获得相应经验的资源，从相对分散到围绕目标得以汇聚并产生作用"（资源集聚化）、"激发并引导学习者开展学习的情境，从比较抽象、混沌，到具体、明确"（情境具体化）、"整个学习过程的程序，从随意、多变到相对稳定"（程序稳定化）、"对学习者在学习之后产生的效果，从模糊到清晰可测"（效果可测化），这一

---

① 〔美〕拉夫尔·W·泰勒著，罗康等译：《课程与教学的基本原理》，中国轻工业出版社 2008 年版，第 1 页。

过程不可能一蹴而就。而这从"非"到"是"的过程，就是一个"化"的过程。① 自 20 世纪 80 年代开始，世界各国大力开展教育改革，而教育改革的核心就是课程改革，课程改革在一定程度上是对课程结构在目标、内容、方式方法、评价及其管理上的优化调整。总结发达国家和发展中国家的课程结构调整的成功经验，可以发现一系列课程结构调整的发展趋势：课程结构调整具有整体性特点；课程结构调整的焦点往往是强调协调国家发展需要和受教育者个体与群体发展需要之间的合理关系；强化基础学科，重视课程的综合化；强调课程内容的时代性、实用性；注重课程类型与形式的多样化；关注提高受教育者的现代人的基本素质。我国应在改革中调整优化课程结构，改革过分注重课程传承知识的偏向，强调课程要促进每个学生身心健康，培养终身学习的愿望和能力；改革过分强调学科独立性，课程门类过多，缺乏整合的偏向，加强课程结构的综合性、弹性与多样性；改革过分强调学科体系严密性，注重经典内容的倾向，加强课程内容与现代社会、科技发展及学生生活之间的联系；改革教材忽视地域与文化差异，脱离社会发展、科技发展与学生身心发展规律的倾向，深化教材多样化的改革，提高教材的科学性和适应性；改革教学过程中过分注重接受、记忆、模仿学习的倾向，使学生真正成为学习的主人；改革评价考试过分偏重知识记忆，强调选拔与甄别功能的倾向，建立评价指标多元、评价方式多样，既关注结果，又更加重视过程的评价体系；改革过于集中的课程管理政策，建立国家、地方、学校三级课程管理政策，提高课程适应性。

① 参见《学校德育课程化探索——学校德育课程化区域性推进》，上海社会科学院出版社 2009 年版，第 21 页。

二、构建"学校课程体系"的设计和策略

前一章，着重从"价值"层面上对"三生教育"作了分析。进一步要做的事是将"三生教育"的要求，通过"课程化"，使其成为学校课程体系的组成部分。那么，这个过程又应该是怎样的呢？

认真梳理"三生教育"和"价值—能力—制度"的关系，就可形成如下表格：

		生命教育	生存教育	生活教育
价值维度		认识生命意义，提升生命质量，实现生命价值。	理解生存环境，掌握生存技能，强化生存意志。	掌握生活技能，理解生活意义，追求幸福生活。
能力维度	关注要点举隅	个体生命质量的认识群体和谐生存的认识	综合和专门技能整合基础和发展环境协调	调节情感的需要美好生活的技巧
	可设课程举隅	普世教育、过程教育、责任教育……	信息教育、效能教育、环境教育、投资教育、评价教育……	情商教育、合力教育、反思教育、未来教育、情境教育……
制度维度（课程领域）		新生命观指引下的学生综合素质发展：学校和社会一体的保障体系和制度	新课程观指引下的知识和能力发展：学校课程体系及保障实施的基本制度	新德育观引领下的情感价值观发展：学校德育体系及其保障实施的基本制度

根据学校课程体系建设的一般原理，我们认为：符合"三生教育"要求的现代课程建设，可以从两个方面着手。

首先，根据"三生教育"注重认知教育、体验教育和感悟教育相统一，注重学校教育、家庭教育、社会教育相结合的特点，从形

成教育合力的视角出发，开发"三生教育"课程，努力做到"目标明晰化"、"资源聚集化"、"情境具体化"、"程序稳定化"、"效果可测化"，经过一定时间的试点，形成比较成熟和完整的专题课程。

其次，在推进"三生教育"的过程中，注意挖掘和开发与"三生教育"价值取向相吻合的课程内容，并通过"渗透"、"融合"、"开发"等多种途径齐头并进的方式，逐渐完善，实现"三生教育"与学校课程体系的完美融合，成为有效"传达信息、表达意义、说明价值的媒介"。在这方面，可以从"强化学科课程渗透"、"开拓和丰富'三生教育'的内涵和类型"、"完善实施'三生教育'的基本途径"等三方面着手。

——"强化学科课程渗透"，就是注重从现行的学校课程中挖掘和凸显与学生的"生命、生存、生活"密切相关的元素，通过适度强化、指导应用、鼓励实践等多种形式，引导教师和学生将"三生教育"和日常的学习、生活紧密结合起来。

——在"开拓和丰富内容"方面，主要是从"能力维度"进一步丰富"类型"，满足人们的需求。我们建议，采用"丰富课程类型"的方法来解决。

例一：效能教育。在网络信息时代，效能，成为人们普遍关心的问题。如何提高效能，是人们重要的生存能力。没有效能，缺乏竞争活力，也就很难有一个良好的生存环境。因此，要特别注意开展相关的教育。效能教育，可以从"资源效能"，努力做到人尽其才、物尽其用的视角切入，也可以从"提高时间效能"、"提高空间效能"等入手，加强学校现代管理。要牢固树立向管理要质量、要效益、要形象的思想。要加强学校的战略管理、文化管理、设施管理、环境管理、质量管理。

例二：信息教育。迎接信息化对现代教育的挑战，在这个时代是无法回避的。开展"信息教育"，其侧重点应该从"会用电脑"，向全面提升受教育者的信息素养转变。这不仅包括信息意识、信息知识、信息技术，更包括运用信息来促进工作和自身提高的能力。并通过构建虚拟社区等方式，实现远程沟通，真正形成"以网络为手段、以问题解决为目的、以我为中心"的网络教研机制。

例三：情商教育。成才的基础在智商，但决定于情商。一般来说，人的智力商数差别不大，但情感商数却差别很大。活动是教学相长的过程。教育质量和效益不完全取决于双方的传授能力和接受能力，而主要取决于双方的情感交融和情感共鸣程度。情商大凡是由环境影响和造就的，因此，应将情商教育贯彻到教学和实践全过程，贯彻到学校环境建设各个方面。

例四：合力教育。合力教育主要是指能够运用多种资源"为我所用"，解决面临的迫切任务的教育。从学校层面，要注意调动各种要素形成发展的合力。在个人层面，要形成交流与合作，互相学习，相互竞争，共同发展。

——在"完善实施路径"方面，应该注意以下几个问题：

第一，学校教育。要强化课堂教学。不仅要在各级各类学校开设专门的"三生教育"课，编写教材，列入课表，保证学时；更要注重充分挖掘其他各门课程中实施"三生教育"的显性内容和隐性内容，在教学中潜移默化地渗透生命教育、生存教育、生活教育。要突出实践活动，根据各级各类学校的具体培养目标和学生年龄特征，精心设计和组织多种多样的"实践活动"，在活动中调动学生的主动性、积极性和参与性，提高理论联系实际的能力和从实践中获取知识的能力，在以服务社会为核心的实践活动中，使学生了解自我、认识社会、开阔视野、拓展知识、磨炼意志、增长才干，学真知、做真人、长真才。要注重文化育人。以精神文化为核心，以物质文化为基础，以制度文化为保障，以行为文化为重点，大力加强学校文化建设。在塑造学校形象和提炼学校精神的过程中，以比较优势和特色创新为核心，培育作风、教风、学风"三位一体"的优良校风，深入开展高品位、宽覆盖、多形式、主题鲜明、雅俗共赏、特色明显的校园文化活动。提升学校环境建设的文化内涵和层次，营造有利于"三生教育"的良好校园文化环境。

第二，家庭教育。教育部门要主动引导、帮助和协同家庭实施"三生教育"。通过建立健全家长委员会、家长会、家长信箱、家长热线电话、家校联系制度等，密切学校与家庭的联系。帮助家长转变家庭教育观念，选择适合的家庭教育内容，开展正确的家庭教育。特别是要帮助家长提高综合素质，用积极、良好的行为给孩子作榜样和示范。要通过开办家长学校，举行家长交流会和个案分析会，召开家庭教育咨询会、研讨会，推介家庭教育书籍和家庭教育影视片，开展家访、与家长交心谈心等方式，形成有利于实施"三生教育"的家庭氛围。

第三，社会教育。要争取各有关部门和社会各方面力量的支持，主动参与优化社会环境，最大限度地调动和发挥社会对实施"三生教育"的正面影响和积极作用。以多赢和共赢的思路，整合各种社会教育资源，共同推进"三生教育"。发挥社会实践教育基地、实习实训基地、生产劳动基地，以及具有公益性质的博物馆、纪念馆和全国爱国主义教育示范基地的作用，落实校外教育。

总之，要在"三生教育"价值取向的指引下，通过各种课程资源的开发、整合、利用，构建起富有学校特色的、有助于推进"三生教育"开展的课程体系，从而使"三生教育"真正获得"传达信息、表达意义、说明价值"的地位，成为学校课程体系的重要组成部分乃至于核心。

第二节　能力优化：奠定终身可持续发展的基础

构建适应"三生教育"价值取向的课程体系，要根据时代的需要，以终身可持续发展为取向，以"能力优化"为前提。

人类的活动都离不开人的生存能力、发展能力、创造能力。人类的活动都离不开群体和社会。人的能力的应用和发挥本身就是一个将资源（包括自然资源和人文资源）转化为财富（包括物质财富、文化财富和精神财富）的社会实践过程。转化的主体是人，转化的目标是追求人类自身的发展，转化的程度是由人的能力所决定的。因此，尊重人与人之间客观存在的差异，将每个人的潜力充分开发出来，让每一个人都有可能各尽其能、自由发展，让不同的个体之间相互支撑，共同奋斗，去建设人类共同的幸福生活，是教育不可推卸的责任。由此可见，教育就是提高人的能力的手段和目标的有机统一。

一、奠定基础：掌握知识经济时代安身立命的本领

知识经济时代，是以知识为财富的时代。与过去时代相比，要在这样一个时代生存、发展，又应该掌握哪些最基本的知识呢？

根据生命教育、生存教育和生活教育的价值取向，教育应围绕四种基本学习加以安排，可以说，这四种学习将是每个人一生中的知识支柱：学会认知，即获取理解的手段；学会做事，以便能够对自己所处的环境产生影响；学会共同生活，以便与他人一道参加人

的所有活动并在这些活动中进行合作；最后是学会生存，这是前三种学习成果的主要表现形式。① 这"四个学会"，言简意赅，顺应了时代的要求，高度概括了现代教育在内容选择上必须关注的重点。

（一）学会认知：奠定"好学上进"的扎实基础

学会认知，就是要掌握认知的手段，学会学习。这里所说的"认知"，远远超越了从学校教科书和教师课堂讲授中汲取的知识，它还包括个体在社会化的过程中需要了解的一切认识的对象，既包括人类自身及其主观世界，又包括自然、社会的外部世界，还包括学会各种社会规范，掌握学习的工具与求知的手段。

学会认知，需要有强烈的学习动机，有探求未知的热情，有实事求是的科学态度，有科学的人文精神，能举一反三。学会认知不可能在学校教育中一次完成，而是一个在认识和实践之间无数次反复，不断完成而又重新开始的过程。"授之以鱼，不如授之以渔"，学会认知的方法远胜于求知的本身。从这个意义上讲，学会认知就是"学会学习"本身。

学会认知，需要系统的知识作为助推器，但最根本的是要掌握认知或学习的手段和方法。其目的和宗旨，在于形成使每个人都有主动了解他周围世界的兴趣，都能有效而准确地把握周边世界的能力，为他能够有尊严地生活，能够发展自己的专业能力和进行社会交往打好基础。一个真正受到全面培养的人需要有广泛的文化知识并有机会深入地学习研究专业化的学科。在教育过程中，应该促进这两方面同时发展。如果教育提供了有助于在工作之中和工作之外学习的终身动力和基础，那么就可以认为这种教育是成功的。要做

---

① 联合国教科文组织总部中文科译：《教育——财富蕴藏其中》，教育科学出版社1996年版。转引自《外国教育经典解读》，上海教育出版社2004年版，第522页。

第四章 能力提升：促进国家、社会和个人的可持续发展

到这一点，就必须摆脱或克服"重考试分数而轻实践"、"重知识的灌输而轻学习习惯和方法"、"重集体而轻个体"、"重继承恪守传统先贤之道而轻革新"、"重名而轻实"等弊端。

"学会认知"，这是教育之根本。知识经济时代，信息更替速度犹如计算机的不断升级，"终身学习"的理念需要懂得应如何持续性地获得有效的知识。在知识经济时代，原创性是发展成败的关键，因此，如何有效地培养学生的创造能力，将成为衡量教育成败的最重要的标准。教师应尊重学生的人格，促进学生积极进取、自由探索，开发其丰富的想象力，启发其独立性的思维。教师要主动为学生提供一个教学相长的民主氛围，教学方式也要多样化。这样，学生就不再是消极的听众，而成为主动的求知者。同时，学生也要主动积极地、有意识地培养自己符合创造能力要求的性格和心理品质。

（1）创设宽松的成长环境。这是培养学生创造精神和创造能力的外部前提条件，这种环境要有利于学生健康地成长，带有支持性。要求家长和教师要尊重、理解、关注、帮助、支持、赏识学生，使他们能在周围人的支持下身心愉悦地成长，这也是近年来世界各国教育界的共同观点。的确，每个人都很需要理解、宽容和赏识，成长中的孩子更是需要，理解、尊重和赏识可以激发人的灵感和创造力，增强凝聚力。

（2）培养认知新鲜感和认知敏锐性。学生阶段是思想最活跃、最勇敢、最积极的时期。当代学生要培养和保持旺盛的求知欲望，对时代热点、理论难点和科技制高点要有强烈的好奇心和积极主动的进取精神，对环境要有敏锐的观察力，要感知到别人没有感知到的细节，能提出非同寻常的主张，从而形成创造能力的原始基础，要有敏锐的问题意识。爱因斯坦曾说过："提出一个问题往往比解决一个问题更重要，因为解决一个问题也许仅是

一个科学上的实验技能而已，而提出新的问题、新的可能性，以及从新的角度看旧的问题都需要有创造性的想象力，而且标志着科学的真正进步"，同时，问题意识也标志着一个人是否具有创造精神和创造能力。

（3）敢于破除迷信，勇于挑战权威。尼采曾说过："人永远做一个学生，这于他的老师不是好的报答，他们为何不扯碎我们的花冠呢？……一切信徒都是如此，所以一切信徒都少有价值。"尼采要求他的学生"不要跟着我"，"成为你自己"。当代学生不能成为尼采所说的"信徒"，要根据学到的最新科技和实验成果形成自己的判断力，对有疑问的论断决不盲从，要不畏权威，不迷信自己的老师和书本知识，培养有利于发挥自己创造能力的人格特征，敢于攀登科学和技术的高峰，开创创造性的未来。

（4）培养坚强意志，坚持不懈进取。虽然时代为学生的成才创造了很多有利的条件，但在创造的道路上，还有许多艰难险阻，需要学生运用自己坚强的意志去战胜才能取得成功。学生要培养自己的自觉性、果断性、自制性、坚持性等心理特征，通过征服困难、枯燥、挫折和环境等不利因素来磨炼自己的意志。要认识到，创造不是一朝一夕就能完成的，要有坚持不懈的毅力，要善于运用目标激励、信心激励、自控激励、行为激励等手段来调控自己的心理，在不断进取中强化自信心。

总之，要顺应这些要求，积极调整我们的课程体系，为学生提供更多的机会。

（二）学会做事：培育"尽责尽力"的敬业精神

学会做事，是指使学生具有在一定环境中工作的综合能力。学会认知和学会做事在很大程度上是相互联系、密不可分的，前者的目的在于认识世界，后者则旨在改造世界，是典型的"知"与

"行"的关系。

在当今语境下的学会做事，其涵义已经从传统意义上的掌握某种劳动技能转向注重培养劳动者的综合能力。传统意义上的"做事"更多地是通过职业技术训练劳动技能，应用在学校所学的知识解决问题、完成任务；而现在意义上的"做事"，是着眼于21世纪知识经济对劳动力的要求和终身学习社会对公民的要求，其中不仅包括某种职业的实际技能，更重要的是劳动过程中的合作精神、创新精神、奉献精神、交流能力等。

学会做事，不仅指获得智力技能，更指培养社会行为技能，包括处理人际关系、解决人际矛盾、管理人的群体等能力，更重要的是在"求知"过程中养成的科学素质，并以此为基础，培养适应未来职业变动的应变能力，培养一个人多次变动工作、在世界性的职业变动潮流中的适应能力和创新能力。

对青少年学生进行责任感教育已是当今时代的迫切要求，美国图书馆协会于1998年出版了《信息能力：创建学习的伙伴》，该书把学生信息素质分为三个方面，即信息素养、独立学习、社会责任，责任感是其中不可缺少的内容；日本对未来的高中生形象的定位是："自立的个体"、"共生的精神"和"领袖的气质"，其中"领袖的气质"是指人类的爱、创造性和领导作用。这种领导作用包括包容力、责任感、拼搏精神、自我牺牲精神。联合国教科文组织1993年发表的题为《学会关心》的报告中强调：21世纪的教育要倡导"全球合作精神"，这一全球合作精神就是要号召人们从关心自我的小圈子里跳出来，学会关心他人，关心社会，关爱全球，呼吁新一代公民要有强烈的社会责任感和道德责任感。可见，学会做事的本质，在于尽心尽责。

（1）在思维方式上，要注意培养理性精神。学会理性的探索、理性的批判、理性的认识自我，具有不唯书、不唯上，实事求是的科学精神。

（2）在心理素质上，有努力开拓的精神与勇气，能够冷静面对各种棘手的难题，在遇挫折时不气馁，辉煌时不自傲，保持良好的心态以应对各种挑战。

（3）在人格模式上，具有独立的价值与尊严，并能承担相应的社会责任。责任对我们每一个人来说都不是外在的东西，说一个人承担责任，同时意味着承担者本人充分意识到作为个体存在的意义。

（4）在知识结构上，具备当代人的生活方式所必需的生存能力，成为生活中的自立自强者。

总之，要围绕这些要求，重新审视我们现行的课程体系，调整和设置相应的课程，为学生积累足够的"经验体验"，养成良好的习惯，打好基础。

（三）学会共同生活：养成"合作互助"的良好习惯

纵观国际上重要的教育文献，从《学会生存》（1972年）到《学会关心》（1989年）再到《教育——财富蕴藏其中》（1996年），我们的观念经历了从关注个体层面的"学会生存"，到强调人际关系层面的"学会关心"，再到关注群体层面的"学会共同生活"的转变。在全球化、信息化社会中，人们的交往范围不断扩大，人与人之间的相互依赖性日益增强，这使得"学会共同生活"成为一个越来越紧要的教育命题。

所谓"学会共同生活"，就是要学会做人，能与周围人群友好相处，表面上看，这只是一个道德教育的问题，但现代社会已经证明，良好的人际关系，充分的人际合作，是科学技术高度综合发展的必然要求，因而，学会共同生活，已不仅仅是一个道德问题。现代科学技术的发展历史，就是一部从个体研究到集体研究乃至政府研究的历史。据统计，三分之二左右的诺贝尔奖获得者的研究是以合作方式完成的。信息化社会的来临，使社会的生产和人们的工作方式日益趋向网络化、国际化和开放化，每个人都必须与具有各种不同背景的人进行交流与合作。

（1）要培养学生共同生活的意识与能力。要让学生意识到与他人共处、共同生活的重要性，并且培养与他人共处所需的能力。一个能与他人共处的人必须要了解自己，合理地评价自己，并且具有良好的心理素质，能够进行自我调适，有较强的适应能力。一个善于与他人共处的人既要对自己负责，也要对他人负责，对整个组织负责。一个善于与他人共处的人必须具备良好的交往能力，善于倾听，善于表达，承认并尊重差异。

（2）要利用共同生活滋养学生向善、求美的精神。共同生活中充满了矛盾冲突，要缓解、避免、超越冲突与矛盾，就需要个体学会宽容与理解，学会培育内心深处的"善"。共同生活本身也需要个体不断创造和发展，需要个体具有对美的渴望与理解，需要个体具有对生命的珍视、敬畏与关怀。教育应该帮助学生在共同生活中充实与提升自己的精神世界。

（3）通过学会共同生活创造出学生可以享受、富有发展性的生活本身。共同生活不同于以往以自我为中心的、单主体、封闭式的生活，而是在多主体的参与创造中不断发展、完善的生活。在这种生活中，人与人之间的关系是和谐共生的，而非紧张对抗的，这种生活是富有建设性的，而非破坏性的。教育应该在引导学生学会共同生活的过程中学会创造生活。

学会共同生活要求我们能够在不同的场景下与不同的人和谐共处，为实现共同的目标而努力，并在这个过程中实现自我发展。学校教育要为此提供可能空间。各级各类学校的学生来源都是非常广泛的，学生需要与来自不同家庭、不同地区甚至不同国家的同学交往，共同参与学校生活，其中最常见的交往发生在班级这一空间内，除此之外，还有班级之间、年级之间、社团之间，乃至学校与社区之间等生活空间。

（四）学会生存：掌握"终身发展"的金色钥匙

生存能力，是指一个人为了保存和发展自己，通过自身的努力在对自己的生存环境和条件进行适应、利用、斗争、创造中所表现出来的综合能力。生存能力是人的一种最基本然而又最重要的能力。培养和训练学生的生存能力，是"学会生存"的基本含义。

《素质教育在美国》一书的作者黄全愈先生认为："'学会生存'讲的是人如何充分发挥自己的所有潜能，以适应世界和时代的发展和变化。这里所说的各种潜能，包括了社交能力、创造能力、心理承受力、独立谋生能力、解决问题的能力等等"，认为"美国社会对孩子的初级生存教育，实际上就是基本的生活能力的教育。"① 随着社会的发展，物质条件的日益完备和现代化，国际社会却不约而同地把目光投向于重视学生生存能力的培养，这非常值得我们关注和重视。"生涯指导"、"生存训练"等课程的出现和日益丰富，充分体现了"学会生存"的终身教育思想的落实。学会生存，就是学会适应环境、利用环境、优化和创造生存的条件，其关键是要养成"生存"必备的各种精神，提高和锻炼"生存"必备的各种能力。

（1）学会在"独自"情况下生存，培养独立精神和自理能力。即在独处的情境下，有效地解决问题的能力。

（2）学会在压力下生存，培养进取精神和创新能力。即面对各

---

① 谢娟："'学会生存'≠'学会做人'——《生存教育在美国》作者访谈"，《文汇报》，2003 年 1 月 3 日。

种压力敢于迎接挑战、积极进取、锐意创新，开创工作、事业和人生的新局面。

（3）学会在紧急状况下生存，培养冷静的态度和自我保护能力。即在日常工作、生活中面对天灾人祸的生存技巧和能力。

（4）学会在集体中生存的团结协作能力。即团结互助，与人为善，协作攻关，共同进步，增强生存能力。

（5）学会在逆境中生存，培养坚强意志和抗挫折能力。即面临着很多问题和挫折，承受挫折的能力。

人类的一切教育活动都应该是围绕提高人的生存能力、发展能力、生活能力而进行的。从根本上讲，教育就是提高人的能力的手段和目标的有机统一。

传统教育过分倚重了"学会认知"，然而现代教育谋求"这四种'知识支柱'中的每一种应得到同等重视"，谋求这四者的整合。这四个支柱中，"学会做事"，决不只是熟练某些操作技能，学会某些重复不变的实践方法，而是要从"资格概念"转向"能力概念"；"学会共同生活"，是信息社会对教育的又一挑战。信息技术既方便了人与人的交往，但也有可能造成"地球村"里人的孤独和疏离。因此，教育应采取两种相互补充的方法，既要教学生逐步"发现他人"，懂得人类的多样性和差异性，又要帮助学生寻找人类的共同基础，"为实现共同目标而努力"。当我们"学会做事"、"学会共同生活"的时候，就能够在人类社会生活中"学会生存"。

总之，学会认知，学会做事，学会共同生活，学会生存，是相互联系、相互渗透、不可分割的一个整体。如果说前两者更多的是在传统的教育中充实新的内容，那么后两者则是着眼于21世纪以人为中心的可持续发展而提出的全新的教育目标。这四个"学会"是未来学习化社会的四大支柱，共同构筑了21世纪教育内容的选择，即一种为国家、社会和个人的可持续发展的教育。

出席美国1998年科学年会的科学家和教育家认为："21世纪教育的一个重要原则是：学校传播给下一代的将不是知识，更重要的是技能。"有人提出，为了能够在未来的激烈竞争中生存下去，我们必须掌握以下12种技能：（1）精通英语，具有能够用英语进行交流的能力；（2）熟练地应用计算机和网络技术，进行学习、工作和生活；（3）能够运用数学、逻辑学和推理技巧，并通晓统计学；（4）了解现代应用科学知识和高新技术，能运用书中的某些技术；（5）具有收集加工、存储和传递信息的能力；（6）具有一定的决策和管理能力；（7）具有竞争和合作两种素质；（8）具有良好的口头和文字表达能力；（9）具有广泛阅读和理解能力，不断更新知识和技能，实行"终身学习"；（10）具有较强的人际交往、公关、自我表现和自我推销的能力；（11）了解世界地理、历史、文化和国际事务；（12）掌握实用的法律知识，以利于开创事业和保护自己。这12条，或许还没有穷尽，但它告诉我们，我们应该学什么和怎么学。

"吾生也有涯，吾学也无涯"。终身教育应该是促进人的全面发展和社会进步的，贯穿于人的一生的整体性和公平性的教育。它具有终身性、全民性、多样性、实用性、公平性、发展性等特点。即它贯穿生命全过程，面向全体公民，多种形式进行教育，学以致用，为每个人提供公平的教育机会，目的是促进人的自由全面发展和社会不断进步。要使人类进一步认识终身教育的个体价值和社会价值。对个体而言，终身教育是从胎胞到坟墓的教育，它对提高人的生命质量、生存能力和生活幸福指数有着十分重要的意义。对社会而言，终身教育对推进社会的民主文明、和谐进步有着重要的作用。要激发每一个公民学习的自主性、积极性，增强终身学习的意识。政府应为每一个公民公平地提供学习的机会和受教育的条件。

要充分运用现代信息手段，建设国家终身教育数字化资源中心，搭建终身学习立交桥，构建学历文凭和职业资格相互贯通的终身学习国家资格体系。

二、培养精英：在社会需要和个人成才上达成统一

社会的可持续发展，不仅需要广大公民的基础素质的提高，也需要有各方面高层次的人才。如果说"四个学会"是人们为了实现"三生教育"价值取向，立足于当代社会所必需的话，那么，培养一批具有较为精深的专门才能，在创新上有所建树的专门人才，是新时代社会发展需要和个人成才需要的新的结合点。

著有《中国科学技术史》的李约瑟曾问：为什么近代自然科学只能起源于西欧，而不是中国或其他文明？这个后来被称之为"李约瑟之谜"，实际上提出了一个悖论："为什么古代中国人发明了指南针、火药、造纸术和印刷术，工业革命却没有发端于中国？而哥伦布、麦哲伦正是依靠指南针发现了世界，用火药打开了中国的大门，用造纸术和印刷术传播了欧洲文明！"历史和现实都告诉我们：对于这个问题的回答，不能离开中国所处的经济、社会、文化，自然也离不开教育。而这个问题的真正解决，也自然需要从多方面着手。但这里的关键还在于人才，我们需要一大批杰出的、才华横溢而又富有创造精神的知识分子。这些专门人才的出现，还是离不开教育，离不开先进的、现代化的教育。

近代科学的诞生与发展证明，只有事业与理想、信仰的结合，才有哥白尼、伽利略、拉瓦锡等为科学献身，才有牛顿、卡文迪许终身"娶了"科学，才有亲身去邀请专利局小职员爱因斯坦到柏林大学完成相对论普郎克这样的伯乐，才有孟德尔牧师在修道院做豌豆杂交实验，才有达尔文与华莱士发表进化论，才有许多有钱人心

甘情愿将自己的财富用于科学研究，如诺贝尔那样将财富用来奖励对科学作出重大贡献的科学家，也才有居里夫妇那样不求名誉与财富在实验室过艰辛生活的科学家，等等。李约瑟难题，事实上换个角度提出就是：欧洲能从中世纪一千年的落后背景下创建近现代科技，为何近代才落后的中国却不能奋起直追再度成为创造发明的世界强国呢？中国科技与产业的发展，必须走出一条自主创新的道路，必须创新人才培养模式，走一条互补兼顾的人才培养道路。

纵览世界，世界各国无不在普及教育，在提高大众基础素质的基础上，做好"精英"的培养。仅以法国的精英工程师教育为例：据经济学家的统计，法国二百强企业中60%的总裁和大部分高级管理人员来自于包括工程师学院在内的法国精英学院，可以说法国是一个以工程治国的国家。据法国2003～2004年度公布数据，全法有250余所被法国工程师学位评审委员会认可的工程师学院，在校学生97994名，在法国，说精英学院的学生都是政府、工商、金融等关键行业的决策者可能并不准确，但这些行业的决策者大部分都是这些学校毕业的却是一个不争的事实。

法国工程师教育体系是由拿破仑创立的，经过200多年的积累，在世界上形成独树一帜的鲜明特点。法国社会对工程师证书有一种近乎崇拜的认同感，工程师学院的毕业生有很高的就业率和社会地位，以至于法国人自己说：法国可以失去前100位政治家，但是不能没有前100位科学家和工程师。法国工程师教育体系是法国人引以为豪的精英教育体系，有以下几个特点：（1）规模小、专业少、专业化程度高，教学环境与工业界实际技术环境接近甚至同一，所以几百年的老校只有几百名学生很常见，这个系统非常接近中国的研究生院，但不是搞基础科学研究，而是参与企业工业项目的研究工作。（2）法国工程师教育学制5年，等同于西方国家（美国、英国、加拿大）的硕士学位，毕业可获得法国工程师学位和法国工学硕士学位。法国工程师教育分两个阶段：第一阶段是工程师预科阶段，为期两年，接收高中毕业生，属于无专业的基础课阶段，以大学基础知识教育为主。工程师预科班是专门服务于法国工程师教育的高教体系，主要设在教育部选定的高中学校内，由教育部专门筛选的教师任教（也有部分大学开设工程师预科课程，还有少量工程师学院学制五年，本身有自己的预科课程）。第二阶段为期三年，属于有专业阶段，专业自选。这一阶段只接收大学二年级以上的学生和工程师预科班的学生，通过严格的笔试、面试和科技答辩来选拔，科技答辩课题学生自选。第二阶段的第一年和第二年要求学生下到企业实习至少三四个月到半年，第三年要求实习半年，技术性极强，以便学生毕业后能够立刻承担起工程师的责任。

法国精英教育的特点是严格的选拔，强调实践的职业教育。从学习过程上来讲，注重教学与实际结合，优势主要有以下6个方面：（1）课程是和企业一起共同制定的，而且会根据企业的需求做出调整。这样就能真正做到为企业服务，所以从这种学校毕业出来的学生十分受雇主欢迎。（2）相当一部分教师是聘用的经验丰富的企业工程师，在教学过程中能够做到理论和实际相结合，注重数学、物理能力。（3）学校里设有与专业相当的工作车间及实验室，学生可以自己设计制作产品，有效提高学生动手操作能力。（4）让学生搞课题研究，研究题目都来自实际问题，让学生提前接触将来实际中的问题。（5）越来越多的工程师学院都办有与自己专业相关的下属企业，企业技术人员参与教学，学生通过实习参与企业管理及生产。（6）企业实习。一年级结束时要进行两个月的实习，要求学生作为普通工人出现在工厂，二年级结束时要进行两个月的实习，要求学生是技术员，三年级在完成六个月的实习后，学生就以工程师身份参加工作。从以上 6 个方面可以看出，法国工程师学院（Grande Ecole）不仅能让学生学习到理论上的知识，更能学习到实际工作中的技能。这才是文凭的实质。

近 20 年以来，世界上许多发达国家都从各自的国情出发，以适应 21 世纪科学技术、经济和社会发展的需求为目标，对教育提出了国际化、社会化、人才个性化等口号。教育的主要目的是为国家经济建设培养专门人才，因此，学校教学都是以专门化的知识为主要内容的。专才教育重视学科本身的理论性和完整性，授课内容比较集中，具有公正的评估方法，对培养学生的专业素养以及训练学生的思维方式有一定的帮助。

专才教育处于现代教育内容的顶层，是方向、是目标。这里的专才教育是指专业人才教育，不等于专业教育，而是"宽专业而专才"，应该始于基础教育阶段，而非专业教育阶段。

专才教育与专业教育有以下明显的区别：

（1）核心目标取向不同。专业教育以对专业知识技能的传授为目标，重在知识技能体系的经典化、完善性；专才教育以培养最适合某专业的人才为目标，重在人才的主客观适合性、能力综合性。

（2）开始的时间不同。专业教育基本上在基础教育结束后，以专门的课程体系方式开展，如职业教育；专才教育则可能在基础教育阶段，甚至在幼儿园阶段就渗透展开。以专业教育目标为例，开展通信工程专业教育的目标在于，让学生掌握与通信工程专业相关的各种知识和技能；专才教育目标在于让学生了解并选择通信工程师职业，具备成功的通信工程师应具备的各种知识和能力。

由于中国多年的专业教育，重专业而忽视基础，重系统知识而对科技新知识重视不够，因此有必要强调基础，重视前沿，扩大知识面，掌握新方法，但系统的专门知识仍是培养科技人才的重要组成部分。

作为一个专才，其成功的条件包括：兴趣、特长、性格与专业符合、通识能力（思维和动手能力、基础知识）、协作沟通能力、泛专业知识和技能、专业知识和技能。当然，在人才培养过程中要避免"千人一面"的培养模式，通识能力的培养并不等于平均发展。著名未来学家托夫勒指出："工业社会的特点是标准化，而信息社会的特点是多样化和个性化。"从社会发展看，个性发展是社会发展的真正动力和源泉，没有个性的健康发展，就不可能有社会的高层次的全面发展，同样道理，全面发展又是个性发展的基础，没有全面发展，高层次的个性发展也无法实现。在注重学生综合素质全面提高的基础上，专才教育要尽可能培养、鼓励和发展学生的个性。

21 世纪培养的专才应当具备基础扎实、知识面宽、能力强、素质高这四个特点。众所周知，生产力的发展决定社会分工，决定生产效率。21 世纪，社会分工越来越细，一种产业涉及的技术多达数千上万，甚至几百万，现在科学技术正向着"高、精、尖"方向发展，科学技术要求越来越高，要求人们的专业知识和技能日益精深，然而时间是有限的，专攻一种技能的人才在技术水平上必定比攻多种技能的人才要高、贡献要大。对仍处于发展中的中国来说，培养一定规模的高级专门人才，尤其是高级技术型人才，是一条必选之路。院校的教学必须加强实践环节，通过养成、培养、训练、操作等过程，将富含文化的知识内化为学生的思想观念、价值追求、行为准则和实践活动方式，提高他们知识融通与迁移能力，形成创新的品格和精神，以迎接新的挑战。

但当下，我们的专业人才培养体系中存在着诸多问题：（1）学生的兴趣不是建立在个人对职业的体验基础之上，而是受"二手信息"影响多。（2）学生的特长及性格与专业不符合，学用脱节问题严重。相当一部分毕业生学非所用，造成极大的资源浪费。（3）

学生的通识能力不足，只注重记忆和标准化思维，创新整合思维能力与动手能力不足，协作沟通能力严重缺乏。（4）教育结构失衡。（5）忽视个体差别，扼杀个人特色。个人天赋不一，人与人之间的差别是客观存在的。脱离职业实际需要与个人对职业的整体体验，导致了职业知识和能力体系的"割裂化"；脱离实际生活和现实问题，导致了教育过程的"殿堂化"；在此基础上，最终导致我们的专业人才内在激励缺乏，解决现实问题的能力不足，创新能力不足，走上工作岗位需要的适应期较长。国内的顶尖专业人才常常需要通过出国，经过发达国家的教育"洗礼"，才能实现研究能力的重大突破，才会有资格进入国际领先者的"俱乐部"。

人才观是一定的教育思想的集中体现，是教育改革的出发点。有什么样的人才观，就会有什么样的教育观。现在许多学校认为，毕业生的就业率不高是因为学生学习太专了，虽然有一定的道理，但是并不是十分客观。其实，毕业生工作不好找不是因为他们太专长了，而恰恰是因为他们太不专了，所学的专业不合乎社会的需求，教育的内容老套陈旧，更新不够及时，教育的方式过于单一。其实，中国还是需要专才的，只要有一技之长，出类拔萃，就可以立于不败之地。

解决这一问题，具体措施如下：

（1）合理结构，引导舆论。针对时下社会上已形成的一刀切、盲目拔高的人才需求假象，要认真研究合理的人才需求结构，研究国外不同类型国家的人才结构及其在不同发展阶段的演进过程。结合我国社会经济实情，提出我国当前及今后一个阶段的人才需求结构，以及相应的教育结构，并应大力宣传、引导舆论，真正贯彻中央提出的人人皆可成才的理念，扭转千军万马继续走独木桥的现状。

（2）明确定位，力求优异。各教育机构应根据社会客观需要和自身主观条件，明确自己的定位。必须指出，大多数学校应该是应用性的，研究性只是很少一部分；即使在研究性学校中，也并非所有专业都是培养研究型人才。还有相当多学校（主要是高职）要培养技能型人才，应停止学校升格改名活动，已升格的也仍可包容原有的教育任务。在定位明确后，每个学校应努力做好工作，致力于在同类学校中争取优异，而不要再去争什么升格了。

（3）加大投入，减轻负担。政府应加大投入，首先是教学费用的投入，投入应根据实际需要，而不是单纯根据办学层次。工科学校、职业学校实践环节需要较多经费，应加大投入。要减轻学校和学生负担，不能再逼校长靠扩招维持生计。不能越穷的地方教育收费越高，中西部地区政府批准的办学规模应与财政支持能力相符。

（4）产学结合，多种方式。当前专才教育的一个重要问题是缺乏实践环节，因此，要通过多种方式的产学结合来解决。政府要有政策引导鼓励，企业应形成责任观念，学校要积极沟通，合理组织，使企业能够在产学结合中真正受益。

从时下的专才教育形式来看，工程教育改革已经成为教育改革的热点。

调查显示，截至 2006 年，我国高校工科专业在校生为 600.5 万人，占普通高等教育在校生总数的 34.6%，工程教育培养规模位居世界前列。尽管我国高等工程教育在培养国家领导人、国防以及国家经济建设的高层次人才方面取得了令人瞩目的成绩，但仍面临着来自传统思维、建立创新型国家、技术前沿领域的快速进步和经济的快速发展、有限资源、环境恶化、全球化和工程教育规模迅速扩张等方面的挑战。我国虽然拥有世界上规模最为庞大的工程技术人才后备力量，但我国的工程教育"规模亦远胜于水平"。

正处于工业化中期发展阶段的中国，大规模的基本建设和产业发展方兴未艾，工程和工程科技成为经济建设的主战场，为此，我们必须通过大力发展高等教育来解决这一问题。

高等教育发挥着培养人才、服务社会、科学研究、传承文明的功能。高等教育的发展程度是一个国家、一个地区人力资源能力、科学技术水平和国家实力的一个重要标志。我国高等教育的发展，应选择规模、速度、结构、质量、效益有机统一的发展战略。应以国际化思维、本土化行动、现代化目标的理念指导高等教育发展，全面提高教育质量，优化教育结构，提高人才培养质量，提升科学研究水平，增强社会服务能力，促进中西部高等教育统筹发展，要积极消除高等学校官场化、学术市场化、学习情场化问题。全面推进高等学校校长公选、教师聘任、绩效分配、后勤社会化、管理法制化的改革，增强高等教育的发展能力和创造能力。各国政府都应积极支持和参与高等院校的全球治理，整合和利用国际高等教育资源，促进本国和世界各国高等教育发展。

具体地讲，高等教育要解决如下几个问题：

（1）工程人才的培养目标及培养举措。新形势下的工程教育应致力于培养大批创新型人才。在如何培养创新型工程科技人才上，高校首先应确立起"学以致用，求真务实"的教育目标；探索工程向实践的回归，探索技术教育回归技术的途径；应将教会学生持续学习的能力视为当前工程教育的根本方法；应实施"实验驱动型"为主的课程教学模式。新时期技术创新的主要突破口是在学科的交叉部分，是集成创新。应大力通过学科综合来培养创新型工程技术人才。在如何通过学科交叉来培养创新人才方面，可通过"两个交叉点"来不断开展学习：一是世界上最新的科技发展前沿和自己本职工作的交叉点；另一个是世界上已经成熟的科技成果和自己工作中碰到的难点的交叉点。

（2）"产学研合作"培养工程技术人才。通过工程回归实践来提高工科学生的实践能力，并在此基础上，培养他们的创新能力，在"产学研结合"的实践探索上，要发挥企业的积极性。有专家指出，在三个方面需要进一步深入实践：一是如何建立有资产纽带关系的合作体，形成共同实施国家战略的内在动力；二是如何形成学校开展科学研究和企业突破技术瓶颈的协同机制，促进高新技术向产业主流技术的快速转化；三是如何形成校企双方合作的长远规划，实现"项目出成果、项目出人才"的双向双重效应。

（3）高等工程教育的国际化路径和提升工程教育质量的制度建设。工程教育国际化是经济全球化的必然结果。所谓国际化，就是要利用全球最优的教育资源为全球人才市场培养工程师。这就要求我们积极引进国外的优秀工程教育资源开展合作办学，按照国际化的标准来培养工程人才，实施认证的国际化，一方面根据我国的实际情况，建立我们自己的、有利于国际互认的工程师注册制度，另一方面加入世界两大工程教育互认体系，即《华盛顿协议》工程教育体系和欧洲大陆工程教育体系，使我们的工程师能在全世界任何地方就业。提升工程教育质量的制度建设包括质量保障和质量监督两方面的制度建设。质量保障方面，建立国家和地方政府的经费和政策保障系统，以及高校与企业、行业协会产学研合作的工程教育制度；质量监督方面，一是大学教学工作水平和学科建设评估，二是建立高等工程教育的专业认证制度，由行业监督和行业引导，建立国家级工程教育认证标准、程序和机构，并代表中国积极参与国际工程教育互认。

第三节　全球化背景下的公民教育

一、公民教育的缘起和发展

公民教育不仅仅是一个教育问题，它也是民族国家得以凝聚、延续、稳定的根本所在，培养公民道德感和认同感的公民教育对社会的凝聚和国家的稳定具有重要意义。公民教育是以公民为对象的教育活动，是现代社会培育人们有效参与国家和社会生活、培养明达公民意识的各种教育手段的综合体。

西方国家一直认为，一个健全稳定的民主社会除了要依赖基本社会结构的公正性以外，公众的素质和态度以及行为能力也具有重要的意义。培养和塑造合格公民的教育，在西方有悠久的历史和优良的传统。公民教育以尊重人的主体性为前提，公民教育在对象、内容、形式、手段等方面的特性决定了它是培育现代国家与社会建设所需要的高素质公民最主要的教育途径。

近年来，全球范围内人们频繁的跨国迁移、流动，使得公民的定位在全球化背景下超越了传统的国家定位，全球化正改变着世界。全球化涉及信息传播、市场活动、全球性问题、体制和制度、文化和文明等各个领域，具有多维特征。全球化、文化多元已成为世界各国面临的现实，如果从民族—国家的视角来看，全球化就是人类活动跨越民族国家的界限，由民族性、国家性的活动转化为全球性活动的过程。放眼全球，不论发达或贫弱，没有哪一个国家不重视公民教育的，只是由于各国的政治制度不同，经济文化水平各异，开展公民教育的具体内容、教育方式有所区别。进入 20 世纪后期，伴随着世界政治格局的变化、经济的转型和文化交融的日趋普遍，公民教育的作用也日益突出，各国对公民教育施加的影响也更为深刻、直接。公民教育在世界范围内越来越受到重视，已经成为世界各国教育的重要组成部分。如何培养社会发展需要的民族精神，提高公民的道德意识，增强公民的政治参与能力已成为各国公民教育的重要课题。

20 世纪 90 年代以后，全球化使培养"世界公民"成为公民教育的目标之一。它要求学生了解世界，尊重多元化，愿意采取负责的行动促进世界的和平与可持续发展。西方公民教育的核心，就是通过政治社会化形成公民意识，培养年轻一代建立一种自诚、自省、自律的公民责任。

在全球化发展背景下，文化的多样性和个人身份的复杂性使得人们必须重新审视公民身份，以承认和包容多样化为主题的公民教育模式渐渐成为了西方公民教育的主流取向。公民教育的目的在于通过教育使个体成为一个合格的公民，这是各个国家对个体发展最基本的期望，也是教育最基本的目标。教育也是少数民族文化传承、文明延续的基本载体，是了解多元文化的主要途径。学校在学生社会化的过程中具有重要的作用，它不仅要传递社会共同的文化和价值取向，而且也应该呈现多元的文化，把各种文化差异呈现出来的目的在于把培养学生成为能够尊重差异，善于处理矛盾、冲突的未来公民。

基于这样的公民教育理念，多元文化取向的公民教育模式在教育目标、内容、手段等方面也应进行相应的改革。在教育目标上，学校要培养未来公民健全的人格特质，包括开放的自我、对待他人的宽容态度、与他人共享价值的能力、多元而不是一元的价值趋向、信任人类环境并对自己有信心。只有具备这样特质的人才能适应全球化的历史转型。在教育内容上，公民教育内容中既要强调普世伦理，即一种以人类公共理性和共享价值秩序为基础，以人类基本道德生活，特别是人类基本生存和发展的道德问题为基本主题而整合的伦理理念，也要呈现多元的文化，使学生除了共同的国家认同之外，也能理解族群独特的文化认同。在教育的权利上，要考虑族群成员的差异性，给予族群特殊的权利保障，使族群不同的利益、文化经验、生活态度得到公开展示的机会。在教育途径上，要着重从实践入手，培养未来公民的政治参与能力，增进公民对政治体系和民主程序的了解，传授公民政治知识，提高公民政治参与的技能。要培养学生相互尊重、理解以及处理差异问题的能力。在教育手段上，既要积极改进传统的教育手段，又要充分运用新的技术手段，使教育形式多样化，这样才能够更有效地展示文化的多样性，提高教育效果。

公民教育作为培育人们有效参与社会生活、成为睿智公民的一种手段，受到当代世界各国的广泛关注。世界公民教育是对传统国家公民教育的超越，它着眼于各国教育的差异并谋求一种人类意识，世界公民既是时代的必然，也是人类进化的客观需求。21世纪的人类，将生活在命运息息相关、彼此互需倚重、全新的国际化环境中，这必然要求每一个人都扮演好"世界公民"的角色。西方人能够走向现代化，正是因为公民教育开启了国民的主体意识，提高了国民的民主、法制素质，为国家现代化提供了重要的人才支撑。

国际化语境下的公民教育是具有现时代特征的、以人为本的、动态开放的、具有内在张力的新价值观的教育；是具有民族特色的、同时又符合普世价值的教育；是综合的、多元一体的、以协调为主的教育，承认多种价值观的合理性，宽容地对待各种价值观，协调并缓和价值观的冲突。西方公民教育思想以倡导人性的解放为主旋律，尊重公民在民主社会中的自由、平等，反对奴役人性，反对培养盲从臣民的教育观念和教育行为，并在实践中不断对自身的理论缺陷和偏差做出修正，从而显示出其强烈的批判性和鲜明的时代感。西方公民教育的合理思想和理论为今天中国研究和实施公民教育提供了可资借鉴的范型。在国际交流日益增多的情况下，必须借鉴西方发达国家的成功经验为我所用，积极开展公民教育，从而提高我国公民教育水平。

二、应如何开展公民教育

我国社会主义市场经济和民主政治的发展，使公民教育成为现实需要和内在要求。公民主体意识的确立是市场经济发展的本质规定，也是民主政治和法治建设的必然要求。公民教育的核心和灵魂是公民主体意识的培养。我国的公民教育迄今主要是在德育的范畴中进行的，而我们的德育实际上又是以内容为本位的，即以知识和价值观的传授为主，对学生的实践和参与关注不够。世界各国公民教育的内容、对公民资质的要求会有所不同。全球化时代的来临已经成为不以人的意志为转移的客观历史进程和发展趋势。随着全球化的纵深发展，文化交融的不断深入，知识经济时代的日益彰显，公民教育必将更为复杂。当代西方公民教育注重"责任公民"的培养，公共生活领域中多元化、多样化的趋势日益显著，每个人都具有多重角色，表现出多重特性，这就要求个体应当更加富于自主性、创新性，学会维护自己的基本权利，对自己负责。

我国正处于建设民主化社会的时期，民主政治制度的建设与完善，使公民获得了参政权，但公民的素质还不能完全适应，这与我国公民教育长期以来忽视公民的权责教育有关。忽视公民的权责教育其结果是淡化了青少年对政治的关心，导致他们缺乏行使公民权利、参与政治的意识。中国的公民教育自然是培养中华人民共和国的合格公民，因此，从这个意义上说，它又是具有政治色彩的概念，它不是独立于政治之外的教育。大多数国家和理论界的专家都认为，公民教育的直接目的在于提高公民素质，增强人们的公民意识。公民教育绝不是培养顺民，公民教育的最终目的在于推进社会政治进步，建设高度文明的政治制度。国外公民教育发展的进程表明，一个国家要走向现代文明必然要加强公民教育。创新是一个民族的灵魂，公民素质直接影响到一个国家的创新能力。加强公民教育是提高民族创新能力的需要，是实现国民经济快速发展的需要。我国要解决这些问题必须有一个统一的、权威的领导机构来指导公民教育。科学、合理的教育方法的应用在很大程度上影响着公民教育的发展。

在我国的公民教育中，首先应强调权利与义务的对等性，培育公民的权利意识。要培养出健全自律的公民，就必须把公民教育的理念确定在公民权利与公民义务的有机统一上，要大力培育人的权利主体意识及其捍卫自身权利的行动能力，以及勇于承担责任的意识和能力。美国将道德教育融于公民教育和训练之中，美国的公民教育课除了介绍美国的政治制度、宪法和公民的基本权利外，还培养公民应具备17种品德，包括自律、守信、诚实、实现最佳自我等。鉴于公民教育是提升公民素质与能力、推进和谐社会进程的主要途径，我国的公民教育作为全民教育，应增强公民的个体意识，培养公民的独立人格，锻炼公民的独立判断能力、独立行为能力和开拓创新能力。20世纪世界发展的经验表明，世界发展是多元文化的发展，公民的开放意识、国家意识、合作意识、诚信意识、法律意识等在国际性公民交往和国际事务参与中显得至关重要。

其次，在我国的公民教育中，要重视公民素质对维持和创建民主的关键作用，包括公民积极的参与精神，对政治事务的了解和参与能力。我们要不断丰富公民教育的活动载体，拓宽公民教育的工作途径，要实现家庭教育、社会教育与学校教育的一致。英国的公民教育有可借鉴之处。英国的公民教育由三个相互联系的领域组成：（1）社会与道德责任。无论在课堂内外，人与人之间，还是在权威机构中，都应该知道自己的社会责任和道德责任。（2）社区参与。完全参与到学校社团、地方社区和全球社会生活中去。（3）政治意识。意识到民主是怎样发挥作用的，作为公民，我们怎样才能对当地、地区和国家的公众生活作出有效的贡献。同时，与公民教育相匹配，我们要进一步深化体制改革，从制度层面对公民权利加以保障。

再次，现代公民教育应当培养公民对国家制度、法律制度的合理性认同。制度的合理化是联结物质文明与精神文明的桥梁，也是保障它们得以实现的根本力量。健全自律的公民社会需要健全自律的公民，即具有自觉主体意识和独立人格，能主动追求自己的幸福，创造物质财富和精神文明的现代公民。在全球化的时代背景下，全球公民社会使人们能够通过国际合作乃至全球行动来解决各种全球性问题，全球公民就意味着对全球事务的参与，让公民有能力参与解决全球共同的问题。西方的公民教育核心就是培养年轻一代成为自诚、自省、自律的全球公民。因此，公民教育的宗旨就是培养公民进行世界交往所需要的知识、态度和能力，包括个体的宽容和开放态度、能够尊重价值差异和适应不同文化的能力，以及对人类共同命运的关注意识。

有鉴于此，我国的公民教育理念应该是培育"变革社会之内驱力，个体完善之创新力，团结族群之凝聚力，维护和平之制衡力"。它所塑的"公民形象"就是：具有健全人格和强健体魄；民主素养和法制观念；资讯素养和人文素养；国家意识和国际视野；容忍品质和批判意识；尊重人权和保护环境；社会责任感和公德心等。①公民教育的目标就是培养未来公民健全的人格特质，如开放的自我，对待他人的宽容态度，与他人共享价值的能力，多元而不是一元的价值趋向，信任人类环境并对自己有信心。公民教育必须使学生获得在国际视野和全人类视野上处理事务的知识和能力。

此外，我们还要加强对公民教育的理论研究，从多角度进行公民教育的跨学科综合研究，结合我国的具体实际，构建有中国特色的、科学的公民教育理论。社会制度和文化背景对公民教育的政策和实践以及目标和方法都有直接的影响。不同国家对"公民"、"公民教育"有不同的理解，因此，公民教育的方法也是多种多样的。在借鉴西方国家的公民教育经验时，要仔细分析其历史、文化和社会传统，有选择地吸收，而并非全盘拿来。

① 刘鑫淼："中国'现代化'语境中的公民教育"，《浙江社会科学》2004 年第 6 期。

第五章　制度设计：为现代教育发展
提供根本保障

有一个《分粥》的故事：有7人组成一个小团体共同生活，其中每个人都是平凡而平等的，没有什么凶险祸害之心，但不免自私自利，他们想用非暴力的方式，通过制定制度来解决每天的吃饭问题——要分食一锅粥，但并没有称量用具和带刻度的容器。

大家实验了不同的方法，发挥聪明才智，通过多次博弈形成了日益完善的制度。大体说来主要有以下几种：

方法一：拟定一个人负责分粥事宜。很快大家发现，这个人为自己分的粥最多，于是又换了一个人，结果总是主持分粥的人碗里的粥最多、最稠。阿克顿勋爵对此所作的结论是：权利导致腐败，绝对的权利导致绝对的腐败。

方法二：大家轮流主持分粥，每人一天，这样等于承认了个人有为自己多分粥的权力，同时给予了每个人为自己多分粥的机会。虽然看起来平等了，但是每个人在一周中只有一天吃得饱而且有剩余，其余6天都饥饿难挨。大家认为，这种方式导致了资源浪费。

方法三：大家选举一个信得过的人主持分粥，开始这位品德高尚、尚属上乘的人还能基本公平，但不久他就开始为自己和溜须拍马的人多分。

方法四：选举一个分粥委员会和一个监督委员会，形成监督和制约。公平基本上做到了，可是由于监督委员会常提出多种议案，分粥委员会又据理力争，等分粥完毕时，粥早就凉了。

方法五：每个人轮流值日分粥，分粥的那个人最后一个领粥。令人惊奇的是，在这种制度下，7只碗里的粥每次都一样多，就像用科学仪器量过一样。每次主持分粥的人都认识到，如果7只碗里的粥不相同，他确定无疑将享用那份最少的。

这个故事告诉我们：制度至关重要。斯诺认为，制度是一个社会的游戏规则。没有制度提供秩序和保障，人类社会还停留在霍布斯所设想的"一切人与一切人作战"的丛林时代。其实，这个分粥故事对制定适应现代教育需要的保障机制也不无启迪。

在我们的"价值—能力—制度"三维分析框架里，"制度"是十分重要的一环：它源自价值的追求和能力的选择，受到价值、能力的制约，同时，也为价值和能力的实现提供保障。当我们确定以"三生教育"作为现阶段现代教育的价值取向和能力选择时，需要形成保障这两者得以实现的制度或机制。

那么，与"三生教育"为核心的现代教育相适应的教育制度，需要符合哪些最基本要求，又需要哪些措施来保障呢？本章试图对此做出回答。

第一节　自主、多元、开放：实现现代教育的基本要求

运用"生命、生存、生活"的观点来思考"制度"的设计，应该满足以下三项要求：

一、学会自主：现代教育发展的必然要求

培养具有创新精神和实践能力的新一代接班人，是 21 世纪教育的基本任务。"创新精神和实践能力"的关键是具有自觉意识、自由活动能力。著名教育理论家肖川在《造就自主发展的人》一书中指出："一个自主发展的人，就是有清晰的自我认识、有积极的自我形象、悦纳自我的人；就是有明确努力的目标，有内在学习需要与成长渴望的人；就是有良好学习策略和学习习惯的人。"① 国内外大量研究资料证明，在信息化时代，只有具有自主发展意识和能力的人，才有可能形成较强的创新意识和实践能力，才会适应未来社会的发展。

从个体发展的角度，"生命"的完整性、自主性、生成性、独特性的特征，决定了没有哪两个生命体的成长、发展会完全相同。即使是"双胞胎"，有着基本相近的生命遗传，但当他们处在不同的"生存"环境时，他们的发展轨迹，他们的生活状况，也会截然不同。可见，具有自主发展的意识和能力，确保每个人都具有这种"自主发展"的意识和环境，是以"三生教育"为核心的现代教育的基本要求。

从群体发展的角度来看，无论是班级、教研组还是学校，同样具有这种"与众不同"的生命体的特征。以学校为例，不同的历史传统，不同的规划设计，不同的办学理念，不同的管理模式，加上风格迥异的师资队伍，这么多的"不同"，形成了丰富多彩的世界。没有了这些"不同"，世界就没有了色彩。由此可见，要求所有的学校"同质化"，既没有必要，又与社会的发展规律相悖。这些

---

① 肖川：《造就自主发展的人》，四川教育出版社 2006 年版，第 2 页。

"不同"，只有在"自主发展"的意识和环境下，才有可能获得发展。可见，即使从群体和组织发展的视角来看，确保"自主发展"，也是实现"三生教育"为核心的现代教育的基本条件。

这里所谓"自主发展"中的"自主"，可以理解为：自己做主。也就是说要尊重主体个体特性，注意个体发展需要，并激发起主体在行动上的自觉性。"自主发展"就是要在尊重发展主体的个性特征、内在需求、自觉主动等前提下，实现主体的"可持续发展"。要实现这一目标，就是要使"主体"能真正做到：

——认识自己。能明确自己所处的环境、发展的状况，确定自己发展的目标。

——支配自己。能根据自己的意愿，控制自己的行动，实现自己发展的目标。

——发展自己。能经常自觉地对自己的行为进行反思，不断提出新的发展目标。

由此可见，符合"三生教育"价值取向和能力选择的制度建设，首先要满足的，就是这种尊重、促进主体自主发展的需求。

二、尊重多元：现代教育实现的必要前提

"君子和而不同，小人同而不和"（《论语·子路》），君子可以与他周围的人保持和谐融洽的关系，但他对待任何事物都必须经过自己的独立思考，从不愿人云亦云，盲目附和；但小人则没有自己独到的见解，只求与别人一致，不讲原则，与别人却不能保持融洽的关系。孔子这句话只是从为人处世方面而言的。其实，几乎在所有问题上，都能体现出"和而不同"与"同而不和"的区别。"和而不同"显示出孔子思想的深刻哲理和高度智慧。这与我们所倡导的尊重多元是一脉相承的。费孝通先生晚年曾经有过这样一幅十六

个字的题词："各美其美，美人之美，美美与共，天下大同。"这短短十六个字，揭示出了现代人类文化发展的规律和趋势。"各美其美"，就是要有自主的意识，不要妄自菲薄；"美人之美"，就是要尊重差异，尊重别人，不要妄自尊大。只有做到了这两点，才有可能"美美与共"，并走向和谐、文明的大同世界，获得人类美好的未来。

我们知道，生命特点之一就在于独特性。独特性决定了生命发展的多样性，这本身就要求尊重多元和差异。以知识经济为基础的信息化时代，人类生存环境更具有多样性的特点，任何个人和学校，都很难实现"同质化"的发展。至于生活的多层次，更要求我们培养能理解多种多样生活要求，并能选择适合自己生活的人。因此，尊重多元，形成特色，也是"三生教育"价值取向和能力选择得以实现的基础，也是相应的制度建设应该满足的基本要求。

三、开放包容：现代教育实现的基本保障

"学会自主"、"尊重多元"，都必须以"开放"作为保障。如果我们把"开放"看作生物体与外界进行能量和物质的交换，并由此实现自身成长的一种过程，那么，适合"三生教育"需要的教育制度，也应该具有这种开放性，以确保"三生教育"理念和课程的实现。

那么，这一制度又应该从哪里着手去建设呢？我们认为，可以从"行政管理模式"、"人力资源的开发机制"、"资源配置方法"、"质量监控方式"等方面进行。

第二节 走向"公共治理": 实现教育的"公共服务"

教育公共治理 (educational public governance) 是指政府、社会组织、市场、学校、公民个人等多元教育治理主体对教育公共事务进行协作管理,以增进教育公共利益最大化的过程。这是现代社会教育管理改革的一个方向。在教育价值取向、能力选择日益多元化的今天,由多元教育治理主体通过参与、对话、谈判、协商等集体选择行动,在相互依存的环境中彼此合作、分享权力、共同参与教育公共事务管理,共同生产或提供教育公共产品与公共服务,并共同承担相应责任,可以最大限度地确保教育的可持续发展。教育公共治理的目的在于促进教育公共权力向社会的回归,实现多元治理主体之间的良好合作关系,最终旨在形成以学生发展为本、面向学校教育实际、积极回应内外环境变化、促使教育自主发展的新型教育公共服务体系。

一、坚定"行政管理"走向"公共服务"的目标,加快转换的步伐

教育,说到底是一项公共事业,构建现代教育公共服务体系,是教育制度改革必须追寻的目标。教育公共服务是政府社会性公共服务的一部分,它以满足广大公民及组织特定的教育需求为宗旨,以教育公平为导向,对公共教育资源进行优化配置,实现为社会培养人才、提高公民素质、促进经济发展、建设和谐社会目标的社会生产与供给过程。现代教育公共服务体系的构建,既有利于解决以

往教育管理制度存在的"越位"、"错位"、"缺位"等问题，更好地实现教育公平，为群众提供更优质的教育服务；又有利于促进社会公平正义与和谐社会的建设。要正确处理中央政府与地方政府的关系、市场与学校的关系、政府与市场的关系。合理的教育制度和教育体制的设计，应该坚持以人为本的教育公平、教育竞争、教育民主、教育开放、教育创新、教育发展的价值取向。教育制度和体制改革创新的目标选择应该是：政府宏观管理，社会广泛参与，市场适度调节，学校自主办学。

在推进构建教育"公共服务"的进程中，我们首先应该确立以下指导思想：坚持教育优先发展，把教育公平当作国家教育发展的基本政策；保障教育发展的区域平衡；保障弱势群体的教育权益；努力培育和发展教育中介组织；构建学校家庭社区合作协商制度。具体从以下几个方面着手：

（1）政府主导是支点。教育均衡能不能推行，教育公平能不能实现，政府主导是支点。全面推进教育均衡发展的责任在政府。强化政府投入责任，完善公共财政支持体系，大幅度增加教育投入，是教育改革和发展的迫切需求。为此，政府应当加大统筹力度，调整财政支出结构，新增教育经费优先用于义务教育均衡发展，不断提高保障水平。

（2）均衡发展是重点。鉴于现阶段客观存在的城乡、区域和学校间存在的明显教育差距，实现教育公平的第一步就是教育资源的均衡发展。我们说教育公平是起点上的公平，基础教育是重点保障对象。义务教育的重点任务是推进基本教育公共服务均等化，切实缩小校际差距，形成惠及全体学生的公平教育。国家在现有教育资源配置上，不仅要兼顾城乡、区域的平衡，提供相对公平的教育资源，而且还需要采取一定的措施，加大优质学校对薄弱学校的支持力度，通过培训、流动、帮扶、结对等多种形式，尽快缩小校际间的差距，实现"低谷隆起式"的共同发展。

（3）改革创新是难点。改革创新，是在当前情况下实现教育公平战略目标的重要手段。教育公平是以一定的社会历史条件为基础的，公平不等于平均。教育公平与办学特色是不矛盾的。深化教育体制改革是一个系统工程，需要可行性的路线图，其成败决定于实施细节的可操作性和落实的效率，更需要立法来约束。进一步深化教育教学改革，需要全面实施素质教育，提高教育质量，建设现代国民教育体系和终身教育体系。要探索教育的多元化，追求教育公平与教育效率的统一。建立新的教育评价体系，要重新认识教育的本质，以及政府、学校在发展教育过程中应该承担的职责，在全社会建立一个多层次、多元化的教育培养、评价模式。

现代教育服务体系运作模式，是全面提高教育质量，促进教育公平的运作模式。具体来看：

第一，强化学校教育主阵地。通过优化学科课程、落实活动课程、开发环境课程等有效措施，形成学科教学、活动教育、环境育人三大支柱，力求把素质教育落实在每一堂课上、每一次活动中、每一个角落里。同时，要把校园文化建设作为突破口抓好，它是反映学校办学水平与文明程度的重要标志，也是全面实施素质教育的重要途径。

第二，树立科研兴教意识。要强化科研兴教意识。一是坚持科研兴教战略，从教育科研寻出路、求发展；二是向教育科研要质量、要效益；三是靠教育科研出成果、创名优。要明确教育科研目标。一是建立跨世纪的教育科研体系；二是构建适应本地、本校易操作的素质教育模式；三是形成研究、推广、应用"一体化"的高效型教育科研格局。要健全教育科研网络。一是创办一批科研示范学校、基地；二是构成一级推动一级、一层带动一层的优势辐射主框架；三是建立各类教育科研协作体；四是培养教育科研骨干。

　　第三，健全依法治教机制。就教育系统内部而言，应健全三类机制：一是就学管理机制。改革招生制度，如就近入学等；制止择校，如加强薄弱学校工作等；严格学籍管理，如把好学籍注册关等；严禁辍学，如倡导扶贫就学等。二是"四控"减负机制。从控书入手，制定中小学学生用书管理规定；从控量入手，严禁在节假日、早晚给学生补课；从控考入手，改革考试制度；从控赛入手，中小学一般不搞学生竞赛。三是综合评估机制。抓好素质教育质量综合评估；抓好单位和个人年度工作综合考评；抓好办学水平综合督导评估。

　　第四，推进学校教育整体改革。首先，区域性整体改革。一是聘请专家指导，进行体制改革实验；二是按整体谋划、部分入手、主题展开、系统整合的原则构建改革方案；三是按整体运作、分步推进、重点突破、整体优化的原则推进改革运行。其次，学校教育整体改革。一是学校办学体制改革，主要开展以校长负责制为中心的"四制"（校长负责制、教工聘任制、结构工资制、经费保障制）改革；二是学校管理运作模式改革，主要以实行目标管理为中心的"四管理"（目标管理、全程管理、全员管理、量化管理）改革；三是学校育人实践模式改革，主要以推广"愉快教育"教学模式为中心的"四体系"（素质教育思想体系、课程结构体系、教育内容体系、教育方法体系）改革。

　　第五，形成"三位一体"的合力，推行"三全"质量管理模式。"三位一体"的合力是指学校教育、家庭教育、社会教育的有机结合，教育合力是实施素质教育，提高整体效能的重要保证。为了提高学生的素质教育，各学校应成立家长委员会，办好家长学校，聘请校外辅导员等配合学校做好学生的教育工作。一是全面评价。要制定学生素质综合考评规程，建立和完善评价体系，认真进行思想品德、科学文化、劳动技能、身体、心理等方面素质的综合考评。二是全程管理。要科学设计育人工作的全过程，制定各流程环境的工作质量标准，实现标准化管理，形成有效的调控机制。三是全员管理。要充分调动全员参与质量管理的积极性，提高全员素质，建立激励机制，强化全员工作质量意识。

二、完善教育资源分配模式

教育公平是社会公平的基础。在追求教育质量的同时追求教育公平是当代世界各国教育改革与发展的主题，也是我国建设和谐社会的重要议题。事实表明，要想使教育真正产生效率和公平共存的效果，首先必须形成合理的教育资源分配模式，使所有人都能平等地享受教育资源，否则，教育也只能变成扩大贫富差距的工具。

过去，当政府作为教育资源配置的主体时，往往通过行政指令来满足这种需要，但是，常会出现教育资源分配不合理的现象。究其原因，除了资源短缺不得不采取一些"集中力量办事"的客观原因外，过于依赖行政命令手段配置教育资源，忽视市场经济这只"看不见的手"的调控作用也是一大原因。要使教育资源分配趋向合理化，实现其效率与公平的辩证统一，就必然要完善教育资源分配模式，以适应教育事业的发展。

（1）形成教育公共治理的社会参与制度。为了使各类教育利益相关者特别是弱势人群充分、自由地表达他们的利益诉求，除了重大教育决策实施听证制度和咨询制度以外，应在各级教育决策系统特别是学校管理的决策活动中建立教育行政听证制度、咨询制度和监督制度，保证教师、家长、学生、社区人员等所有的教育利益相关者能够有机会参与教育的公共治理，以保障教育资源得到合理使用，实现其应有的社会效益。

（2）构建教育公共财政供给模式。教育公共财政供给模式是实现教育公共治理与服务的重要基础，并在一定程度上决定着教育公共服务的发展形态，影响教育公共服务的内容和形式。构建教育公共财政供给模式的根本目的是扩大政府对教育领域的投入，提高有限资源的配置与使用效益，保证在有限资源的约束下最大限度地促进教育公平。构建教育公共财政供给模式的主要任务是确立教育公共财政的调控目标，通过建立完善的教育公共财政制度，实现教育公共服务的充足供给、合理配置、注重公平、兼顾效率，从投入量、投入结构、投入来源三个方面来完善教育公共财政调控对策。

（3）建立对弱势群体的补偿制度。弱势群体在任何国家都存在，随着经济发展、生活水平提高，应该逐步解决弱势群体的教育问题，以体现教育机会均等的原则。按照罗尔斯"不均等地对待不同者"的公平原则，对处于不利地位者的利益就应该用"补偿利益"的办法来保证。在公平的原则下，对不同需求的群体所投入的资源，应体现出"不等"，使处于不利地位的学生得到补偿文化经验不足的机会。为体现公平的理想，教育资源的分配应优先考虑对物质条件较为欠缺或处于"文化落后"地区的学校制定补偿措施。同时，也要给处于弱势地位的受教育者提供补偿，如完善助学贷款保障制度，以保障一些处于弱势群体的学生也能接受较好的高等教育，进而保障其毕业后能找到一份较好的工作，缩小与其他人的收入差距。最后，要建立对民办院校的资助制度。民办院校对于公办院校来说，也处于弱势地位，对民办院校进行制度性补偿，有利于教育资源惠及更多的人群，实现教育资源享受的普遍性与公平性原则。

（4）建立社会广泛参与的办学体制机制。从教育历史发展进程上来分析，政府承担的应该是基本的、大众的、公平的教育，而社会承担的应是高端的、精英的、非均等的教育。公办教育、民办教育都是民族的教育；公立学校、私立学校都是国家的学校。我们的教育体制改革应该推进办学结构多元化，民办、公办和股份制办学平等竞争，共同发展。我国教育体制存在的一个重要问题就是教育所有制结构不合理，也就是公立学校、私立学校、股份制学校结构不合理。教育具有社会公共服务事业和产业的双重属性。承认教育的公共服务事业属性，就要承认教育具有与经济运行不同的规律，肯定政府对教育负有主要责任，教育不能完全进入市场，不能产业化和市场化；而承认教育的产业属性，就要肯定教育是人力资源和知识的生产部门，教育通过人力资源、知识与市场的交换，会增加社会财富的产生，也就是要肯定教育在一定范围和一定程度上可以运用产业运作方式和市场调节机制。我认为，应该将现有30%的公立学校，特别是公立大学进行非国有改造，大力促进私立学校、股份制学校的发展，大力加强民办教育发展的"一体制五机制"建设，即建设公立学校、私立学校、股份制学校平等竞争、共同发展的办学体制；建设非义务教育公退民进，调整教育所有制结构的机制；建设公办教育提供公平性教育资源，民办教育提供选择性教育资源的政策机制；建设私立教育、公办教育、民办教育一视同仁、有教无类的服务机制；建设民办学校国际交流和国际化发展的机制；建设民办学校自主发展、自我激励、自我约束的管理机制，进一步改善促进民办教育发展的体制机制环境。

（5）建立完备的学校内部教育资源分配制度。各院校对自身已有的教育资源应进行合理调配，以实现教育资源的最优化与公平原则。一是要注重对学校重点建设的学科教育资源的分配，以保证重点学科建设顺利完成。二是对学校一些弱势学科要出台扶持政策，以促进其发展。三是对学校教育资源的投入与使用要进行具体、科学的管理与规划，以免造成浪费。四是要加大对学生的生活、学习与身心健康的教育资源的投入，以保障学生的基本权利。五是正确处理教师与学校行政人员之间的资源调配关系，在满足教学资源的前提下，保障学校行政费用的支出。

（6）建立和完善教育投入的绩效评估体制。这是一个我国教育领域长期没能注意的问题。在报端，我们经常可以看到这样的报道，某地用大量的教育经费为一些所谓的"重点校""锦上添花"，而一些乡村的师生却只能在破庙里上课；有的地方好不容易集资盖起了学校，但由于缺乏论证，学校盖好了，却因为招不到学生，被迫将教学大楼改作他用……或许，这些事例并不是普遍的，但它们所反映的教育资源分配不公和浪费的问题，却制约着教育的发展。人们越来越认识到：教育资源，也有一个"投入—产出"效能的评估问题。作为一项公共事业，纳税人有权利知道他们的钱究竟是不是发挥了应有的效能。当然，教育事业的迟效性往往为"效率"、"效能"、"效益"的评估带来很大的难度，但当教育投资规模越来越大时，我们不能不关注这一点。

总之，解决基础教育资源分配不均衡的问题，教育管理部门应该从源头上入手。譬如，要允许所有的公立和私立学校进行公平竞争，打破少数公立名校的垄断局面。只有竞争才能导致垄断资金耗散，最终使学校之间的待遇差别减少，教师资源自然会实现均衡的配置。教师资源均衡配置了，学校的硬件设施也均衡配置了，学生的受教育机会自然就实现了均衡分配。政府的职责不是阻碍市场经济规律发挥作用，而是通过财政再分配手段扶持后进学校。例如，政府应当增加对后进学校的财政投入，补贴在后进学校任教的优秀教师，鼓励名校对后进学校的帮扶，奖励后进学校和后进学生的进步，改善后进学区的教育环境。总之，政府的作用不应该是粗暴地"抑强"，而应该主要是"扶弱"。

三、改进教育供给与管理体制

完善"分配模式"，是从"行政指令"走向"公共治理"的重要方面，但教育资源要转化为现实的教育力，还需要通过教育主体的工作，实现有效的教育供给。因此，要对改进当前的教育供给和管理体制，给予足够的重视。

要改进教育供给和管理体制，就必须建立政府对教育的宏观管理体制。政府对教育的宏观管理体制发轫于美国。早在 20 世纪 30 年代，自由竞争带来的经济危机促成了罗斯福新政的出台，自此，强调联邦积极干预的凯恩斯主义理念与实践就开始明显地改变着美国的传统分权体制。随着联邦政府的干预意识、职能和权力的不断加强，其相应的社会责任也在逐步加大，特别是二战中的获胜更是极大地彰显了联邦的整体作用。1946 年的《退伍军人教育法》首开战后联邦干预和担责教育的先河；1958 年《国防教育法》和1965 年《美国初中等教育法》的颁布实施，把联邦的教育干预权力和责任承担扩展到整个教育领域，形成了完整的教育干预法律体系。我国教育体制改革首要是对国家宏观教育管理体制进行创新，强化政府承担教育管理的职责。国家应由对学校的直接行政管理，变为运用立法、拨款、规划、信息服务、政策指导和必要的行政手段，进行宏观管理。政府的管理职能范围不在于微观领域而在于宏观的政策领域，其本质是提供公共服务。政府的教育管理职能主要体现在：教育立法及完善配套制度，做好所辖范围内与经济社会发展相适应的教育事业发展规划、拨款；规定校长、教师的任职资格和聘任制度；制定各级各类学校的设置标准及审批程序；制定基本的学制、学历和学位制度、专业人才培养目标；调控学生规模，依法对学校进行监督与评估。要强化依法办教、依法管教的教育法制思想，建立和完善国家管理教育体系的法制体系。要系统建立与完善幼儿教育法、基础教育法、义务教育法、职业教育法、高等教育法、终身教育法、特殊人群教育法、少数民族教育法、教师法、教育经费保障法、受教育者权益保障法、民办教育法、开放教育法、教育评价法、学校安全法等。政府对教育的宏观管理体制设计，应重点从教育方针、办学体制、教育规划、教育评价、教育经费、教师社会保障、教育国际安全等方面作出安排，对社会实体财富向教育资源转化作出法律规定。应将教师身份社会化、教职员工收入分配绩效化，校长公选、学校运行管理纳入法制化轨道。具体表现为：

1. 实现教育公共服务供给主体的多元化和供给方式的多样化

第一，根据不同教育服务项目的性质和特点，采用不同的供给模式，实现教育公共服务供给主体的多元化。例如：对那些不具备规模经济特点、进入门槛不高，而政府独立承担又有些力不从心的教育服务项目就可以向民营企业和民间组织开放。而对那些带有地方服务性质的教育服务项目要采取"谁受益，谁负责"的策略，提高地方政府和有关部门的投入积极性和投入力度。对那些关系到社会公平、公民基本权利的教育服务项目就需要依靠国家公共部门来保障其服务的数量和质量。第二，要从我国经济发展的实际状况出发，建立和健全公共财政体制，加大政府对教育公共服务的投入。要通过教育公共服务体制的创新，实现供给方式的多样化。根据我国城乡之间、不同的区域之间存在较大不平衡的情况，提供不同的教育公共服务，采取分步推进，逐步消除城乡之间、不同区域之间在教育公共服务方面存在的差别。第三，要不断扩大教育公共服务的覆盖范围。这主要包括以下三个方面：一是要不断扩大教育公共服务项目的范围，以满足人民群众不断增长的多方面的物质和精神需求；二是要不断扩大教育公共服务不同群体的覆盖范围，满足不同职业、不同年龄人群的公共需求；三是要不断扩大教育公共服务区域的覆盖范围，实现教育公共服务供给主体多元化和供给方式的多样化。这一方面可以减轻政府的财政负担，另一方面也可以提高教育公共服务的质量和效率，还能够扩大服务范围，惠及更多的国民。需要注意的是，教育公共服务供给主体多元化的建设要切实体现教育服务的"公共性"，更要体现教育服务的公平原则。

2. 完善教育公共服务的监管体制

追求公平是教育公共服务的基本特征。长期以来，我国的教育评价都是由政府组织进行的，这种教育评价并不利于教育公共服务公平性的实现。因为政府本身就是教育事业的承办者、学校的管理者，这样的身份使其难以客观、公正地对教育公共服务进行评价。因此，要实现教育评价的公平性，评价机构的中立性是关键。建立以中介评估为主导的多元化教育监管和评价体系，是实现教育公共服务公平性的重要手段和途径。第一，要实现教育行政部门与监管部门分离，成立独立的教育监管机构。虽然我国各级政府都有教育督导机构，但这些机构主要是针对下级部门和学校，其权力归属不明确，对同级政府部门缺乏制约性。在我们国家整个行政监督体系中，行政监察以其监督的专门性、全面性、权威性而居于非常突出的地位，因此，建议在监察部门下设教育监察部门，这样有利于对教育行政进行有效监督，同时，在全国人大设立教育法律监察委员会，地方也设立相应机构，组建监督信息网络。第二，完善教育监管法规。当前，我国的教育监管法规还不完备，从《义务教育法》、《教师法》等现有法律文本中不难发现，有关"监管"的法律规定很少，而且在这些仅有的规定中又以原则性要求居多，缺乏翔实的实施细则和责任分工，不够系统，导致在实际的监管工作中常常出现操作难的问题。所以，完善教育监管法规是对教育公共服务进行有效监管的一个重要前提和基础。第三，要充分发挥社会监督的作用。只有将政府的专门监管和社会监督结合起来，才能形成多线形的监督网络，才能有效地对教育行为进行监管。其中最重要的就是发展社会性教育评估中介组织，对政府某些政策、规定、行为进行调研、评估，并通过舆论的作用，对政府行为进行评价。同时，可以引入"专家小组"或"顾问团"等监督机制。因为"专家小组"或"顾问团"常常为教育行政主管部门的教育决策提供建议，他们对一项教育决策的产生、实施以及结果有着专业的认识，可以通过他们对决策者和决策过程进行监督，从而实现决策的科学化、合理化。第四，将"听证制度"引入教育行政部门政策的制订和执行中。所谓"听证制度"是指政府组织在做出直接涉及公众或公民利益的公共决策时，听取利益关系人、社会各方及有关专家的意见以实现良好治理的一种必要的规范性程序。这一制度的功能在于公民直接参与公共决策，听取不同利益代表的声音，保障社会公正，规范决策机制，使决策公开化、透明化、规范化，提高效率与理性决策。

第三节 "活而不乱"和"专业化成长"：
实现人力资源开发转换

在知识经济时代，人才资源是第一资源。教育人力资源更是人才资源的源头，是国家的战略性公共资源。教育人力资源是指教育系统内从事教育的各类人员总体所具有的劳动力或工作能力的总和。教育人力资源的含义可以从三个方面加以理解：（1）基本构成。从人力的最基本方面看主要由人的体质和智力构成；从现实应用的角度出发则包括体质、智力、知识、技能几个部分；从人员身份和职能上看，可分为教育管理者、教育辅助者、具体施教者。

（2）潜在能力。指教育人力资源潜在的可以发挥的能力，一般指学识水平、职业道德、科研能力、教育教学水平和技能、情感、认知、心理、生理、伦理等方面。（3）实际效能。指教育人力资源潜在能力被发挥出来所呈现的效果和影响。从宏观上看一般指教育的水平及发展，微观上看指学校教育教学水平与质量。

由于教育人力资源有劳动力再生产这一独有的特点，所以教育人力资源也就具有了区别于一般意义上人力资源的特殊性，这主要包括：（1）教育人力资源具有较强的社会性。教育作为上层建筑，它是消费者，作为劳动力的生产和再生产的主体，它又是生产者。教育对社会政治经济作用的双重性，决定教育必须适应社会政治经济发展的需要，为政治服务，为经济发展服务。（2）教育人力资源具有较高的能动性。教育的主要职能是培养人、塑造人，特别是对人的道德情感、认知能力、创造性和行为规范的形成具有不可替代的作用。人力资源的能动性，靠的是教育人力资源的不断提高，所以，教育人力资源比其他资源更具有能动作用。（3）教育人力资源具有稀缺性。教育人力资源的形成对经济发展具有滞后性，经济发展方式、目标、模式的不确定性，往往决定了教育人力资源的结构、层次和规模的不确定性。这样，教育人力资源始终面对如何适应、保证和促进经济发展的问题，在对需求大于供给的部门和领域的人力资源进行开发和培养时，教育人力资源稀少短缺的问题就会凸显出来。（4）教育人力资源具有特殊的时效性。人力资源的时效性主要是以人的生命周期和智力周期为标志的。教育人力资源除有上述特点外，还具有形成周期长、开发成本较高、配置渠道单一、使用迟效、相对稳定性等特殊性。从人力资源转化为教育人力资源，需要较长的开发和培养周期，教育人力资源的最优化，更需要一个长期的开发、配置和使用过程。

一、根据不同教育类型的特点，搞活教育人才流动的机制

教育作为社会发展的重要因素，它的各个组成部分和各项功能都是人力资源开发的重要动力来源，对个人发展和社会进步的作用日益突出。教育的各个组成部分中，教育人力资源对社会进步和经济发展的作用尤为明显。

在当前市场经济条件下，教育人力资源的配置往往通过两种力量，即政府行为与市场机制进行。教师资源的"市场化"配置与政府供给、市场配置（调节）之间存在质的区别。前者的含义是完全通过市场竞争和供求关系的变动配置资源，任凭市场的力量起作用，国家不直接介入；而后者的含义是国家雇佣，政府供给，并通过市场的有效机制实现合理配置。显然，市场配置（调节）不等于"市场化"。

市场机制的作用无疑为教育运行注入了新的活力，但利润追求与教育公益目的之间，市场驱动力与学术目标之间，教育公平与大众教育需求之间存在着明显的冲突。这种冲突必然反映在教师资源的配置上，解决冲突的主要途径是通过政府行为，达到市场力量与政府行为的平衡。

我国教育总体上属于公共产品，其中，九年制义务教育属于完全公共产品，供应属于政府行为；非义务教育总体上属于准公共产品。随着教育改革和教育服务类型结构的多元化，属于私人产品性质的教育服务（如民办教育）进一步增加，不同性质的教育服务将长时期呈并存趋势。但是，就我国的社会性质、教育的性质和规律而言，我国教育的主体是公共产品和准公共产品。教育人力资源及其配置因不同性质的两类教育而形成二元结构：义务教育与非义务教育。

义务教育与非义务教育具有共同属性，也有各自不同的特性。

非义务教育是竞争性的，而义务教育是非竞争性的。国家立法下的义务教育，应该保障其在一定标准下的资源的充分性和公平性。整体来讲，义务教育不是精英教育而是国民教育，不是淘汰性教育而是普及性教育，不是选择性教育而是发展性教育，不是竞争性教育而是保障性教育。从现阶段实际出发，义务教育应当追求"均衡发展"，非义务教育则应当坚持"和谐发展"。

不同阶段教育的产品属性，对教育人力资源的有效配置产生了重要的影响，相应地需要不同的调节机制。义务教育因其消费上的非排他性，以及广泛的社会效益，属于典型的公共产品。为了保证义务教育的公平性和均衡发展，它的资源应当由国家包下来，而不宜由市场提供。"包"的含义是全额提供，按教育劳动力市场的平均价格即供求关系决定的价格提供人员经费。保证义务教育资源尤其是人力资源，是国家的职责，是政府行为。政府供给不充分，就吸收不到充足的教育人员或高质量的教育人员，甚至导致教育人员离开教育事业。1992～1995 年我国经济迅速增长期间，出现了教师队伍的大幅流失现象，在某种程度上已经说明了这一问题。通过自由放任的市场机制供给教师，必然伤害教师队伍的健康发展。一个以公共产品为主的产业，通常不通过市场交易，不形成市场。因此，教育尤其是义务教育不属于市场经济的范畴。

义务教育的公共产品属性还可以通过中小学教师职业的性质和工作特点表现出来，中小学教师职业的性质和工作特点主要有四个方面：

（1）中小学教育阶段主要是知识传授，教师素质和教育教学水平在很大程度上依靠经验积累，这一职业特点决定了中小学教师队伍需要比较稳定的状态，应当鼓励教师终身从事教育事业。如果完全由市场配置教师资源，难以保证教师职业的稳定。

（2）中小学教师专业性较强，他们在学校环境、课堂和特定的活动空间工作，面对特定的教育对象，职业转换、职业选择的机会较少。这一特点不太符合一部分青年学生的职业向往和选择意向，或多或少地影响着教师在人才劳动力市场上的职业评价和竞争力。

（3）中小学教师履行国家赋予的职责，在育人过程中体现国家意志，传承民族文化，提高国民素质，培养接班人和建设者。

（4）中小学教育对象的特点和教育教学规律，要求有一支由公共财政保障的稳定的教师队伍，以保证正常的教育秩序。

由此可见，中小学教师不可能是自由职业者，义务教育阶段的人力资源应当由政府供给。经济合作与发展组织（OECD）的《教育概览》报告特别说明了这一点：教育服务的直接财政支出包括政府雇佣全体教职员工。在保证中小学教育人力资源配置方面，政府是主渠道，政府发挥着中心作用，但政府行为也不再是纯粹的行政手段，必须遵循市场规律，借助市场机制。

中小学教育人力资源的合理流动是指达到一个合理的人力资源结构比例，它是教育人力资源配置合理性的重要标志。首先，要力争使教育人力资源城乡分布趋向合理。要积极通过优势人力资源扩张的形式，采取城镇优势人力资源和农村弱势人力资源相互交流、相互学习、相互补充、相互促进的方式，并在制度上和政策上加以积极扶持和大力的支持，鼓励优势人力资源扩张到农村地区。例如城镇优秀教师定期到农村地区任教，城镇中小学教师原则上要有一年以上在农村学校任教经历才能评聘高级教师职务等。以此确保教育人力资源城乡分布合理，与农村城镇化进程同步协调发展，力争使农村贫困地区教育人力资源基本满足普及义务教育的需求。其次，教育人力资源中教师学科结构应趋于合理。应该充分保证学科资源的存量，根据教育对学科资源的需求适当予以调整，但不能出现即时效应，不能因为某些学科的过剩而盲目地缩减，也不能因为某些学科的稀缺而盲目地增加。要加强对学科资源的计划性配备，要发挥各级政府的宏观调控力度，大力培养复合型学科资源，确保学科资源稀缺时能予以补充。

高等教育对社会的生存、发展和繁荣都有重要的影响，以至于越来越受到国家的高度关注，政府也积极采取措施大力支持高等教育的发展。作为准公共产品的高等教育，其人力资源的配置方式应当是政府供给与市场配置相结合，其基本途径是市场配置，但不能完全市场化，在一定程度上需要政府供给，但又不同于中小学教师，更不同于国家机关公务员。政府供给的含义包括：（1）制度供给。政府供给首先是教师制度的供给，对于教师的法律地位、用人制度和师资配置进行系统化的制度建设。（2）经费供给。教职员工的工资、保险和福利待遇由国家保障，政府"买单"。高等学校属于非义务教育机构，高等教育的运行受到市场机制的深刻影响，高校人力资源的配置应主要通过市场机制来实现。义务教育阶段教师与非义务教育阶段教师职业的不同性质和特点，也决定了上述二元结构的存在。高等教育的发展，应选择速度和结构、质量、效益有机统一的发展战略。应以国际化思维，本土化行动，现代化目标的理念指导高等教育发展，全面提高教育质量，优化教育结构，提高人才培养质量，提升科学研究水平，增强社会服务能力，促进中西部高等教育统筹发展，积极消除高等学校官场化、学术市场化、学习情场化倾向。全面推进高等学校校长公选、教师聘任、绩效分配、后勤社会化、管理制度化的改革，增强高等教育的发展能力和创造能力。

高等教育的职能不仅在于知识传递，还包括知识创新和技术创新，增进学术进步，客观上要求人才流动。高校内部劳动力市场具有重要的调节作用，复杂的学科分野、不同的专业领域、不同的研究方向，以及不断发生的分化、组合、综合的趋势，使得内部劳动力市场的分化更为特别。高校教师职业具有创新性、竞争性和流动性、开放性等显著特点，学院和各系拥有用人权，单位和个人双向选择。复杂的学科分化，众多的研究方向，分化和综合的趋势，使得内部劳动力市场的分化更为细化，以人员流动为基本途径的学校内部劳动力市场的调节，是高校人力资源配置显著特点之一。校长聘任制和教师聘任制显示着市场对高等教育人力资源流动的作用。一些教育人才，会借聘任政策的助推流动到更能体现自身价值的办学机构中去。有这种政策助推，再加上今后更加成熟、完备的多元化办学体制下办学竞争的驱动，预示着教育人才有序流动的局面逐渐形成。因此，劳动力市场的调节不但是客观存在的，而且意义非常重大。教育人才有序流动局面实现的基本途径是教育人力资源的合理流动。

教育人力资源配置市场化的实质是参照人力资源开发理论，把教师作为重要的资源，遵循价值规律，利用市场机制，使教育人力资源得到合理的配置，发挥其最大效用，而实现教育人力资源配置市场化的关键就是建立教育人力资源的市场机制。当前，我国公办高校教师的聘任制并没有完全推行，使得公办高校教师无法自由流动，因此，市场无法成为配置教育人力资源的主要手段。教育人力资源仍然由国家"统购统销"，缺乏开放的教师人才市场，公办与民办两种教育体制之间没有形成公平竞争的环境和机制。

同时，国家没有建立合理的教师流动机制，教师一般只能在公办学校系统内部或者是民办学校之间流动，而在公办学校与民办学校之间的流动却受到诸多限制。公办学校的教师属于事业编制，不可随便更改，而民办高校的是人事代理，与公办学校的性质不同，不能相通。加上民办高校教师的社会保障与公办高校教师的社会保障在内容上存在巨大差别，这导致教师在公办学校和民办学校之间流动在实际上的缺失。

因此，要打破民办与公办高校之间教育人力资源流动的壁垒，疏通民办、公办教师双向流动的渠道，建立人员合理流动机制和事业发展机制，建立教育人力资源市场，为供求双方平等协商、互相选择提供专门的场所和机会。政府应该发挥宏观管理与公共服务的职能，成立以教育行政机构人事部门为依托的民办高校教师人才交流服务中心，建立高校教师人才库，承担民办高校教师的档案管理，为供求双方提供供求信息，疏通供求渠道，进而对教育人力资源的流向在宏观上进行调控，在微观上给予指导，充分发挥市场的作用，使教育人力资源得到合理科学的配置，使用人单位得到最合适的人才，也使教师个人获得满意的职业发展空间，从而使双方达成共赢。而这个市场配置机制是独立于政府之外的，政府在这里是充当提供服务、引导和维持秩序的角色，其运行还是依靠市场来进行。

随着教育改革开放的深入，高校应该打破传统的人才观，树立开放的人才观，放眼看世界，吐故纳新，既广招贤才，又允许校内外人才的合理流动。事实上，保持教师队伍在合理流动上的动态平衡，既有利于学校的专业设置、课程调整、教学重点的转移，也有利于教师知识结构的调整和专业素养的提高，促进教师队伍结构的合理化和教师人力资源的合理配置，保持教师队伍的朝气和活力。

当今时代，科学技术发展迅猛异常，国际竞争日益激烈，正是国家需要大量创新型人才之际。现代大学由社会边缘走向社会中心，大学成为知识创新、技术创新的重要基地，大学学者成为国家创新体系的中坚力量。因此，创设人才培养、保护、发展的制度环境，是政府的职责。完善的市场经济体制，不仅要求政府退出竞争性经济领域，也要求政府承担起公共管理和服务的责任。作为公共资源，教育人力资源的配置是政府行为，教育人力资源的配置方式是市场经济条件下公共管理的制度性安排。国家应将教育人力资源的配置和公共财政经费的保障，列为教育政策和教育财政的优先议程。在教育人力资源配置方式和运行机制的框架中，政府行为、市场行为、学校行为和个人行为之间形成一个动态平衡的力矩。应该准确把握政府行为与市场机制的关系，根据教育人力资源配置二元结构的特点，探索新的机制，保证高质量教师的供给。

二、强化教育人力资源的"专业性发展"

随着教育改革的深入推进，"教育具有专业性"，日益成为人们的共识。教育人才也是专业人才，要凸显教育专业发展，已经成为人们的共识。

1. 教育管理者的专业性及其发展

当前，对教育管理者角色较为一致的观点认为，教育管理者具有"三角色"，即教育管理者既是教育者，又是领导者和管理者。应该说，一所学校的发展与特色的形成与学校的教育管理者及其所领导的团队有很大的关系。近年来，美国等一些国家的教育研究者借鉴管理理论、人力资源理论、社会学理论的研究成果，提出了"教育领导力"或"教育管理者领导力"概念。在他们看来，一所学校的教育管理者，就是一所学校的灵魂，教育管理者的教育教学理念、管理经验、智慧胆识以及个人魅力等，都能成为其带领学校走出困境、创造业绩的重要因素和保证。

2000 年，美国州际教育管理者联合会针对新世纪未来教育发展的需要，就中小学教育管理者提出了六条标准，可以看成是对教育管理者领导力素质的典型表述。这六条标准是：（1）学校管理者作为一位促进全体学生成功的教育领导，应该为推动整个学校人员形成和实现共同愿景服务。（2）学校管理者作为一位促进全体学生成功的教育领导，应该倡导、培育和支持有益于学生学习和教师专业成长的学校文化和教学计划。（3）学校管理者作为一位促进全体学生成功的教育领导，应该创设一种安全的、高效的和有效的学习环境以确保对组织、运作和资源的管理。（4）学校管理者作为一位促进全体学生成功的教育领导，应该与教职员工和社区成员合作，对各种社区利益和需要做出回应，并动员社区资源。（5）学校管理者作为一位促进全体学生成功的教育领导，应该行为正直，公正，遵循道德。（6）学校管理者作为一位促进全体学生成功的教育领导，应该理解更大的政治、社会、经济、法律和文化背景环境，并对其做出回应和施加影响。

教育管理者领导力概念的提出，使人们能在这一框架中思考教育领导者应有的素质。教育管理者领导力应当表现为教育管理者工作的高绩效，而这种高绩效的最终目的是使全体学生达到教育目标，成为社会中的合格公民。强调教育管理者的领导力并非强调学校管理中的人治，而是要通过不断优化的适宜的制度来管理人。教育管理者要有全面的素质，要通过自己的行为、言论、信仰、决心、胆识、追求、智慧、激情、诚意、亲和力、全局观念和远见卓识等来感染和聚拢干部、教师和学生，确立共同追求的目标，使与学校相关的所有人能基本认同教育管理者的办学思想，并能尽其所能地工作、学习和创新。

具体来说，一名教育管理者的专业领导力应当包括：

——愿景与使命。愿景是指"通过创造和沟通形成某种期望，并使在组织中工作的人都对此形成的共识"[1]。愿景是组织的灵魂，它概括了组织的未来目标、使命与核心价值，是组织困难时期或不断变化时代的方向舵，就像灯塔一样，始终为组织指明前进的方向，指导着组织的管理策略、管理制度以及文化、薪酬体系的建立和完善。愿景可以团结人、鼓励人，能够把组织凝聚成一个共同

---

[1] 〔美〕杰拉尔德·C·厄本恩、拉里·W·休斯、辛西娅·J·诺里斯著，黄崴、龙君伟译：《教育管理者论》，重庆大学出版社2004年版，第12页。

体。具有远见的愿景，体现着对外部环境的深刻洞察，因此必须具有高度的独特性、超前的前瞻性，能最准确地反映学校的核心价值，远远超越那些时常变化且必须变化的组织管理策略和技巧。当学校领导者把"个人愿景"放大成与教职员工共享的"共同愿景"时，学校就有了灵魂。由"愿景"而形成的教育管理者的使命意识，是领导力的关键。作为学校愿景的设计、传递和激励者，教育管理者应当有能力带领学校的全体成员设计学校的愿景，并致力于愿景的传递和实现。建立共同愿景不能靠行政指令，不能靠规定，只能靠学校的文化底蕴和学校教职员工间的思想交流、沟通和分享，还需要使社会分享学校未来的发展设计或憧憬。这项工作不可能一蹴而就，它的建立和完善需要细致的工作和漫长的过程。学校的愿景与使命应紧紧围绕高质教学和学校持续进步的目标，作为教育管理者应该能够清楚地表达、交流和贯彻这些愿景。包括使命和愿景怎样制定，怎样公布于众，教育的目的是什么，学校的资金和人员的来源，学校怎么作决策，怎么和师生家长沟通，学生如何分班，课程标准是什么，等等。学校课程发展应根植于学校真实的发展脉络中，善用现有的优势和资源，把握住现在；基于"以学生发展为本"的思考，融入时代发展和赋予它的新内涵，展望美好未来，形成学校新的教育哲学。

——战略与规划。在教育改革与发展的大背景下，无论是整个学校教育的发展，还是一个学校的发展，都需要一种战略层面的思考和设计。当学校承担的社会使命越来越清晰，当学校的社会角色越来越重要，当学校与社会发生更多的联系，当学校所处的环境变化越来越快，当学校教育的需求越来越多元化，当教育越来越走向区域和国际竞争，当各类教育的竞争越来越激烈，当教育走向买方市场，当学校的自主权被赋予的越来越多时，学校发展战略也就成为学校解决生存与发展问题的一个重要方法和手段。学校发展战略、学校品牌战略、学校特色战略、学校质量战略、学校人才战略等战略行动已逐渐成为学校管理者普遍关注的问题。学校发展规划（School Development Plan）于 20 世纪 80 年代中期兴起于英国，它主要是通过制定和实施发展规划以实现学校教育的发展，它是一种政府间接管理学校的较好方式。学校发展规划，是在学校层次上，通过自下而上的方式所制定的规划，是由学校自主进行的关于学校未来发展方向的规划。由于办学条件限制，现实中不少教育管理者扮演的是"维持会会长"的角色，这种教育管理者因安于现状而变得缺乏勇气，缺乏活力，缺乏创造。显然，这样的教育管理者的角色已经产生了错位，更谈不上办好学校。真正成为一所学校的好设计师，以下几点是不可缺少的：为学校发展、为学生成长，必须有可持续发展的观念，这是教育管理者成为学校发展战略设计者的根本前提。此外，教育管理者还须掌握制定学校发展战略的基本技术，熟悉制定学校发展战略应遵循的基本原则。总之，一个教育管理者做好了学校发展的"设计师"的工作，那么才算真正进入了教育管理者的角色。

——核心价值和理念。学校办学的核心价值和理念是指学校尤其是教育管理者对治理学校的总的看法和基本信念，是学校教育理念和管理理念的集中体现，是学校发展和教育管理者领导过程中所体现出来的具体的教育教学指导理念，它体现了教育管理者或学校进行教育活动和管理活动的价值取向。"有什么样的教育管理者，就有什么样的学校"，教育管理者的办学理念在学校的发展以及学校能否办出特色方面起着决定性的作用。只有拥有明确的办学理念，教育管理者才能使自己和整个学校的行为表现出目的性和整体性，学校才不会成为上级教育政策的"试验田"；只有拥有明确的办学理念，教育管理者才有可能根据学校的实际，设计一个远景目标和蓝图规划，并引导学校的所有成员为此目标奋斗，最终实现目标，使其成为一所有特色的学校。

——注重文化内涵。现代教育管理理论认为权力因素对于教育管理者领导力并不重要，而以文化方式形成的领导力才是本质性的东西。文化是指价值观、信念、期望、共同的意义等要素形成的精神力量，它作用于人的意识、思想、感情和意志，支配着对这个群体有价值的东西和成员的思维、感觉、行为方式。教育管理者要把学校发展的文化因素注入自己的心灵，把自己打造成文化象征体，再推进到学校每一个成员的精神层面上，形成文化内涵的领导力。学校之间的竞争，表面上看是质量的竞争，深究却是人才的竞争，而本质上则是文化的竞争，一流的学校靠文化。因此，一流的教育管理者必须通过学校文化建设来提升自己的领导力。学校文化是一种期望或者说是一种境界，对于提升教育管理者领导力有着不可估量的作用。在这个过程中，教育管理者是学校文化建设的核心，他们重视行为文化建设所体现的规范与关爱，他们积极推进学校组织文化的创建与发展。

2. 教师队伍的专业发展

从教育自身的性质看，教师应该完全是一个专业性的职业。1966 年联合国教科文组织（UNESCO）与国际劳工组织（ILO）就主张"教育工作应被视为专门职业（Profession）。这种职业是一种要求教员具备经过严格而持续不断的研究才能获得并维持专业知识及专门技能的公共业务；它要求对所辖学生的教育和福利具有个人的及共同的责任感。"1996 年第 45 届国际教育大会在《加强教师在多变世界中的作用之教育》建议中指出："在提高教师地位的整体政策中，专业化是最有前途的中长期策略"[1]，再次将教师专业化

---

[1] 赵中建译：《全球教育发展的历史轨迹——国际教育大会 60 年建议书》，教育科学出版社 1999 年版，第 394、534 页。

提到了重要位置。随着世界各国教育改革的深入，人们不约而同地将教师队伍建设列为改革的重点。虽然各国的认识和措施又各有千秋，但教师的专业化明显地成为当今世界教师队伍建设的共同趋势。各国都希望通过提高教师专业化水平，来提高教师的素质，改善教师的社会地位，重新树立教师职业的社会形象，进而实现提高教育质量的目的。1986 年 6 月，中国国家统计局和国家标准局发布的《中华人民共和国国家标准职业分类与代码》将教师列在"专业技术人员"这一大类中。1993 年 10 月颁布的《教师法》中规定："教师是履行教育教学职责的专业人员。"这些举措顺应了教师专业化发展的大趋势。

长期以来，我国教师专业化水平不高，制约和影响着教育发展的水平和速度。教师的专业素养是指教师在系统的教师教育和长期的教育实践中获得并逐渐发展而成的，在教育活动中体现出来并直接作用于教育过程的，具有专门性、指向性和不可替代性的心理品质。教师的专业素养结构是当今教师教育和教师专业发展比较关注的一个话题。

21 世纪的教师应该具有怎样的专业素养？现代教育理念认为，一个教师不仅仅是知识的传授者，更应是学生全面发展的促进者。教师的专业素养是指教师在教学过程中所必需的知识素养、教学技能素养以及与此紧密相关的教育教学观念、教育教学研究意识和能力等，具体涵盖以下四个方面的内容：

——先进的教育理念。教育事业在 21 世纪将对人类、社会、时代发展具有前所未有的普遍、持久、深刻的基础性价值，这是因为它要求从业人员有高度的自觉性、责任感和创造性，尤其要求教师具有明晰和正确的教育理念。教育理念是指教师在对教育工作本质理解基础上形成的关于教育观念的理性信念，所谓"明晰"，是指教师有自觉的理念意识和具体见解；所谓"正确"，是指教师具有的理念要正确反映教育的本质特征，正确体现时代发展对教育的特殊要求。教师应该具有与时代精神相通的教育理念，并以此作为自己专业行为的基本理论支点。有没有对自己所从事职业的理念，是专业人员与非专业人员的重要差别，也是新世纪教师专业素养不同于以往对教师要求的重要标志。新世纪教师的教育理念，主要是指在认识教育的未来性、生命性和社会性的基础上，形成新的教育观、学生观和教育活动观。教师应把每个学生潜能的开发、健康个性（指个体独特性与社会规范性的有机统一）的发展、为适应未来社会发展变化所必需的自我教育、终身学习的意识和能力的初步形成作为最根本的任务，不仅强调知识的变化与更新，更强调人与社会发展的需求在教育中的独特反映。学生观是关于教育对象认识的集中体现。新的学生观把学生看作是具有旺盛的生命力，具有多方面发展需要和发展可能的人；具有主观能动性，积极、主动参与教育活动的人；看作是学习活动中不可替代的主体。此外，新的学生观还应该包括对学生差异性、个别性的尊重，并相信每一个具有入学资格的学生，不管他们之间的差异有多大，都具有发展和形成自己价值的独特性可能。正像美国全国专业教学标准署制定的优秀教师知识和技能标准中所指出的那样，"优秀教师热爱青少年，一心扑在学生身上，承认学生有不同的特征和禀赋并且善于使每个学生都学到知识。他们的成功在于相信人的尊严和价值，相信每个孩子内在的潜能。"[①] 教育活动是学校教育的实践方式，它是沟通教育理想"此岸"和学生发展"彼岸"的桥梁，是师生学校生活的核心。新的教育活动观强调教育活动是师生围绕中心任务共同进行的双边多向活动，它必须要有教与学双方的积极参与和有效沟通。教师作为教育活动的策划者、承担者、指导者和评价者，为学生积极主动

---

① 方燕萍编译："教师应知道什么、能够做什么"，《教育研究信息》1997 年第 4 期。

地学习，在学习中培养和发展能力，学会学习与创造等提供可能、创设条件，使学生在活动中得到多方面的满足和发展，增强独立发现问题、解决问题的综合能力。由此可见，构成教育理念的"三观"是密切相关、息息相通的。教师具备了这样的教育理念，就有可能站在时代的高度认识自己看似平凡的工作，从平凡中感受为人类自身发展的教育事业之伟大，也唯有如此，才能具备真正自觉而高尚的师德。

——多元的科学知识结构。新世纪的教师在知识结构上，不再局限于"学科知识＋教育学知识"的传统模式，强调多元复合的结构特征，主要包括广博的文化知识、整合的科学专业知识（指课程目标和课程内容方面的整合）以及良好的信息素养（指收集、分析、处理信息以及将信息技术自然地融入到日常教学活动的能力）。处于教师专业知识结构最基础层面的是当代科学和人文两方面的基本知识，以及工具性学科的扎实基础和熟练运用的技能、技巧。这是作为知识分子的教师所必需的，也是与充满好奇心、随时会提出各种问题的学生共处，并能进一步激发他们的求知欲、胜任教育者角色的教师所必需的，同时还是随着时代、科学发展而不断学习、不断自我完善和发展的教师所必需的。具备 1～2 门学科的专门性知识与技能，是教师专业知识构成的第二个层面。两门学科的性质可以是接近的、相关的，也可以是相距甚远的，由学习者本人根据自己的兴趣和能力选择。这部分知识是教师胜任教学工作的基础性知识。教师应对该学科的基础性知识、技能有广泛而准确的理解、熟练掌握相关的技能、技巧，要对与该学科相关的知识，尤其是相关点、相关性质、逻辑关系有基本了解，还需要了解该学科发展历史和趋势，了解推动其发展的因素，了解该学科对于社会、人类发展的价值以及在人类生活实践中的多种表现形态。此外，需要掌握每一门学科所提供的独特的认识世界的视角、域界、层次及思维的工具与方法。教师专业知识第三个层面属教育学科类，它主要由帮助教师认识教育对象、教育教学活动和开展教育研究的专门知识构成。过去在教师培养中尽管也包括此类知识，但大多停留在一般理论与教学法方面，过于简单，并没有突出教师认识学生与教育工作所必备的知识。在这方面，教师要加强有关对"人"的认识、教育哲理的形成、管理策略、教育教学活动设计、方法选择、现代教育技术手段的运用及教育研究等方面的知识与技能。教师专业知识的多元复合性，还体现在三个层面知识的相互支撑、渗透与有机整合上。只有这种整合了的专业知识才能充分显示出教师作为专业人员对丰厚而独特的专业知识的要求，以及教师教育行为的科学性、艺术性和个人独特性。教师的专业知识具有开放性和实践性，它将随社会发展、科学和教育理论的发展及教师个人实践经验的积累、对教育的体验与理解的变化而变化。

　　——全面的专业教学能力。专业教学能力是教师专业素养的重要组成部分，不仅包括语言表达能力和管理组织能力，还有如下更高的能力要求：（1）理解他人和与他人交往的能力。教师的工作是通过人与人之间的合作和共同活动，理解他人和与他人交往的能力是最基本的能力。这里所说的他人，首先是指学生。教师要实现有效的教育，使学生积极主动地投入到教育活动中去，离不开与学生的对话和沟通，离不开彼此尊重、彼此期望、相互理解、相互信任、心理相容、心理认同的良好的师生关系。教师还需要与其他教师的合作，建立与家长合作和相互支持的关系，与社会各有关机构中人员的关系，这些都是形成教育合力和进行有效工作必不可少的。（2）管理能力。教师在教育活动中承担着组织者和管理者的责任，对学生的组织管理主要有教学过程中的组织管理与学生集体的组织管理。在教学过程中既要建立良好的教学秩序，又要创造生动活泼的学习气氛，使学生处于活跃的思维状态，还要处理好一些偶发事件。善于组织管理的教师，总是给学生提出富有鼓舞作用的集体奋斗目标，发挥每个人的长处，充分发挥集体的自我教育作用，使学生在团结友爱、积极上进的集体中健康成长。对于教师来说，要具有使管理也成为一种教育力量的能力，把学生管理工作变为锻炼学生、培养学生自我管理和团结合作能力的手段，变成学生在集体活动中展现特长、发挥优势的舞台。（3）运用现代教育技术手段的能力。随着科学技术的发展，现代教育技术手段不断进步，由传统教育采用的模型、标本、图表、画片等发展为幻灯、录音、录像、电影、电视、计算机辅助教学，这对教师运用教育手段的能力必然提出许多新的要求。教师要懂得先进技术手段的基本原理，掌握有关知识，并有制作教学软件的能力，如绘制幻灯片，编制录音，乃至进行教学用的计算机程序设计。教育现代化有赖于教育技术手段的现代化，现代教师的业务素质必须包括运用现代教育技术手段的基本能力。（4）协作与沟通能力。教育活动在本质上是人与人的相互作用，教师应当善于与他人交流和合作，应当具备良好的人际沟通能力。在信息时代，教学环境越来越开放，教师的人际关系也越来越开放，教师与他人协作、沟通的方式与内容也越来越丰富，教师可以与同事进行课题的合作、教学的研讨，可以组织学生进行小组活动、研究性学习，可以与家长进行网上交流，可以利用E - Mail、BBS、视频会议系统、聊天工具等信息技术工具与教育理论工作者、远程专家、网上学伴等各类人员进行交流、协作与沟通。因此，教师应具备信息时代与他人协作与沟通的能力。

——教育教学研究意识。教育教学研究有助于完善教师的知识结构，是提高教师教学技能的有效途径，同时，也显示了教育教学工作的创造性特征。教师的研究大都是结合自己的实践工作与对象开展的，因此，科研能力也是提高教育质量和教师自身专业能力不断发展的必要条件。教育科研能力是一种高级的、来源于教育实践而又有所超越和升华的创新能力。具体来讲，教师应具备以下几个方面的科研能力：（1）问题意识。教师研究的问题主要是他们教育教学实践中出现的问题和国家课程改革中需要解决的问题，这就要求教师具有教学反思能力，教师还要捕捉当前教育教学改革中需要重点解决的问题。（2）分析问题的能力。教师应当具有扎实的教育学、心理学的理论知识和方法论知识，一方面以一定的教育理论来指导自己的教学实践，反过来又可以通过教育实践来验证和丰富教育理论，同时又能突破理论本身的局限性，全面分析教育教学中遇到的实际问题。（3）解决问题的能力。解决问题，需要教师掌握一定的研究方法，如观察法、访谈法、比较法、文献法、实验法、历史法等，还需要教师具有收集利用文献资料、开发和处理信息的能力，较好的文字表达能力，具有开拓精神、理论勇气、严谨的治学作风以及执着的奉献精神等。（4）群体协作能力。不同的教师研究领域和问题也不尽相同，单个教师的知识、能力、技术、思维都有一定的局限性，他们都是从"自我"的角度来思考问题，难免带有一定的偏见。因此，只有通过集体的讨论和合作，对问题的研究才能做到更加深入、准确、客观和科学。在当前教育研究中，以合作为标志的行动研究越来越受到教师们的关注和欢迎。

上述四方面的要求都服务于教师的教学过程，使教师具有丰富的、扎实的知识底蕴，能在科学体系中把握自己讲授的学科，使知识在教学中不只以符号形式存在、以推理与结论方式出现，而是充分展示知识发展的无限性和生命力，在教学中真正实现科学精神与人文精神、理论与实践、知识与人、知识与人生的统一，充分发挥学科知识育人的全面价值。

第四节 从"外在监控"到"自主管理"：
实现质量保障机制转换

一、我们怎么理解"教育质量"

教育质量，是一个永恒的话题，然而，对于"教育质量"的认识，却未必统一。《教育大辞典》是这样界定"教育质量"的：教育质量是指"教育水平高低和效果优劣的程度。主要受以下因素的影响：教育制度、教学计划、教学内容、教学组织形式和教学过程等的合理程度；教师的素养、学生的基础以及师生参与教育活动的积极程度上。最终体现在培养对象的质量上。衡量标准是教育目的和各级各类学校的培养目标。前者规定受培养者的一般质量要求，亦是教育的根本质量要求，后者规定受培养者的具体质量要求，是衡量人才是否合格的质量规格"①。陈玉琨在《教育评价学》一书中，从"价值观"、"方法论"和"关注侧重点"三个方面，对"教育质量"作出了如下界定："教育质量是在既定的社会条件下，在教育活动客观规律与学科自身逻辑关系的限制下，一定的教育所培养的人才满足社会需要的程度与促进学生身心发展的程度。"② 该书从"高等教育"和"基础教育"两个层面，对"教育质量保障的模式"作了描述、分析和论证。在作者看来，"教育质量保障体

① 《教育大辞典》（简编本），上海教育出版社 1999 年版，第 259 页。
② 陈玉琨：《教育评价学》，人民教育出版社 1999 年版，第 225 页。

系"是"以对完美的教育质量不断追求为核心的质量文化为基础，受政府支持与资助，校内外合作，全面保障教育质量的组织与程序系统，是现代教育评价的深化、结构化与体系化。"①

我们知道，教育实施过程中各要素，包括人的要素（教师素质和学生基础）、物的要素（构成教学过程必备的物质条件）、制度要素（学校内部和外部的各项规章制度）、活动要素（师生参与教育活动的方式和程度）等都可能对教育质量产生影响。只有当这些要素都能符合教育规律，并能正常运作时，"教育质量"才会有保障。为了确保教育诸要素的正常运行，人们必定会设计种种工作标准和运行程序，以确保教育诸要素的有机组合和正常运行，从而确保优质"教育质量"的实现。由此，我们可以在操作层面上将这种"工作标准和运行程序"称之为"教育质量保障体系"。人们往往依据这个体系，对学校的教育教学质量进行评价。

对于学校来讲，"教育质量保障体系"的核心是评价制度。教育评价，"是根据一定的教育价值观或教育目标，运用可行的科学手段，通过系统的收集信息资料和分析整理，对教育活动、教育过程和教育结果进行价值判断，为提高教育质量和教育决策提供依据的过程。"② 在中国，评价制度有着悠久的历史。张向众在《中国基础教育评价的积弊与更新》一书中，全面地考察了中国传统教育评价功能形成和发展的过程，从"教育评价与教育实践者的关系"、"教育评价与教育实践和改革的关系"两个方面，指出了当前教育评价存在的"人在'应试化'评价实践中的有限成长"、"'实体性'评价与学校改革过程的析离"所带来的"积弊"，分析了产生这些"积弊"的五大根源："工具理性评价观念的移植"、"实体思

---

① 陈玉琨：《教育评价学》，人民教育出版社 1999 年版，第 216 页。
② 百度百科，http://baike.baidu.com/view/163068.htm。

维评价体系的规设"、"'人'、'事'分离的评价机制运作"、"'行政主导'的评价制度的沿革"、"'为了考选'的评价文化积淀"。根据作者的分析，"应试主义"的特点是"考试成为唯一工具"，"考试结果成为评价教育的前提和决定性的依据"，由此带来的问题是：意识上，追求最能体现应试的方法的"自觉"；习惯上，只会跟着自己的经验惯性办事；利益上，分数评价利益攸关，容易"不择手段"；角色上，行政化推进和被动服从；能力上，缺乏成长的欲望。这些"积弊"最终造成了教师、学生和学校的"有限性成长"。而"实体性评价"功能上，以甄别为核心，在内容上，以学业为唯一标准，同样限制了教师、学生和学校的发展。① 可见，打破"应试化"、"实体性"，已经成为教育评价改革的重点，我们要从完善科学评价机制来促进教育效能的提升。

二、构建适合"三生教育"的评价制度

构建适合以"三生教育"为核心的现代教育的评价制度，要注意以下几点：

（1）改进绩效评价，重视教学活动。重新审视学校绩效制度，减少绩效评价对教育者造成的消极影响，使之成为引领、激励教育者和被教育者改进教学的必要措施。

（2）改善激励体制，增强教师动机。要注意增加激励措施，为教育者和被教育者提供多种奖励形式（承认、称赞、奖金），以增强他们的动机，缓解他们的焦虑，确保更好的教学，更高的成绩，更少的压力。

（3）重建评价体系，体现学生中心。以教育目的为导向，重新

---

① 张向众：《中国基础教育评价的积弊与更新》，教育科学出版社 2009 年版，第 75～90 页。

审视评价方案，使之更多地体现学生中心原则，为学生的成功设置更多的台阶和方向，以降低"高风险"评价带来的压力。

（4）以学生的真实成长来考量教育的有效性。学校里的一切工作都是为了促进学生健康主动的发展，因此，教育的有效性标准，必须是也只能是学生的真实成长，而不是纸面上的数字。

现代教育评价理论认为：评价的功能不仅在于"区分等级"，更在于"促进发展"。这两种"评价"的差别表现在：

（1）"区分等级"评价往往依赖于某一具体划一标准，用来区别胜利者和失败者，"促进发展"评价则是以"对话"、"自我反思"来引导被评价者进入主动探求、积极行动的过程中，从而调节被评价者的行为。

（2）"区分等级"评价侧重于对现有状态的"确认"，"促进发展"评价侧重于鼓励被评价者"展示表现"，满足他们自由生长和自我实现的需求，促进他们产生新的挑战和新的行为，实现主动发展。

（3）"区分等级"评价的结果往往表现为简单的分数与等级，测量出来的是"欠缺"的程度，"促进发展"评价侧重于"问题诊断"，呈现"多重解释"，表现形式上可能是定性分析、具体的描述解释等。

总之，这种"促进发展"的评价模式，正如其名字所述，其本质在于它是一种促进发展的评价。与这种评价相适应，其评价的主体和视角，也从单一走向多元，形成"自我评价"、"用户评价"、"机构评价"共同发挥作用的格局，使评价更具有完整性、生成性、准确性。这里所谓"自我评价"中的"自我"，主要是指被评价者自己，他们才真正知道需要什么、做的怎样，可以从哪个角度做进一步的努力。这里所谓"用户评价"中的"用户"，借用了一个商业用语，在这里主要是指实施行为的获益者，可能是学生，也可能是教师等。"自我评价"、"用户评价"和原来的"机构评价"结合起来，才有可能更全面地实现"评价促发展"的目标。

从以"三生教育"为核心的现代教育出发，我们认为，改革"教育评价"不妨从以下几个方面着手：

1. 促进学生发展的评价

——变过去单一的学业评价，为适应"多元智能"理论的多元、多视角的评价，让每个学生都有机会"扬长补短"，使自己的潜能充分表现出来。

——变过去"一考定终身"的"高风险评价"，为有助于学生实际水平充分发挥展示的"多次考核中选优"考试。

——变过去以"纸笔考试"为主体的单一化考试，为综合运用多种手段、综合采集和运用多种信息的综合评价。

2. 促进教师专业发展的评价

——确认教师职业是专业的理念，对教师的考核也应该从过去简单的以"工作量"、"出勤率"、"劳动态度"等非专业的外在表现为主，转向有助于促进教师专业化发展的"专业导向性"考核。

——对教师工作绩效的考核，要打破"唯考分论英雄"的窠臼，注重看起点、看发展、看效能，使绩效考核真正起到奖勤罚懒、提高效能的作用。

——教师工作对象是学生、是课堂，具有很强的现场性、独特性。在考核形式上，不仅应该注意"统一要求"，更要注意观察、积累能集中表现教师发展的"典型案例"。要为教师完成特定任务、展示实绩搭建平台，创造机会。

3. 促进学校自主发展的学校评价

——学校发展的基础是达到国家规定的基本要求，做到"规范化"。这个"规范化"既表现为办学基本条件的"规范化"，更表现为学校基本办学行为的"规范化"。

——每所学校所处的环境不同，面对的学生各异，因此，在基本规范的基础上，注重"个性化"办学，是学校发展的必然趋势。通过考核，要能反映出在这方面的努力。

——学校的"特色化"发展，是最终追求的目标。学校也和个体一样，具有一定的生命周期，但形成特色，是学校发展的最高目标。

鉴于教育评价的复杂性，在这里，我们只提出了大致的设想，许多具体的细节，还有待于在进一步的实践中探索、完善。

第五节　从"计划配置"到"多元运作"：动态中优化布局结构

优化"结构布局"，是教育发展的重要方面，也是以"三生教育"为核心的现代教育不得不面对的问题。这个问题涉及面较广，可以从资源布局、专业设置、学段衔接、终身教育体制等方面适当阐述。

一、合理配置资源，促进教育均衡协调发展

坚持教育的公益性和普惠性，这是中国特色社会主义本质所要求的，也是与最终实现"共同富裕"的目标相一致的。为此，教育，特别是义务教育要坚持均衡发展的方向，真正做到使人人享有平等的受教育的机会和权利。一般而言，教育的均衡应包括：起点

的均衡（入学机会）、过程的均衡（教育条件）、结果的均衡（学业的成功机会）三部分，应该努力做到每个人受教育的机会均等。

为了做到教育的普惠性、公益性，达到每个人享受教育机会的均等目标，要特别注意教育资源的配置。教育问题与经济紧密关联，要通过经济手段解决教育均衡问题，实现协调发展。

一是要认真落实科学发展观，要把统筹城乡发展、统筹区域发展的工作搞好，尽快使中西部经济有一个较大的改观，地方经济好了，学校也就会好起来。

二是要确保国家财政对欠发达地区的支持力度不断提高。不少欠发达地区的学校多少年来没有得到过国家一分钱，这种情况应坚决改变。一定要提高财政支付的透明度，并要坚决改变只重锦上添花不搞雪中送炭的财政投向局面。

三是要调整"以县为主"的办学格局，学校的发展不能仅靠县财政保证。应该区分具体情况，条件好的可以县为主；条件差的县，所在省财政情况好的，可以省为主；县和所在省财政条件都差的，应该以国家为主。

四是大学的配置应该考虑人口的分布。对人口密度大、大学又过少的省份，国家一方面要在重点学校招生指标上对这些省份高抬贵手，另一方面也要挤出一部分国家财政，在这些省份再多建一些本科大学，必要时也可以迁移一部分老学校到地方发展。

五是要坚决推进办学的标准化。扩大标准化的范围，包括实验室、图书馆、宿舍、食堂、厕所、班额以及计算机、多媒体的配置，都应该纳入其中，所有标准化的东西，要说到做到，要在国家支持下使其得以保证。

六是增加大学生助学金和落实贫困学生贷款。一些好学校招生时，要向农村作一些倾斜，否则农民子女上名牌大学的机会将愈来愈少，不利于社会公平、和谐发展。

二、以社会需求为导向，调整学科专业结构

针对经济社会对人才的需求，主动调整学科专业结构，改革教学内容，加强内涵建设，努力提高教学质量，创新人才培养模式，提升毕业生就业能力。

以高校的学科专业设置为例，高校学科专业调整要以经济社会发展需要和人才需求及就业为导向，以培养高素质人才和促进就业为目标，正确处理需要与可能、数量与质量、近期与长远、局部与整体、特殊与一般的关系。专业设置要符合国情和高校自身实际，坚持量力而行；要符合学校分类属性、发展目标和办学定位；要符合经济社会发展需要和人民群众需求。

专业结构反映了国家的经济社会发展水平、劳动力分工、产业结构等，集中地体现了社会对人才的种类、规格、知识、能力、素质等各个方面的要求。新一轮学科专业调整的直接动因，或者说最主要的推动力，来自于高等教育的外部和内部，来自于社会发展对高等教育的迫切需要。1998 年，教育部颁发新的《普通高等学校本科专业目录》后，全国普通高等学校普遍进行了本科专业整理和学科专业结构调整，取得了明显的成效。但是，面对经济全球化进程的明显加快，科技进步日新月异，综合国力竞争日益激烈的新形势，面对国家经济社会发展，以及近年来高等教育规模迅速扩大的新情况，进一步调整普通高校学科专业结构，已经成为高等教育今后几年改革和发展的迫切任务。可以说，新一轮学科专业结构调整工作，具有鲜明的时代特征。要克服"专业设置的盲目性"、"专业设置的随意性"等弊端，加大"新兴、交叉、综合性学科专业"和"紧贴市场、适应需求"的专业建设。通过学科专业结构的全局性、战略性调整，更好地满足社会发展的需求。

三、优化教育层次类别，促进人才合理衔接

以高等教育为例，在研究生教育、本科教育和专科教育三个层次中，研究生教育以培养学术型的精英人才为主要目标，本科教育以培养应用型专门人才为主要目标，专科教育以培养职业技能型高级专门人才为主要目标。随着近年来高等学校的持续扩招，我国高等教育大众化步伐明显加快，高等教育层次结构有所优化。具体应该关注的是：

（1）积极发展专科层次的高等职业教育。伴随着高等教育大众化进程，本科和研究生层次的教育必然会有相应的扩展，但从当前我国经济社会发展的需求看，专科层次的高等职业教育无疑是社会最为需要的，理应成为高等教育大众化的主力。从世界各国高等教育发展的历史看，主要是依靠专科层次的高等院校，如短期大学、社区学院、短期技术学院等来满足大量学生接受高等教育的需求。因此，要大力发展专科层次的高等职业技术教育，以培养适应我国经济发展急需的各种高级技能型专门人才。早在 1999 年 11 月，联合国教科文组织第 30 届大会通过的《技术与职业教育培训——21世纪的展望》的建议书就提出："旨在培养合格的技术员和熟练、半熟练的劳动者的技术和职业教育应该是所有国家发展战略的一个重要组成部门"，"必须改革技术与职业教育体系，使这种模式获得生命力，包括灵活性、创新和生产能力，提供适应劳动力市场变化所需要的技能"；"必须提高技术职业教育在社会和媒体中的地位和声誉"。这些建议，为我国高等教育结构调整，特别是高等职业教育的发展提供了重要依据和参考。高等职业教育本质上是一种就业教育，因而必须坚持"以就业为导向，以服务为宗旨"。应当了解社会经济发展对高级技能型专门人才的需求，要随时掌握区域性产

业结构调整、技术发展、职业升级换代的动态，并对其发展前景作前瞻性的分析，了解各种职业岗位对专业知识、技能及职业道德的要求。切实加强高职学生就业工作的指导力度，及时收集毕业生就业后反馈的信息，并作为调整其专业结构、课程设置和技术实训的依据。不仅如此，高职教育还应当面向社会、面向企业开放性办学，加强与企业的密切联系，走产学研结合的道路。高等职业技术院校应当合理定位，安心培养高级技能型专门人才。高等职业教育的任务是培养具有专业知识和熟练职业技能、有良好的职业道德和技术创新精神的实用性、技能型的专门人才。政府和社会，要为高等职业教育发展，创造良好的外部环境，营造良好的社会舆论氛围，并通过人事制度改革等综合措施，提高技能型岗位的社会地位和职业荣誉感，强化人才资源市场配置的力度，引导企业和用人单位按国家规定，规范聘用职业技能型人才。

（2）努力提高本科教育质量。本科教育是普通高等教育的基础，在高等教育层次结构中处于承上启下的重要位置。本科教育的主要任务是为社会培养具有专门知识和技能的应用型高级专门人才，同时也为研究生教育层次输送优秀生源。因此，创新本科教育人才培养模式，深化教学改革，提高本科教育质量，是当前我国学术型高校面临的主要任务。提高我国高校的本科教育质量，必须正确处理"通识教育与专业教育"的关系。现代科技、经济和社会的发展，迫切要求本科毕业生具有宽广的知识面和全面的素质。但是，由于长期以来我国本科教育专业划分过细、专业口径过窄，造成学生的专业适应性不强，不利于学生知识能力的发展。通识教育除了扩大学生的知识面外，还可以弥补专业教育所不能完成的多种素质和品质的培养，有利于培养学生全面素质，发展和完善学生知识和能力结构，培养创造思维和创新能力，增强大学生的岗位适应能力和参与社会竞争的能力。要坚决克服"功利主义"的影响，转变为毕业后找理想工作而读书的思想。加强课程实验、毕业实习的指导，提升学生的社会实践能力，真正使本科毕业生能够成为未来社会经济技术发展的骨干和中坚。

（3）稳步发展研究生教育。高等教育承担着培养拔尖创新人才和高级专门人才的职能，研究生教育就属于这一层次的教育。随着高等教育从精英阶段到大众化阶段再到普及化阶段的发展进程，精英也随之向上位移。无论是从经济社会发展的需要，还是从人的身心发展的需要看，精英永远是少数，高精尖的专门人才也是少数。研究生教育不同于本、专科教育，其特点是进行个别性教育，因而需要较高的投入。国家应该保证这一层次教育的投入，为研究生们参与创新知识、创造文明，参与国际学术前沿竞争等提供保障，实现从以数量增长为主的战略向以质量提高为主的战略转变。

经过长期的努力，我国高等教育已形成了多层次、多类型的结构，还有多种形式的成人教育机构、继续教育机构等，基本上形成了类型、层次、科类比较齐全的高等教育体系。要通过不断调整和优化高等教育的层次和类型结构，培养不同层次、不同规格、不同类型的多种多样的专门人才，满足我国现代化建设的多样性需求，同时也满足受教育者个体发展自主选择的多样性要求。在调整好高等教育类型结构的前提下，根据现代科技进步、学科分化和经济结构变迁等情况，不断优化与调整高等教育的层次结构，不仅是当前高等教育宏观发展的一项重要任务，也是高等学校在发展过程中始终需要不断改进和完善的重要课题。

四、加强终身教育，服务职业变化和社会和谐

"终身教育"这一术语自 1965 年在联合国教科文组织主持召开的成人教育促进国际会议期间，由联合国教科文组织成人教育局局

长法国的保罗·朗格朗（Parl Lengrand）正式提出的。此后，在联合国教科文组织及其他有关国际机构的大力提倡、推广和普及下，终身教育已经作为一个极其重要的教育概念而在全世界广泛传播。终身教育的提出和实施，对当代世界教育改革和发展具有十分重要的意义。我国终身教育体系的构建，必须与国情相适应，积极吸取其他国家的有益做法和经验，逐步建立起具有中国特色的终身教育体系。

（1）调整教育结构，加强各级各类教育及教育环节的衔接，推进相互间转换和协调发展。要从我国的教育实际出发，调整教育结构，重组教育资源，使全社会的正规教育与非正规教育，学历教育与非学历教育相互整合，合理分布，明确分工，各级各类教育必须相互衔接、互为依托；不能相互分割，互为排斥。要使各种形式的教育之间能横向流动，自由转换，使之形成一个有机联系的全社会的教育网络系统，实现家庭网络化、社会中心化、学校联动化和社会学习化的"大教育"格局。这个系统和格局能够为社会每一个成员随时提供各种学习帮助，以满足不同层次、不同年龄、不同岗位、不同时期的各类人员的不同需求。

（2）提升现有教育资源的利用率，推进终身教育。建立终身教育体系是一项巨大的工程，需要投入大量的人力、财力、物力和技术资源，除政府积极投资外，还要动员全社会的力量，充分利用民间资源。政府可以通过制定一系列奖励政策，把机关、企事业单位、社团和个人的积极性充分调动起来。政府除积极支持各级各类学校的正规学历教育外，还应大力支持发展社区教育，积极扶持民办教育，广泛开展职业培训，加强创新能力和创新意识教育，加快优化教师队伍，建立终身教育咨询督导组织等。在加大教育投入的同时，还要充分利用好已有各种教育资源，使之在终身教育体系中发挥积极作用，避免造成现有教育资源的浪费。

（3）发展现代远程教育，构建终身学习的环境和条件。现代远程教育是以学习者为主体的教育。它具有学习方式灵活多样，学习手段选择多样，学习支持日趋完善以及学习费用相对较低等特点。它以其丰富的资源、个性化的学习材料设计和有效的学习支持系统，利用不断发展的信息和多媒体技术，能打破时空的局限，使全球的学习资源共享，较好地适应了个人随处流动和到因特网上学习的需求，可以借助电子邮件与多种交互手段的帮助，快速地反馈，使远程面对面的教学成为可能，让学习者在不断变化的社会环境中学习，跟上时代发展步伐。因此，现代远程教育适应了人们终身学习的需要，任何人只要有学习需求，就可以在任何时间、任何地点获得学习材料，选择适合个人习惯的学习方式，进行最有效的学习，从而使人的个性和潜能得到充分的发展。同时，现代远程教育通过反馈的信息，还能使学习者学会自我评价和自我调节，不断修订学习的目标、内容、方法和进度，帮助学习者培养学习能力、学习方法和学习技巧，这不仅满足了学习者学习个别化和个性化的需要，也使学习者的主体地位真正得到提升，使学习过程达到整体的最优化。此外，远程教育的发展也使得各级各类教育的功能不断扩大，并有了互相衔接沟通、扩展延伸的途径，打破了各类教育相互隔离、分割的状况，从而使建立终身学习的目标成为现实。

第六章　走向未来的教育

在柏拉图的对话录《普罗泰格拉篇》中提到宙斯委托厄庇米修斯（Epimetheus）和普罗米修斯（Prometheus）给所有的生物装配能力和美德，厄庇米修斯为各种动物装配不同程度的速度和气力，不同数量的后代和长短不同的生命期后，他发现，人完全没有被装备：没有皮毛，没有利爪，没有力量。普罗吐斯（Proteus）问宙斯人应该被装备什么，宙斯称人没有特定的长处和道德，但人能感受正义和羞耻。柏拉图称，人是没有装备的，不能被纳入宇宙中的动物行列，人天生就是未完成的存在，因此，人必须学习。尽管人没有天赋，但人有可塑性和学习能力。[①]

当代是一个英雄不问出处的时代，未来总是在我们的想象之外，但我们还必须作这样的选择——遵循教育逻辑，走向教育未来。

人类是有创造力的动物，有强大的大脑，宽阔的爱心，有深刻的洞察力，朝着自己选择的方向不断发展和前进。学习是人类生存的必要条件，学习创造和传承了灿烂的人类文明。知识赋予人类改

---

① 彭正梅："教育的自身逻辑——德国教育学家本纳访谈"，《全球教育展望》2009 年第11 期。

造自然的力量，科学和技术的发展推动人类社会的进程，使人类社会从原始走向农业文明，从工业社会走向知识社会。在未来社会，学习将引领人类走向更广阔和未知的世界。

1946年2月，第一台电子计算机 ENIAC 在美国加州问世，它有两间教室那么大，耗资100万美元以上；1981年8月，IBM 推出型号为 IBM5150 的个人电脑，售价1565美元；今天，我们可以很方便地在超市、专卖店，用非常低廉的价格，购到一台个人电脑，找到一个终端，不必懂太深奥的技术，就能马上进入互联网世界。新兴技术的出现给我们的社会带来意义深远的变化，以前需要几代人持续努力才能完成的工作，现在只需要一代人甚至于只要几年或十几年就可以完成了。

展望未来，很难想象我们的后代将面对怎样的社会和自然环境，又将如何生活。但我们相信，与农业革命中产生的人与土地的新型关系，以及在工业革命中产生的人与机器的新型关系不同，全球性的数字网络将会重新构建人与信息的关系。[①] 今天，我们已经可以从一些里程碑事件中感受到数字化时代的影子。

——麻省理工学院2002年开设"开放课程计划"（OCW）网站，全部约1800门课程将向全世界开放，学习者足不出户就可以免费获得学院课程的教学大纲、视频和音频实录、笔记、家庭作业等，至今全世界已有大约120所院校参与到这项计划中。

——2009年3月，Google 推出的第一家虚拟图书馆测试版正式上线，全球用户都可以免费进行搜索、浏览相关内容，甚至保存、打印部分页面。哈佛、牛津、斯坦福、密歇根四家大学的图书馆和出版社以及纽约国立图书馆已经和 Google 达成协议，逐步把所有图

---

① 〔美〕威廉·J·米切尔著，吴启迪、乔非、俞晓译：《伊托邦——数字时代的城市生活》，上海世纪出版集团2005年版，第163页。

书、手稿和其他资料数字化，使人们能够免费查阅。

——2010 年 3 月 21 日《每日电讯报》报道，英国首相布朗（Gordon Brown）即将宣布，在一年内大不列颠的每一位公民都将拥有一个个人的专有网页。英国政府试图通过将所有公共服务上网以节省数以十亿计英镑的开支，建立个人网页是这项雄心勃勃计划的一部分。在十年内，数字化将使得就业中心，处理税务、车牌照、护照和房产福利的实体办公室关闭。

——全球最大的社交网站 Facebook，2010 年 7 月宣布它的注册用户达到 5 亿，如果把这个虚拟网络社区比作一个国家，它将是世界第三大国，人口仅次于中国和印度。

未来，我们熟知的个人电脑模式将被更开放和更智能化的云计算模式所取代。这意味着，几乎任何东西都可以实现数字化和互联。实体设施和信息设施正在合为统一的智慧设施。威廉·J·米切尔把未来的城市称为"伊托邦"（E–topia）——较少依赖物资的积累，而更多依赖信息的流动；较少依赖地理上的集中，而更多的依赖电子互联；较少依赖不断增大的资源消费，而更多的依赖智能管理，真实的地点和虚拟的场所相互依存，相互作用的简洁、绿色的生活空间。①

我们正在迈入全球一体化和更加智慧的时代，教育是面向未来的事业。现在，教育在历史上第一次为一个尚未存在的社会培养新人，我们需要把目光从现实投向更远的将来，畅想那将是怎样的场景，它像远方的灯塔，引领我们不断思考和前行。

---

① 〔美〕威廉·J·米切尔著，吴启迪、乔非、俞晓译：《伊托邦——数字时代的城市生活》，上海世纪出版集团 2005 年版，第 163 页。

第一节　畅想未来教育

一、不是科幻小说：对未来教育的一种描绘

在不远的将来，孩子出生后就会建立一个个人成长档案，这是一个专属于他的微型芯片，这个"档案"会跟随他的一生，跟踪记录他的生理、心理成长的任何细微变化，记录最能体现他日益增长的创造力和综合能力的学习活动，从而成为他终身学习的记录。

我们来描绘一下这位出生在不太遥远将来的孩子的成长情况吧，我们称他为"小贝"：

在婴幼儿阶段，小贝的教育可以在家里和社区实现。他的父母可以在他尚未来到人世之前就得到教育机构提供的婴幼儿教育资料和辅导。在小贝两岁的时候，社区学习中心的学习导师，就根据他的特点帮助他制订了一份"终身发展——儿童阶段学习计划"。当然，这份计划以及实施的情况，会自动进入他的个人成长档案。与计划实施同步，通过各种活动对他的测试也在紧锣密鼓地展开。如果测试显示他的数学逻辑智能、空间智能和自然认知智能比较强，身体运动智能偏弱，社区学习中心的学习导师会根据他的特点为他选择对应的课程：集体活动和体育游戏。

不久，小贝会得到一个电子课本。课本上有他需要学习的内容，包括逼真的学习游戏，声情并茂的多媒体文学和历史故事。当然，他在使用电子课本的时候，课本也在"研究"他。这些评价，将进入他的个人成长档案，自动调整和优化他的个性化学习计划。

假定小贝确实在数学和逻辑思维方面表现出色，他会和比他大 2 ~ 3 岁的孩子一起学习，而不会觉得困难。

儿童的学习导师大部分时间会陪伴在小贝身边，和他交流各种各样的问题。对小贝来说，学习导师更像一个伙伴和精神导师，在他感觉沮丧和伤心的时候告诉他怎么样换个方式看待这些事。到七岁时，学习导师会根据这几年和他相处的信息，为他制订第二份"终身发展——少年学习计划"。从此，他开始接受正规的但又有个性的教育。小贝十岁时，在音乐方面表现出超出常人的天赋，他的小提琴演奏和作曲，已经达到一定水准，社区学习导师已经无法对他进行专业的指导了。他选择了一位匈牙利的小提琴演奏家作为远程音乐导师，每周两次通过网络进行双向交流，他演奏，导师指出他的问题并做示范，导师还常邀请他远程观看他们乐队的演出。

如果小贝想进入大学学习，但又不想放弃小提琴的学习，没关系，他所心仪的那所全球知名的音乐学院，已经和本地的大学组成了大学联盟，学分互认，共享课程和教授，所以他能够在本国完成大部分学业，也会进入学院的虚拟教室旁听课程。

当然，最令他留连忘返的是全球虚拟图书馆，在那里他可以听到和看到各个时代作曲家的作品，还可以遇到世界各地和他一样喜爱音乐的同龄人，他们在虚拟图书馆建了一间专用的虚拟书房，可以一起交流自己的作品，探讨感兴趣的问题。因为小贝在虚拟环境下呆的时间太长，社区学习导师不得不调整他的学习计划，限制他在线学习的时间。

社区学习中心，不仅为儿童提供学习场所和指导，还有青少年和成人。这里还是一个一天 24 小时每周 7 天开放的大众学习场所。对于青少年和成人，他们可以在自己认为合适的时间，根据自己的兴趣和发展规划选择个性化的课程，通过同步或异步的方式进行

"网络学习"。小李是一个实习社区学习导师，通过全球义务教育能力认证考试后，他进入了一家教育学院，他的梦想是成为一名高级学习导师，作为一个专家为别人的成长提供专业指导带给他很大的成就感，大学二年级他就开始在这个社区学习中心实习，这也是取得初级学习导师资格证书的必要条件，同时他继续学习心理学、教育学和脑科学等课程，并经常与自己的导师讨论各类人的终身学习计划案例。学习导师可以接触到他所负责的学习者的终身成长档案，一般一个学习导师负责学习者的特定成长阶段，但他会帮助学习者制订个性化的学习计划，选择课程，并记录和分析学习者在这个阶段的学习成长状况，阶段结束后交给下一个学习导师。有了学习导师的资格证书就可以在全球任何一家社区学习中心工作，高级学习导师还可以自己开设课程。因为学习是从出生到死亡的终身过程，对学习导师的需求会不断增加，很多学习导师是兼职，他们同时还是工程师、医生或者网站编辑。

社区学习中心还有不少老年学习者，因为知识更新迅速，有些新兴课程会出现老年人和孩子在一个组学习的情况。活到老、学到老，真正成为现实。

未来，可能正如后现代企业管理之父汤姆·彼得斯曾经预言的那样，"世界上绝大多数工作将成为脑力劳动，在临时建立的工作网中，这些工作由一些项目团队承担，每个团队都是相对独立的工作机构；这些项目团队尤其需要速度和灵活性，这就意味着，我们一直沿用的层级型管理结构注定要被淘汰。"对于在职的成人来说，他可能不再属于某个企业或机构，而是属于某个项目，这些项目的成员可能来自世界各地，他们为了完成一个共同的目标一起合作。学习已经成为他们工作与生活的一部分，项目组拥有自己虚拟的办公空间，这里是项目成员进行信息交流和工作计划沟通的场所。每个人的个人主页是他连接实体和虚拟环境的"窗口"，他们在这里处理他的工作计划、生活安排、学习课程，当他遇到一个问题，需要提升某方面的技能时，他会咨询学习导师，或者通过自动辅导系统搜索相关的课程，系统会根据他的学习背景和学习风格设定他的课程内容和学习路径。多数职业课程会为学习者营造一种情境模拟的体验，帮助他们在应对各种挑战中掌握多种能力，这种体验也可以帮助学习者确定他是否适合和愿意从事这种职业。每个人一生中可能拥有多个职业角色——软件工程师、乐队主唱、游戏设计师。成人的所有正式学习记录都在"全球学分银行"进行标准认定，折算成相应的学分，当学分累计到一定程度，就能够得到相应的学历证书。

个人主页还是记录和显示个人成长的空间、参与集体思考的个人终端。互联网构建了一个全球化的智能世界，地球就像一个巨型公共大脑，每个行业领域都有自己的"知识云"——系统化的动态知识库，通过网络连接起来的上千个项目团队的思想成果实现行业知识的聚合，构成了这个行业发展的蓝图，个人终端就像这个巨型公共大脑的一个个"神经元"，每个人的思考都为这个巨型公共大脑增加新鲜的想法，为它的知识库增加新的内容，同时不断地从"知识云"里找到自己需要的信息。大学，作为全球化的研究机构，将承担规划设计和建设管理这个巨型公共大脑的任务，不断地更新知识库，开发新的学习课程，管理各类研究项目。

以上所想象的"未来教育"，并不是"乌托邦"。过去几十年人类在技术方面的迅猛发展，已经很少有人怀疑这些想象在技术方面实现的可能性。但是，要使这些想象真正变成现实，还有许多事情要做，还有许多障碍需要克服。

二、面对未来教育的思考

通往未来，最大的障碍可能是思想、意识和伦理层面的，如果我们不能超越种族、文化、集团利益，甚至国家利益，站在全球的角度来思考未来，如果我们不能以理性和道德的态度运用科技成果，如果我们的教育只关注高效地获得知识和能力，而忽视加强人们彼此的理解和发展人的智慧，未来的世界和教育也可能向着相反的方向发展。全球化可能造成赢家全球通吃，败者一无所有的局面，知识和文化从发达地区输出到欠发达地区，新的文化殖民主义使得多元文化逐渐在地球上消失，大学成为一国战胜其他国家的科技工厂，虚拟化的空间使人类越来越远离当下的世界，教育培养了越来越多孤立的、麻木的、失望的个体。在未来半个世纪，将有 70 亿~100 亿人生活在这个星球，如果没有切实可行和成效卓著的教育，地球上的贫穷人口会把人类拖入灾难的深渊，如果没有地球上众多人积极参与的全球学习，我们可能会亲手毁掉我们的生态系统。

正如柏拉图所说，人天生就是未完成的存在，所以学习是人的生存本能。因为这种本能，人类将一起构建一个全球化的信息生态系统，当个人的思考转化为集体智慧的时候，当整个世界成为一个整体的时候，变化将是革命性的。

我们已经走到了一个时代的尽头，在这里，学生被限制在围墙内的校园里，以教师和课本作为知识的主要来源，分享有限的资源和师资；工厂化的教育，统一的模式，整齐划一的进度让教育成了强迫和义务，"学生就像在教育的百货商店里呆得太久而变得茫然、被动的消费者"[①]，他们经常会问的问题是，"这个考试会考吗？"当学生离开校园，教育也跟着终止。

我们期望有这样的未来，世界将变得更大，因为我们有了更大

---

① 〔美〕托宾·哈特著，彭正梅译：《从信息到转化：为了意识进展的教育》，华东师范大学出版社 2007 年版，第 37 页。

的视野，人类可以探索更广阔的宇宙空间，世界也将变得更小，因为物理的距离已经不是阻止我们交流和合作的障碍。人与人之间彼此更加依赖，作为个体，每个人也将更加自由、独立、完整和幸福。

由此，我们还是要回到本书开始时提出的问题：面向未来的教育，它的"价值取向"、"能力选择"和"制度保障"应该是怎样的？

第二节 从"价值—能力—制度"的视角看未来教育

人类教育的产生、发展都是来源于并且归根于实践的生活世界的需要。回顾教育发展史，原始社会，教育以口耳相传和模仿为主要手段，既没有从生产活动中分化出来，也没有从政治、宗教、艺术活动中分离出来。"燧人之世，天下多水，故教民以渔"，"宓羲氏之世，天下多兽，故教民以猎"，教育融合于社会生活之中。奴隶社会开始出现了针对贵族子弟的教育，即"学在官府"，教育承担着社会上层建筑的职能，目的是培养社会的统治者。春秋战国时期，教育从官府移向民间，形成了一个掌握文化知识和技能的特殊群体——士阶层，私学兴起，孔子"有教无类"的思想首开平民教育的先河，《礼记》中《大学》篇关于"格物、致知、诚意、正心、修身、齐家、治国、平天下"的著名论述，表明了儒家对教育作用的看法：让每个人都积极为促进各自家庭的和谐美满和国家的繁荣、稳定而努力作出自己的贡献。至隋唐创立的科举制度，在中国历史上推行1300年之久，成为选拔社会精英的主要手段，造就了一批批靠半部《论语》治天下的政治型"通才"。戊戌变法"废除科举，兴办学堂"，开启了面向大众的现代教育的大门，学校开始为社会培养适合工业化生产的各级各类的专门人才。但现代分工在解放人的同时，也在"毁坏"人，用雅卡尔（A. Jacquard）的话来说，就是精细分工制造了"孤立的个体"，"残废的个体"，"失望的个体"。

现在，站在历史与未来的交汇点，反思人类教育的发展，也许历史能够照亮我们的未来，让我们认识到现在思考的阶段性和未来前进的方向。

一、价值取向：超越主体性的局限，走向万物一体

从原始社会的全民性和生产性的教育到后来的贵族教育、精英教育和民主教育，教育经历了从公平普及到少数精英再到普及的循环发展，教育的价值取向从目的和手段的统一逐步转向目的和手段的分离。目的取向的教育注重知识的内在价值，中国古代儒家教育注重伦理课程，以达到"诚意"、"正心"和"修身"等目的。《中庸》里有一段话："君子尊德性而道问学，致广大而尽精微，极高明而道中庸，温故以知新，敦厚以崇礼。"西方古希腊开始就有博雅教育（liberal education），希望通过一些具有内在价值的知识来训练心智、追求美德，解放思想和精神，避免狭隘的专门化。博雅教育的目的是"为生活做准备"，而不是"为谋生做准备"。①

现代社会，过度重视知识的工具性而忽视知识的内在价值，手段取向的教育强调知识学习与社会政治、经济的关系，把教育知识

---

① 陈建华：《基础教育哲学》，北京大学出版社 2009 年版，第 28、85 页。

的经济价值和政治价值作为唯一的价值，把信息看作商品，把教育看作产业，把学生看作产品或消费者，代替博雅教育的是一种主要以职业为定向的课程教育，把知识与学生日后的职业生活、公民生活等同起来。现代社会，人类生产了大量的财富，在自然科学和技术领域取得了突飞猛进的进步，建立了结构严密的制度，提供了更多的权利和自由，乃至各种社会福利，但人类并没有感到更幸福，人们把快乐、欲望的满足和利益的获得作为幸福的替代物，只愿意从生活最肤浅的层面，用功利的手段追求浅薄的幸福感，功利的教育价值取向使得教育无法帮助人类建立精神的家园，使人类在焦虑迷茫中感到信念消解化，精神平面化，人格虚无化。

从笛卡儿到康德再到黑格尔，他们从理性主义的角度，把人类主体性的地位推向了极致，但是人类的精神并没有和技术的发展一起走向成熟，主体性变为"人为自然立法"，忽视了"人为自己立法"，塑造这种主体的教育也成为"病态主体"的"生产地"。

教育是一种价值活动。教育创造人的生命价值、生存价值和生活价值。教育本身是一个求真、求善、求美的过程，幸福和教育存在着本质的联系。面向未来，教育价值取向将走向目的取向和手段取向的统一，如杜威所说，教育除自身之外没有目的，教育目的存在于教育过程之中，教育的最终目的在于"生长"。这种"生长"不仅是个体的能力提升和意识发展，也是人类所处的整个环境的"可持续的生长"，如《庄子·齐物论》中所说，"天地与我并生，而万物与我为一"。唯有如此，教育才能引领人类超越自我的局限，克服地域、种族与文化的局限，打造全球性的合作学习共同体。

孔子所说的"成人"、西方的博雅教育，可以说这是教育价值取向的回归。青原惟信曾说："老僧三十年前未参禅时，见山是山，见水是水。及至后来，亲见知识，有个入处，见山不是山，见水不是水。而今得个休歇处，依然见山只是山，见水只是水。"虽然前后都是"见山是山，见水是水"，但时代和环境却不一样。

二、超越能力：从探究生活到开启智慧的学习

1175 年，朱熹和陆九渊在铅山鹅湖进行了历史上有名的"鹅湖之会"。这次讨论的中心议题是如何认识事物及如何治学。朱熹强调"道问学"，主张"即物穷理"，"格物至知"；而陆九渊则强调"尊德性"，主张"发明本心"，"先立呼其大"。"尊德性"与"道问学"，一个倾向通过"心"的成长探寻蕴藏于人类幸福和苦难背后的意义，一个倾向通过"脑"的发展理解自然世界的一些事实、法则和规律。

现在的很多学校开设课程往往重视知识甚于技能、重视技能甚于态度，强调以效率来衡量价值，强调数量越多越好，速度越快越好，强调"格物至知"，忽视"发明本心"，而在真实生活和工作经验中则不同：态度甚于知识、技能甚于知识。积极的态度（责任感、希望、信心和信任）对于美好生活和有价值的职业都很关键，交流、合作、组织及解决问题的能力也非常重要。在新技术知识的数量每两年就翻一番的今天，海量的知识储备很容易从书本或互联网上获得，未来的社会将是学习型社会，而不是知识社会，学习型社会需要建立共同愿景，能够进行团队学习，通过系统思考，不断改善心智模式，不断超越自我。教育应该让学生成为知识的创造者而不仅仅是知识的被动接受者，关注情感、心灵和智慧的成长是未来教育的主要课题。

世界是统一的整体，随着自然科学的快速发展，出于教学上的考虑，人类知识被划分为越来越多的学科，"学科"的主要含义是指"按教学和训练所定义的知识的分类"，即把知识条理化。这样

能使复杂的问题容易处理，但原本完整的知识体系在某种程度上被割裂，学科分割使我们不得不居住在一个个"孤岛"上，我们失掉了对整体的"连属感"，习惯了片段和局部的思考方式。另一方面，我们所遭遇的自然界和人类社会所需要解决的各类问题基本上都是综合、动态和复杂的，只有培养全新的、前瞻的、开阔的思考方式，才能在日趋复杂和快速变化的世界里找到以简驭繁的智慧，既能"见树木"，也能"见森林"，穿透纷繁的表象，洞见简易的本质。

彼得·圣吉在 1994 年推出《第五项修炼》，在全球引发了建设学习型组织的热潮，其中最重要的一项修炼就是"系统思考"，它源自系统动力学理论，是"看见整体"的一项修炼，它是重新看待自己与所处世界的一种思维方式，能让我们看见相互关联而非单一的事件，看见渐渐变化而非瞬间即逝的一幕，这也是一项生命哲学。彼得·圣吉阐明了学生及早学习系统思考的重要性。因为现代人总是过度片面地、自以为是地面对这个世界，缺乏宇宙中的每一分子生息与共的整体观点。

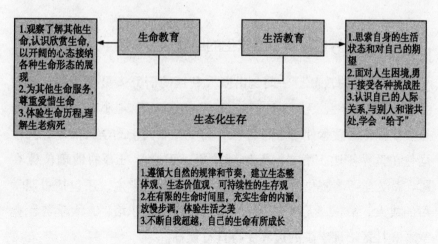

地球上的一切生命都是以无数的网结牢牢地、精妙地联结在一起的，在动态复杂性日益增加的未来世界，要达到有效的学习和正确的决策，唯有使自己成为系统思考者，从生态的视角看待和理解"生命、生存、生活"。教育不仅需要引领学生理解生命、生活和生存的内涵，还需要以整体化的思维培育和发展地球共同体的情操，系统思考地球上的生物与其环境之间相互作用、相互制约、相互依赖的关系。

教育引领个体生命更加生态的生存，在整体生态环境之下体验生活，通过时时刻刻的生活体悟，感悟生命意义与价值、重塑生命结构、提升生命品质，在这个过程里接纳生命、欣赏生活，与环境融为一体，每一刻都是学习和身心成长的机会，这就是生命教育的最终目标。系统地思考"生命·生存·生活"能够使生命整体逐渐朝平衡、稳定、快乐、和谐的状态方向前进，在此基础上，每一个生命个体都因有丰富的生命涵养，而不断发展、提升爱与宽容的美好生命品质，发展自己的洞察力和理解力，找到通往智慧生命的钥匙。

三、无边界的教育：全球化的终身学习体系

"无边界的教育"一词是由澳大利亚的研究人员创造的，它的含义包括：第一，无时间边界，学习机会一天24小时、一周7天全天候提供。技术使得学习者参与同步和非同步的学习活动，同学居住在世界各地。第二，无地理边界，无论学习者的地理位置在哪，都为学习者提供学习的机会。除了适龄的学生，还包括短期学习的成人。第三，无水平边界，学历教育与在职培训，大学与职业教育和社区培训学院的边界变得日益模糊。

我们可以预见，随着全球化的推进，无边界的教育将成为现

实，我们需要站在全球全民终身学习的高度来认识、思考和规划未来的教育体系，即全球化的终身学习体系。

缔造一个创新的终身教育体系需要整合从婴幼儿到退休的各种环境下的正规教育体系和非正规教育体系、教育体系和培训体系、学历体系和职业资格体系等诸多方面，我们面临的根本挑战就是要开发一个可成规模进行的、可以接受成本的、质量始终有保证的、可满足不同需求的全球化的教育体系。

国际组织

全球化的终身学习体系的建立需要全球教育治理，这是一种基于互联网、标准化、市场化、超越国家、不受任何政治因素约束的、消除各种文化差异的放之四海而皆准的教育治理模式。国际组织对推动国际教育评价标准的制订和教育质量评估、教育资源的合作开发、大学国际联盟的建立、全球化学习管理平台的建设都有关键的作用。从联合国教科文组织到经济合作与发展组织（OECD），从世界银行到亚太经济合作组织，国际组织对教育公平问题的认识和参与伴随着国际教育研究和实践的发展不断地向前推进。未来，需要有强大的集体意识，能够在全球学习战略规划、政策分析、统一标准和政策执行方面发挥指挥作用的国际组织，协调各国政府和高等教育机构以及利益相关部门，建设全球电子学习系统，这个系统应该提供终身学习的机会，同时承认人们已经掌握的技能，没有种族、性别、语言、宗教的歧视，也没有经济、文化、社会的差别，与学校、学生、家长及社区密切合作，促进创新和多学科、跨学科的交流。

政府

政府在终身教育公共服务中发挥主导作用。第一，政府要制定好本国或本地方终身学习的战略规划和学习型社会的建设规划，因此，要增进政府部门之间在学习型社会建设上的统筹与协调，组织跨部门、跨地区合作，形成与劳动力市场需求紧密结合的灵活的教育管理体制，促进教育资源的整合与共享。第二，制定促进终身学习的法律法规，建立终身学习的公共服务支持系统和激励制度。一是建立"带薪学习假"。积极发展非正规教育和非正式学习，促进学习途径、模式和方法的多样化，建立"学分银行"和个人终身学习账户制度。二是建立弹性学习制度。非义务教育阶段放宽入学年龄限制，允许个人以工学交替和半工半读等多种方式分阶段完成学业。三是改革偏重学历的学习评价机制。树立多样化学习相等值的观念，使各种有效的学习经历和成果都能得到合理的评价、认证和转换，并获得各级正规学校和社会用人单位的认可，为学习者继续学习提供制度保障。第三，建立多样化的认证和教育培训质量保障机制，包括建立对正规与非正规教育、对教育与培训的职业和学术认证，建立学分互认机制，实现职业资格与学历资格相互转换；建立终身学习成本分担机制，加大财政教育经费投入，加强"终身学习公共服务体系与资源平台"等全面的全民终身教育基础设施建设。第四，建立政府统筹、社会参与的管理协调机制，以及政府提供必要资助、学习者个人与用人单位分担成本的终身学习保障制度。政府对公益性民间机构提供的终身学习服务和产品，可以采取直接购买、奖励和扶持等方式给予支持。①

学校

学校，特别是高等学校积极面向社会开放，是实现终身教育理念的最重要途径之一。部分大学可能发展成超大规模的开放大学，通过网络通讯技术连接师生，使用电子信息系统进行教学管理和物流管理，具有大规模、高质量的电子课程资源和大型的评测工具库

---

① 高书国："建立学习型社会的体系框架和基本制度"，《教育科学研究》2008 年第 12 期。

以开展总结式和进展式评估，这些资源都以数据库的形式存于云服务器，满足世界各地学习者的学习需要。面对面学习辅导服务则委托当地学习中心提供。由于规模巨大，入学和学习时间又颇具弹性，巨型开放大学能够给很多成人提供便宜、便利、高质量的学习机会。

英国开放大学（the Open University）是目前世界上最成功的开放大学，以其宏大的办学规模，齐全的专业设置，新颖的办学形式，先进的教学媒体，低廉的培养费用和优秀的教育质量享誉全球。高度的开放包容是英国开放大学区别于传统大学最主要的一个特质，遵循对学习者开放、学习地点开放、学习方法开放和观念开放的宗旨，英国开放大学向所有的大学求学者打开了求学之门：不管种族、国籍、性别、宗教信仰、原文化程度、入学动机等差异，均有入学机会。学生不需要参加入学考试，一般也无需按时到校上课，无严格的学习年限，学生可以自由地选择学习的时间和地点。学生中3/4的学生有全日制工作，约50%的学生来自蓝领家庭，通过向那些希望实现自己理想和挖掘潜力者提供高素质的大学教育，增加了蓝领工薪阶层子女受教育的机会，促进了社会公正。开放大学不仅是英国20世纪教育改革最成功的典范，也是未来超大规模开放大学的样本。①

大学联盟也可能成为全球化教育的另一发展趋势，大学联盟具有国际非政府组织的非营利特征，因其特殊的组织形式和高度的国际参与能力，能充分调动自身科研优势和知识资源，以务实的态度间接或直接参与解决国际公共问题。大学联盟可能改变全球教育战略环境，从而形成新的教育全球力量的分布格局与对比。

---

① 王晖："英国开放大学：世界远程教育的里程碑"，《教育与现代化》2010年第1期。

社区

社区作为一定区域内的社会生活共同体，既有稳定性，又具有动态发展性，有相对完备的服务设施、管理机构和基于一定经济发展水平、历史文化传统的社会文化，以及生活其中的社区成员对社区的归属感、认同感和亲近感。社区教育是终身教育的重要组成部分，也是实现终身教育的主要途径。社区教育的范围可以涵盖学前教育、基础教育、高等教育和成人教育（包括老年教育）。综合型社区教育机构将成为"无边界教育"理念实施的场所，社区成员自发而有意识的学习，一方面可以提升他适应快速变化的社会环境的能力，开发个人潜能，实现个人理想，另一方面也可以促进社区经济、文化和公共环境的建设，进而打造有活力的学习型社区、学习型城市。

第三节　在开放中实现共同发展：打造面向未来的学校

2006 年微软公司帮助费城学区创建的公立高中"未来学校"（School of the future）开学了。目的是改变陈旧过时的学校模式，让教学与科技紧密结合，使学生的学习方式与 21 世纪的工作方式接近，为学生未来的生活工作做充分准备。"未来学校"有三大创新：

学习方式创新：无课本课堂，无边界课堂（笔记本电脑），非固定作息（自主控制在线学习日程，按预定时间约见老师），个别化进度（通过定期评估学习进展），研究性学习。

学习环境创新：间接学习环境体现环保和科技理念；轻便的家

具，可以被分割重组的报告厅（可以是多个教室，课余活动场所，自助餐厅等），体现经济性并考虑社区居民学习培训的需要。

管理方式创新：校方教学管理，微软技术管理，社区代表负责家—校沟通的三方协同管理机制；微软知识介入，将自己用于人力资源管理的"能力轮"系统用于教师和学生成长管理；多类专家（课程开发，组织管理等）介入，成为学区管理研发中心。

"未来学校"实践让我们看到了企业与学校之间一种新的合作关系——将企业先进的管理方式和技术手段用于教育；同时，大学将不再是知识生产的唯一来源，在知识创新方面，企业将与大学并肩而行。另外，如何建设更有效的教育空间的硬件研究开始引起关注。

学校是整个教育系统的基石，现代社会变革给教育带来了巨大的冲击，使公立学校遭到前所未有的严厉批评，人们对学校教育教学质量和办学效益的不满日益增加。20 世纪 80 年代以来，学校重建运动在全球范围内展开。"未来学校"（School of the future）只是改进公立学校的一个特殊个案，它反映了人们对未来学校发展的积极探索。

2000 年 11 月经合组织（OECD）成员国在鹿特丹举行的 OECD/荷兰"面向未来的学校教育"国际会议上，展望未来 15～20 年的学校教育，学者与政府机构的代表对未来学校教育的发展趋势进行了分析和预测，提出了未来学校教育发展方向的六种可能的方案，这六种方案可以分为三类，即"维持现状"、"重塑学校"和"去学校化"（见下表）①。

---

① 经济合作与发展组织编，李昕、曹娟译：《面向未来的学校》，教育科学出版社 2009 年版，第 62～86 页。

一、维持现状	二、重塑学校	三、去学校化
方案一：强大的官僚制学校系统	方案一：学校成为主要的社会中心	方案一：学生网络和网络化社会
强大的官僚体系和制度既得利益拒绝根本性的学校变革 学校的资源和形象方面仍然存在问题	公众对学校的高度信任感 学校作为社区和社会资本集结中心 组织/专业的多元化，社会平等度加强	对学校组织的普遍不满导致对学校制度的彻底放弃 正在出现的"网络化社会"部分取代了学校 各个利益群体可能存在的严重的不平等问题
方案二：市场模式的扩展	方案二：学校成为专门的学习型组织	方案二：远离教师—学校消融方案
对教育系统的不满引发学校系统的改革和公共教育基金方面的改革 教育对"市场货币"的需求快速增长，新的指标和认证不断出现	学校得到高度的公众信任和资金支持 学习型组织中的学校和教师之间的联络网扩展 注重质量和平等的特质	教师资源严重短缺，无法适应政策措施的要求 资金消减、冲突、教育质量下降都导致了一种"学校消融"的状态

维持现状的方案认为，尽管学校教育依旧存在问题，但强大的官僚体系使学校继续维持现有状况，或者更多地走向市场化运作模式。重塑学校的方案认为，学校将进行全面的变革，越来越多地发挥社区学习中心的功能，成为学习型组织，并得到公众的高度信任和更多的资金支持。去学校化的方案认为，由于对学校教育的不满不断加剧，新出现的网络化学习服务将部分取代学校的功能，甚至走向教师资源严重短缺，学校最终不复存在的状态。

无疑，我们希望看到的是在这个变化日益加剧的社会里，学校成为"社会的船锚"和"人类精神的栖息地"，通过变革使现在的学校得以重生，成为真正的学习型组织，从而带动一个学习型的社会。为此，需要从以下三个方面不断创新和实践。

一、提升教育者的管理能力：应对未来的挑战

未来，不管学校教育将发生怎样的变化，正如思想家斯宾塞·约翰逊曾经说过的："世界上唯一不变的是变化本身。"学校面对社会发展对教育提出的挑战，唯一的办法就是学习，通过学习提高学校现代管理能力，这并非是一个学校领导或领导团队的能力问题，而是要全面提高政府行政管理者、学校管理者和师生的管理能力。

第一，要提高政府宏观管理学校的能力。也就是对教育方针、教育体制、教育布局和教育投入的管理能力。各级政府要积极推进区域教育体制的改革，顺应工业化、信息化、城镇化和农业现代化建设的需要，调整教育布局结构，合理配置教育资源，促进教育均衡发展和公平发展。要提高教育行政部门的管理能力。教育行政部门是政府的组成部门，负有政府对教育宏观决策的职能、执行的职能和督查的职能。要努力提高教育体系的构建能力、教育条件的保障能力、教育规则的制定能力、教育公平的维护能力、教育生态环境的改善能力、教育文化的建设能力。要加强各级培训机构的建设，积极开展教育管理者和教师现代教育管理的系统培训。我们正在积极争取成立云南省教育行政管理学院，为全省教育管理者和教师的学习培训提供条件，做好服务。

第二，要提高学校领导者的管理能力。要围绕建设知识型、勤政型、创新型、和谐型、清廉型的学校领导班子的目标，努力提高学校领导者的五种能力。一要提高思维能力。要努力提高形象思维能力、逻辑思维能力和辩证思维能力。"业精于勤，荒于嬉；行成于思，毁于随"，"要勤奋工作，刻苦思考"（比尔·盖茨语）。思考是思维能力提高的过程。思考出智慧，思考出效能，思考出业绩。爱因斯坦说过，"要善于思考，思考，再思考，我就是靠这个

学习方法成为科学家的是。"二要提高决策能力。诺贝尔经济学奖获得者、著名经济学家西蒙的一句名言是："管理就是决策，决策是管理的核心。"科学决策能力是学校领导者履行职责、促进学校发展必须具备的最起码的素质。科学决策也是领导者知识素质的综合体现。科学决策的能力来自于对历史、现实和未来的正确判断的能力和对信息的有效控制、使用能力。学校领导者要勤于学习、勤于思考、勤于调研、勤于实践，才能善于决策、敢于决策、科学决策。三要提高执行能力。科学的决策必须有杰出的执行才能产生显著的成效。领导者既是决策者，也是执行者。率先垂范，坚定不移地推进科学决策的实施是领导者的为政品格。要善于研究和运用科学的方法调动各方面的积极性、主动性和创造性，使正确的决策付诸实施。四要提高整合能力。领导者要有博大的胸襟，海纳百川，面对校内、校外、国内、国外，吸引和整合办学要素，内增凝聚力，外显影响力，提高综合竞争力。五要提高创新能力。创新是学校发展不竭的动力，也是领导者应有的为政素养。要培养创新思维，树立创新精神，探索创新方法，落实创新任务，丰富创新成果。

第三，要提高师生的管理能力。师生的管理能力主要包括两个方面：一是提高师生民主管理能力。增强民主管理意识，提高参与管理能力，主动参与学校管理；二是提高师生自主管理能力。教师要提高自我约束力，学高身正，模范执行学校管理规则；学生要增强自我管理意识，提高自我发展能力和价值判断能力，自觉追求真、善、美，鞭挞假、恶、丑。学校领导者要为提高师生的管理能力创造民主管理氛围和条件。

二、提升学生的学习能力：为了有意义的学而教

"有意义的学习"是美国认知心理学家奥苏贝尔提出来的。他

将学习分为机械学习和有意义的学习。有意义的学习强调所学知识与先前知识的联系，倡导一种以学生的思维为核心的理解性学习，使学生全身心地投入，用启发式的教学方法将他们身体、心理、认知、逻辑和情感都统一起来，既发展学生的知识，也提高他们的学习能力。

知识观的转变，使学校必须全面关注学生学习质量的提高，教会学生批判性的思考，获取信息，解决问题，改进自己的工作，并且创造新的想法、产品和解决方案。要培养这些能力，不是通过死记硬背，或简单重复这样的方式进行，需要给学生在复杂、真实、有意义的项目中发展自己能力的机会，这就需要有意义的学习来实现。[①] 有意义的学习有这样的特征：主动、深入的学习，真实、形成性的评价，为协作提供机会，关注先前知识、经验和发展，围绕核心概念和联系组织知识，元认知技能的发展。[②]

实现有意义的学习，学校课程管理模式的变革和创新是基础，教师的专业精神和专业能力是关键，开放的学校管理是保障。学校给教师赋权，让教师成为学校课程发展的主体，教师相互协作，在反思中学习和提升。

珍·麦戈妮可（Jane McGonigal）——一个游戏设计师，在TED（Technology，Entertainment，Design）大会上曾作过"游戏创造美好世界"的演讲，她提供了一个有趣的数据，在有浓厚游戏文化的国家里，一个普通青年人，到21岁时，将花费一万个小时在游戏上；在美国，从小学五年级上到高中毕业，一堂课不缺，在校时间正好是10，080小时。这意味着，这一代学生成长过程中花在

---

① 〔美〕琳达·D·哈蒙德等著，冯锐等译：《高效学习——我们所知道的理解性教学》，华东师范大学出版社2009年版，第7页。

② 〔美〕琳达·D·哈蒙德等著，冯锐等译：《高效学习——我们所知道的理解性教学》，华东师范大学出版社2009年版，第151~152页。

电脑前的时间可能和他们在学校的时间一样多，他们通过玩游戏，在网上社区的交流，或是学习网络课程等非正式的学习方式学到的东西将成为在正规学校学习的有益补充，这类学习看起来很不正式，很自然的就发生了，但这不意味着它是完全没有设计、外界无法干预的。在 e‒Learning 领域，一个代替传统教师的角色正在出现并日益显现了它的重要性——教学设计师，他们将"有意义的学习"的理念用于在线学习的设计，通过细致、系统的对正式和非正式教学活动的设计规划，有目的地促进学习目标的达成。他们熟知网络环境下人们的认知规律，分析学习者的相似性和差异，并据此分析设计个性化的教学策略和评估策略，他们与内容专家和媒体设计师以及软件工程师合作打造有效的虚拟学习情境。对珍·麦戈妮可的论断我们可能不敢苟同，但我们相信，随着多媒体技术、人机交互技术以及认知科学的发展，在游戏中实现"有意义的学习"将成为现实。

三、整合信息化教育环境：打造学校"云教育"平台

教育信息化既具有"技术"的属性，同时也具有"教育"的属性。从技术属性看，教育信息化的基本特征是数字化、网络化、智能化和多媒化。数字化使得教育信息技术系统的设备简单、性能可靠和标准统一；网络化使得信息资源可共享、活动时空少限制、人际合作易实现；智能化使得系统能够做到教学行为人性化、人机通讯自然化、繁杂任务代理化；多媒化使得信媒设备一体化、信息表征多元化、复杂现象虚拟化。

从教育属性看，教育信息化的基本特征是开放性、共享性、交互性与协作性。开放性打破了以学校教育为中心的教育体系，使得教育社会化、终身化、自主化；共享性是信息化的本质特征，它使得大量丰富的教育资源能为全体学习者共享，且取之不尽、用之不

竭；交互性能实现人—机之间的双向沟通和人—人之间的远距离交互学习，促进教师与学生、学生与学生、学生与其他人之间的多向交流；协作性为教育者提供了更多的人—人、人—机协作完成任务的机会。

2009 年，美国 SIMtone 公司与北卡罗来纳州的格雷汉姆小学合作开始了学校云计算计划，推出的"通用云计算服务"将为学校 600 名师生带来虚拟电脑桌面。IBM 也宣布与全球的六所大学在云计算项目上进行合作。这些大学将利用 IBM"蓝云"解决方案加速推进一些过去受时间、资源以及系统负载等因素限制的项目和研究计划。随着技术的成熟，云计算正叩开学校大门，开始为教育提供服务。

云计算的基本原理是，用户所需的应用程序并不需要运行在用户的个人电脑、手机等终端设备上，而是运行在互联网的大规模服务器集群中。用户所处理的数据也并不存储在本地，而是保存在互联网的数据中心里面。这些数据中心正常运转的管理和维护则由提供云计算服务的企业负责，并由他们来保证足够强的计算能力和足够大的存储空间来供用户使用。在任何时间和任何地点，用户都可以任意连接至互联网的终端设备。因此，无论是企业还是个人，都能在云上实现随需随用。同时，用户终端的功能将会被大大简化，而诸多复杂的功能都将转移到终端背后的网络上去完成。[①]

在英国肯特郡纽莱因联合教育机构（New Line Learning），商务智能和知识管理系统已经被应用在学校的管理和教学中，每个学生有一个自己的虚拟主页，可以提交作业、协作完成研究任务、发表博客、查找资料等，教师有自己的专业发展档案，可以在线进行自己专业学习计划的管理，教师可以输入学生学业和日常行为表现的

---

① 张健："云计算概念和影响力解析"，《电信网技术》2009 年第 1 期。

信息，查看本班或年级的学习表现和其他情况，商务智能系统能够跟踪学生成长轨迹，预测可能出现的风险并提前向教师和校长报警，家长也可以及时了解学生的变化。这个系统也让学校更加透明，家长更加紧密地介入学生的教育。相信在不久的将来，类似的管理系统也会出现在我们的学校。

云计算模式能极大地降低教育信息系统建设的成本，为学校提供经济的应用软件定制服务、可靠和安全的数据存储服务，使教育信息资源的共建、共享更为便捷。可以说，云计算模式使我们通往教育信息化的道路更便捷了。每所学校所有计算机联网管理，基于网络的个性化教育服务离我们已经并不遥远。本章开头所设想的教育场景在不久的将来会成为现实。

基于云计算技术的教育服务将使学校的"整体教育"成为可能，正如厄内斯特·波伊尔在《基础学校——一个学习化的社区大家庭》中所说的那样：

在一所行之有效的学校，有一种能使其凝聚到一起的力量，用一个最简单的词来概括，那就是"联系"。

在一所行之有效的学校里，人与人之间是相互联系的，形成了一个社区大家庭；

在一所行之有效的学校里，开设的课程是相互关联的，达到连贯的目的；

在一所行之有效的学校里，课堂内容与文娱生活联系在一起，丰富了学校的环境；

在一所行之有效的学校里，学习和生活联系在一起，培养了学生的优良品德。

结　　语

　　教育是国计，也是民生；教育是今天，更是明天；教育是人类创造力和社会生命力之源，谁赢得了教育，谁就将赢得未来。

　　教育既应提供一个复杂的、不断变动的"世界的地图"，又应为我们提供在这个世界上航行的"指南针"。教育这个"指南针"将以其超越现实生命、现实生存和现实生活的价值引领我们这个复杂而多变的人类世界家园去认识和尊重生命，更生态地生存在这个星球上，走向更幸福的生活。

附 录：

我的现代教育观

——在中国人民大学的演讲

2009 年 3 月 18 日

各位领导、各位同志：

非常高兴今天能和大家在一起探讨现代教育发展问题。我首先要感谢对我的邀请，感谢大家用你们十分宝贵的时间听取我的演讲。我准备讲五个问题：第一是现代教育的本质、特性及功能；第二是发展现代教育面临的机遇和挑战；第三是努力构建三位一体的现代教育目标；第四是发展现代教育的主要任务；第五是发展现代教育需要正确处理的几个重要关系。

一、现代教育的本质、特性及功能

现代教育的演进。从教育发展的历史沿革来分析，可将教育分为原始教育、古代教育和现代教育。原始教育具有神化性特点，古代教育具有物化性特点，现代教育具有人化性特点。前者表现教育崇拜性，中者突出教育占有性，后者体现教育自主性。现代教育的产生与发展可分为四个阶段：第一阶段是从 18 世纪到 19 世纪后期约 100 年的时间，是与以使用蒸汽机为标志的第一次工业革命在先进资本主义国家的发展相适应的；第二阶段是从 19 世纪末到 20 世纪中期的近 100 年时间，是与以电气化为标志的第二次工业革命在各个先进资本主义国家和苏联的发展相适应的；第三阶段指 20 世纪中叶到 20 世纪后期的这一段时间，是与以使用电子计算机为标志的第三次新技术革命在世界各国的普遍发展相适应的；第四阶段是 20 世纪后期到现在，与知识经济和知识社会时代相适应的教育，它是对自然经济、工业经济时代教育的拓展和升华。既然本文所阐述的现代教育是有别于 20 世纪中期以前的传统教育，与知识经济和知识社会相适应的现代教育，我们就要了解一下知识经济和知识社会的基本特征。知识经济的正式提出源于世界经济合作发展组织 1996 年年度报告《以知识为基础的经济》。其理论基础主要源于舒尔茨、贝克尔和丹尼森三位美国经济学家的人力资本理论。顾名思义，知识经济就是以知识为基础的经济，它表达了人力资本在经济社会发展中的核心作用。知识经济的发展所追求的应是知识社会的建设，知识社会是以知识为核心的社会，智力资本将成为一个国家、一个民族、一个地区最核心的资源，受教育的人将成为社会的主流群体。知识社会具有"六性"、"三化"的特点，即：人本性、竞争性、公平性、全球性、整合性、创新性，网络化、智能化、信息化。

现代教育的本质。什么是现代教育？我们的理解是现代教育是以人为根本，以价值塑造为前提，以能力培养为核心，以社会公平为基础，根植现代社会，引领时代不断进步的教育。现代教育是当今时代的教育，是对现时代各种教育思想、观念、体制、内容、方法、形态的总称。是以现代生产和现代生活方式为基础，以现代科学技术和现代文化为内容，以人的现代化为目的的教育。那么，现代教育的本质是什么？本质是对存在的规定，是事物的根本属性，按黑格尔的话说，"本质是存在的依据。"教育的本质应是教育固有的基本属性，是一切教育中存在的普遍特性。构建人的主体素质，发展人的主体性，完善人的本质，促进社会的文明进步，是现代教育的本质特征，是现代教育存在的依据。教真育爱是对现代教育的本质要求。实现人的全面发展和幸福人类世界，是现代教育追求的终极目标。构成现代教育的基本目标要素是：价值教育、能力教育和制度教育。其中价值教育是灵魂，是核心，制度教育是保障。发展现代教育是实现教育现代化的必经之路。

现代教育的特性。现代教育具有人本化、全民化、国际化和开放性、合作性、创造性等特点。这就要求我们在发展现代教育过程中，必须坚持以人为本的科学发展观，以民生为本、以教师为本、以学生为本，实现好、发展好、保护好人民的教育利益；必须坚持推进全民教育，促进教育公平，人人享有教育的基本权利，提高国民整体素质；必须坚持国际化思维，本土化行动，现代化目标，跨国、跨地区整合教育资源，加强教育合作；必须坚持发展创造性教育，培养创造型人才，提高全民族的创造能力、竞争能力和发展能力；必须坚持教育效益至上原则，加强现代教育管理，努力提高教育的社会效益、经济效益、政治效益、文化效益和生态效益。

现代教育的功能。有学者认为现代教育的功能主要是指当下教育的社会功能，即教育对现代人类社会发展所起的作用。现代教育促进社会的发展，表现为现代教育对社会的政治、经济、文化、科技和人口的促进作用。另有学者认为，现代教育的功能应理解为教育对现代人的直接作用和影响，这些作用和影响如遗传、环境、教育和个体的主观能动性均对人的发展造成影响，其中，教育在人的发展中起主导作用。他们讲的很有道理。人类社会活动是以人为主体，将自然资源和人文资源转化为物质财富和文化财富的活动过程。转化的主体是受教育的人，转化的过程是人的活动过程，转化的结果是人的享受追求。落实科学发展观从根本上讲是促进社会生产方式的转变、人们生活方式的转变和社会管理方式的转变，提高生产力水平、生活方式质量和社会管理能力，这三个转变都依赖于人的素质的提高。由此我们可以得出这样的结论：由现代教育的本质特性所表现出来的现代教育功能主要是促进现代经济发展，促进现代政治文明，促进现代文化繁荣，促进现代社会和谐，最终促进人的全面发展。道理很简单，没有人的发展，就没有经济的发展；没有人的文明，就没有政治的文明；没有人的和谐，就没有社会的和谐。教育就是使人真正成其为"人"，使人走向幸福。

二、发展现代教育的机遇和挑战

新中国的建立，为中国现代教育的发展提供了制度保障，特别是改革开放的伟大时代造就了中国教育的繁荣发展，近 30 年来，我国的教育实现了大发展、大变革、大跨越。我国建成了世界上最大规模的教育体系，义务教育全面普及，职业教育取得重大突破，高等教育进入大众化发展阶段，教育改革向纵深推进，教育公平迈出重大步伐，保障条件逐步完善，探索了一条中国特色社会主义教育发展道路，为国家现代化建设和人类文明进步作出了不可磨灭的重要贡献。现实的教育基础和中央发展教育现代化的大政方针为发展现代教育提供了历史机遇，特别是我国《教育改革发展中长期规划纲要》今年启动实施，为今后一个时期现代教育发展确立了方向和目标，提出了战略构想和战略举措，将采取有效措施实施十个重大项目和十项改革试点。但我们要清醒地看到，教育机构所能提供的教育机会和受教育者对教育的需求之间的矛盾，仍然是我国的基本矛盾，这一基本矛盾的运动推动着现代教育的不断发展。我国的教育，特别是我省的教育面临着现代教育发展的机遇，但更面临着现代教育发展的挑战。主要表现在：一是国民现代教育观念滞后，教育管理法制意识薄弱，教育以物为本和人治的特点还比较突出。

二是教育体制僵化，基本上是在沿袭苏联计划经济体制的教育模式，民办教育发展滞后，学校办学自主权没有得到充分体现，家庭教育、学校教育、社会教育信息不对称。三是教育价值虚无、教育精神流失的现象比较突出。学校官场化，学术市场化，学习情场化的倾向蔓延，教育的工具性、功利性无限膨胀。四是公共教育经费投入少。我国财政性教育经费占国内生产总值的比例仅为 2.79%，高收入国家为 5.32%。五是平均受教育年限少。我国国民受教育年限为 8.5 年，韩国达 11.18 年。六是高等教育毛入学率低。我国高等教育毛入学率为 24%，美国达到 80%。七是全民教育质量不高，特别是西部地区基础教育资源短缺和质量标准不高的问题同时存在。八是教育国际化程度低。整合和利用国际教育资源发展中国现代教育，以及中国教育走向世界的水平不高。

三、努力构建三位一体的现代教育目标模式

要努力构建价值教育、能力教育、制度教育三位一体的现代教育目标模式。

关于价值教育。我在我的作品《天鉴》里面说过，人类最不可思议的是教育，为什么？人类作为宇宙的产物，居然能够理解宇宙；人类作为自然的一部分，居然能够创造出一个有别于自然的世界；人类作为生物圈里的一个物种，居然能够认识任何一种生物。这得益于什么？得益于教育，教育使人类进化，教育使人类发展，教育使人类智慧，教育使人类崇高，所以最不可思议的是教育，因而最神圣的事业是教育事业。而现在教育存在的无限膨胀的工具性、功利性、世俗化、官场化严重背离了现代教育价值的本质要求。要围绕建设社会主义核心价值体系的目标建设现代教育价值。现代教育的根本价值应该是：教真育爱，教育的终极价值是使人成

其为"人",使人幸福。所谓教真,就是教育要教导真理,追求真理,传承真理,使受教育者热爱真理,求取真知,做真人,做真事。所谓育爱,就是教育要培育受教育者的爱心,爱自己,爱他人,爱团体,爱党,爱国家,爱民族,爱社会,爱人类,爱自然。追求教育终极价值,必须从家庭教育、学校教育、社会教育全面展开,要从每一个老师、每一个学生、每一个家长自身的追求开始。要广泛开展生命教育、生存教育和生活教育。通过生命教育,使受教育者认知生命、尊重生命、珍爱生命、敬畏生命。不但认知和珍爱自然生命,更认知和珍爱社会生命和精神生命。不但认知和珍爱人类的生命,还要认知和珍爱自然界其他物种的生命。不但认知生,也要认知死,不但认知生的意义,也要认知死的价值。通过生存教育,使受教育者知道什么是有意义的生存,怎样进行生存,提高适应能力、生存能力、发展能力和创造能力。通过生活教育,使受教育者知道什么是生活,怎样去有意义地生活,从而热爱生活,奋斗生活,幸福生活。不但追求个人的幸福,还要追求家庭的幸福、团体的幸福、国家的幸福、民族的幸福、世界的幸福。通过以"三生教育"为主题的现代教育价值体系建设,使教育认识世界、改造世界、幸福世界的价值功能融为一体。使教育的理想价值、实用价值、个人价值、社会价值有机统一。

关于能力教育。社会主义建设者和接班人,是靠人的未来能力去接班和建设,而不是靠现有的书本知识。应试教育往往把教育视为就业谋生的敲门砖和耀祖光宗的工具,把受教育者培养成为考试的工具、考分的宠儿或庸俗的政治伦理工具。这样就不可能培养出国际、国内公认的精英人才,也很难培养出合格的社会公民。我们提出与应试教育相对立的能力教育概念,是想表达教育过程的根本任务是提高人的能力。素质教育的概念很难与应试教育概念相对应。因为教育本身追求的目标就是提高人的素质,提高素质是教育的题中应有之义，不存在非素质教育。应试教育应该与能力教育相对应。应试教育的唯一手段是考试，唯一的追求目标是考试分数，培养的是"考试机器"。能力教育则是注重学生综合能力素质的提高。现代教育全过程的任务，都应该是提高受教育者的能力，包括学习能力、适应能力、实践能力、合作能力、发展能力、创造能力和社会责任能力。这就要求把能力培养贯穿在知识传授的全过程，使课堂教学走向世界生活，使学校教育走向人类社会。家庭教育的主要任务在于培养孩子的爱心、兴趣、行为。而学校教育的主要任务在于培养学生爱心、兴趣、能力、理性和意志。现在我们的教育内容、教育方法、教育目标注重的是书本知识的灌输，忽视掌握知识的能力培养。注重整齐划一的考试成绩的目标评价，忽视学生个性能力培养的价值追求。长沙一中学生马天知学习成绩中等，在汶川地震的第二天，他独自奔赴灾区抗震救灾，被美国十多所知名大学争录。昆明十中同学刘子尔在就学期间，14岁就跟随母亲做教育职业经理，她没有参加国内高考，后被麻省理工大学录取。这些学校看重的不是这个学生的考试成绩，而是学生的社会责任感和能力素质，但很可能这样的学生在中国北大、清华是不愿录取的。我们长期以来受弗朗西斯·培根"知识就是力量"的影响，并且狭义地理解了培根所说的"知识"的概念，一味追求向学生灌输书本知识，而忽视学习和掌握知识的能力培养。现代教育追求的是将知识转化为能力，最终进行的是能力教育，而不光是知识教育。中国要将人口大国转变为人力资源强国，必须从能力教育抓起。我们现在的培养模式是培养现实的人，教现在的知识，而现代教育追求的是在现实的生活中传授未来的知识，在提高现实的能力中培养未来的人。

关于制度教育。我们所探讨的制度教育主要是指，依靠教育制度设计安排和通过对受教育者进行国家制度教育，实现振兴中国教育和使受教育者全面发展的社会活动过程。其中，教育制度设计和执行是根本，对受教育者进行国家制度教育，培养合格公民是目标。党和国家发展和管理教育的任务，从根本上讲是制度设计和执行，而不是财、物的发放。发展现代教育，需要创造有利于各种教育资源充分涌流和科学整合，有利于教育主体的积极性、创造性充分发挥的体制机制。教育制度的设计和执行，包括国家的宏观制度、地方的中观制度和学校的微观制度，现行教育体制宏观不顺、中观不灵、微观不活的问题同时存在。教育制度的设计和执行，必须顺应知识经济和知识社会的要求，必须适应市场经济和社会发展的需要，必须遵循现代教育规律。正确处理中央政府与地方政府的关系、市场与学校的关系、政府与市场的关系，这就要求教育体制改革应该选择的目标模式是：政府宏观管理，社会广泛参与，市场适度调节，学校自主办学。教育具有社会公共服务事业和产业的双重属性。承认教育的公共服务事业属性，就要确认教育具有同经济运行不同的规律，肯定政府对教育负有主要责任，教育不能完全进入市场，不能产业化和市场化；而承认教育的产业属性，就要肯定教育是人力资源和知识的生产部门，教育通过人力资源和知识同市场的交换，会增加社会财富，产生社会效益，也就是要肯定教育在一定范围和一定程度上可以运用产业运作方式和市场调节机制。从教育的历史发展进程来分析，政府承担的应该是基本的、大众的、公平的教育，而社会承担的应是高端的、精英的、非均等的教育。我们的教育体制改革应该推进办学结构多元化，民办、公办和股份制办学平等竞争，共同发展；推进教师身份社会化和职业专业化，变学校人为社会人，促进人才资源的流动和整合；坚持基础公平、效率优先原则，推进收入分配绩效化；推进政府管理法制化，依法确立政府与学校的关系，政府依法对学校进行教育区域规划，学校办学方向、办学质量效益评价和办学资金拨付的管理；推进学校内部体制机制创新，取消学校行政级别，落实学校办学自主权，建立健全党委领导，校长负责，专家治校的领导机制。制度教育的另一个方面是要加强对受教育者进行国家宪法和法律教育，进行国体和政体教育，进行教育方面的法律法规教育，增强国家制度意识和法律观念，营造良好的社会教育环境，增强公民自豪感和自觉性。

价值教育是灵魂，能力教育是核心，制度教育是保障，三者相互联系，相互促进。要建设三位一体的现代教育目标模式，必须正确处理好五个重要关系：一是正确处理好教育速度、规模、结构、质量的关系。加快扩张教育资源规模，调整优化教育资源结构，全面提高教育质量。二是正确处理好各类教育的关系。统筹基础教育、职业教育、高等教育、继续教育的发展，有效避免顾此失彼、相互制约。三是正确处理好教育公平、竞争、效率的关系。讲究效益才能增添活力，注重公平才能促进和谐，展开竞争才能加快发展。四是正确处理好教育适应、依靠、引领的关系。既适应当代社会发展的需要，又引领时代的不断进步；既坚持党和政府的正确领导，又依靠社会各个方面的力量发展现代教育。五是正确处理好学校教育、家庭教育和社会教育的关系。树立大教育观念，促进学校教育、家庭教育、社会教育相互依靠、相互促进、协调发展。

四、发展现代教育的主要任务

第一，要树立现代教育理念。要树立与知识经济和知识社会相适应的现代教育理念，包括：人本理念、全民理念、公平理念、市场理念、法制理念、效益理念等。要坚持教育面向全体学生和全体教师，面向全体公民，提高全体师生、全体公民的整体素质。坚持实施全民教育战略，坚守教育公平，使人人享有受基本教育的权利和机会，实现好、发展好、保护好人民群众的教育利益。遵循教育规律，引进市场竞争机制，形成公办教育、民办教育公平竞争、共同发展的机制，提高教育开放水平，促进国际化教育发展。依法规范办学行为，坚持教育管理的民主、科学与法制化，努力提高办学的经济效益、政治效益、社会效益、文化效益和生态效益。

第二，构建现代教育体系。要努力构建包括基础教育、职业教育、高等教育、继续教育及教育经费保障机制、教师保障机制和民众享受教育权利保障机制在内的现代教育体系。普及和巩固义务教育，实施基本普及十五年教育计划（学前三年、小学六年、初中三年、高中三年），促进义务教育均衡发展，加快普及高中阶段教育，大力发展职业教育，着力提高高等教育的质量，大力发展远程教育和继续教育，切实加强学前教育，关心特殊教育，全面实施能力素质教育。形成有机循环、健康互动的国民教育体系和终身教育体系，加快中国教育现代化进程。

第三，建设现代教育体制。要坚定不移地推进改革开放，建立与社会主义市场经济体制相适应、同经济社会发展要求相适应的，自由竞争、富有活力、高效而又公平的教育体制。要着力推进办学体制、教育管理体制、招生考试体制、受教育者权益保障体制和教育行政管理机构的改革。推进政校分开、管办分离的进程。进一步明确党委、政府管理办学机构主要负责人以及办学评估和办学资金拨付机构的责任；积极推进教育决策的科学化、办学机构人员身份社会化和聘用市场化、办学管理民主化和法制化、收入分配绩效化。全面落实学校办学自主权，教育和有关行政部门要树立服务意识，改变直接管理学校的方式，促使学校充分行使办学自主权，真正成为办学主体，成为自我发展、自我约束的责任主体。要变革办学体制，完善和规范以政府投入为主，多渠道筹措资金的教育投入体制。实施引资办教和引智入校战略，大力发展民办教育，形成公办学校和民办学校共同发展的格局。完善国家和社会资助家庭经济困难学生的制度，建立保障国家和省各项教育惠民政策全面落实的机制。建立全方位、多层次、宽领域的与国内国际开展教育合作与交流的体制机制，吸引国际国内优质教育资源。深化教育行政管理机构改革，围绕建设能力型、服务型、和谐型、清廉型机关，建设教育行政机关管理制度。

第四，建设现代教师队伍。要努力建设具有正确的教育理念、良好的职业形象、多元的知识结构、完善的能力素养、健康的心理素质、求真的创新精神的现代教师队伍，使教师具有大爱之心，忠诚之志，精进之业。政府要提供教师队伍建设的制度保障和政策支撑，各类学校都要把建设教师队伍作为学校发展的第一要务，各级教育行政管理部门都要给教师队伍建设拓宽渠道做好服务。教师队伍建设要立足本土，面向全国和全球，加强教育人才平台建设，吸引高水平教师，培养国际化教育人才。

第五，建设现代教育基础设施。教育基础设施建设要坚持以人为本，科学规划，效益至上原则和均衡配置教育资源、促进教育公平的政策；要坚持教育信息化工程建设、校舍安全工程建设、校点布局结构调整有机统一；要坚持满足教育功能要求、空间和谐要求和立面审美要求相统一。建设现代标准化学校，要多留遗产，少留遗憾，使学校成为育人圣殿和文化遗产。

第六，加强学校现代管理。要以现代管理理念和现代管理方式大力推进学校的科学管理、民主管理和依法管理。加强学校的基础管理、全程管理和系统管理。确立师生员工在学校管理中的主体地位，建立完善的内部管理机制，发挥社会舆论监督对学校的管理作用。切实加强学生学风、教师教风和领导者服务作风"三位一体"的校风建设。全面加强学校文化建设，确立学校正确的价值取向、行为导向、精神方向。

第七，加强教育国际化建设。必须坚持国际化视野、本土化行动、现代化目标，牢牢把握培养国际化人才这一核心，紧紧抓住教育资源国际共享这一关键，千方百计构筑校际交流合作平台。解放思想，开阔视野，大胆引进和吸收国际先进的教育理念和教育机制。要努力推进教育内容国际化，全面加强外语教学，大力加强有关国际教育的专业和学科建设，积极推进以学校为单位的双语教学实验工作。要大力推进师生互换、学者互访等国际交流，大幅度提高出国留学生和招收外国留学生的数量和质量。要加强国际学术交流与合作研究。引进优质教育资源，推动我国高水平教育机构走向世界，到海外办学，广泛开展国际合作和教育服务。要积极引进教育人才、教育技术和教育设施等资源，扩大国际共享教育资源。

第八，建设现代教育评价体系。要树立正确的教育评价思想，建立多元化的评价标准，采用多形式的评价方法。建设现代教育评价制度，完善教育评价方向，建立实证评价与社会评价相结合的评价方法体系。实行政府评估、学校自我评估、社会中介评估、公众参与评估相结合，建立分类分层的教育质量评估和监测机制，使现代教育评价真正起到帮助学生发现自我、发展自我的作用，激励学生乐观向上，努力成才；激励办学机构的积极性和创造性，规范办学行为和提高办学效益。

第九，建设领导现代教育的能力。学校是人民心中永远的丰碑，教育应该成为领导干部挥之不去的情感。但由于传统历史文化和领导干部素质的差异，目前社会上，特别是领导干部中存在三个悖谬：人都是女人生的，成为人以后就把女人边缘化了；识字人都是老师教的，但识字后就把老师边缘化了；吃的喝的是农民提供的，吃饱喝足后就把农民边缘化了。这就涉及到领导干部的素质和全民的教育意识问题。领导干部要加强对现代教育知识的学习，增

强现代教育意识，提高领导现代教育的能力。各级党委、政府要把
发展现代教育置入优先发展的战略地位，自觉肩负起发展现代教育
的历史责任。应把发展现代教育纳入国家中长期教育发展规划。
省、市、区在发展区域教育事业过程中，要从实际出发，对发展现
代教育进行科学谋划、策划、规划和计划，求真务实地做好发展现
代教育事业的各项工作。进一步弘扬尊师重教的良好社会风尚，为
现代教育发展创造良好的社会环境。

五、发展现代教育需要正确处理的几个重要关系

第一，要正确处理好速度、规模、结构、质量的关系。 抓住机
遇，扩张以教师资源和基础设施资源为重点的教育资源规模，进一
步改善办学条件；进一步调整、优化教育资源结构；全面加强教育
教学管理，进一步提高办学质量。

第二，要正确处理教育体系内部发展关系。 所谓教育体系内部
发展关系，是指学前教育、基础教育、职业教育、高等教育、继续
教育、特殊教育、民族教育之间的发展关系，以及与之相适应的教
育保障政策之间的关系。切实加强学前教育和基础教育；大力发展
职业高中和普通高中，加快普及高中阶段教育；大力发展高等教
育，促进高等专科教育、本科教育、研究生教育的规模、结构、质
量协调发展；大力发展各级各类继续教育，促进终身教育体系建
设；积极发展特殊教育和民族教育，促进教育公平。

第三，要正确处理教育适应、依靠、引领的关系。 教育必须适
应当代社会需要，为经济社会发展提供人才和人力资源支撑；教育
必须在党和政府的领导下，依靠社会各方面的力量，整合各方面的
资源，形成教育合力；教育必须坚守和弘扬传承创新品格及反思批
判精神，主动发挥引领时代进步的功能。

第四，要正确处理公平、竞争、效率的关系。讲究效益才能增添活力，注重公平才能促进和谐，坚持公平、竞争和效率有机结合，才能体现社会主义教育的本质。要坚持把促进教育均衡发展和教育公平作为基本的教育政策，充分引入市场竞争机制，创造公办教育、民办教育公平竞争的政策条件和服务环境，充分提高教育资源配置的效率和办学效益。

第五，要正确处理改革、发展、稳定的关系。要进一步解放思想，深化改革，扩大开放，以改革创新的精神推进教育工作；要始终坚持发展第一要务不动摇，千方百计推进教育事业的全面发展；任何时候都不松懈教育系统的稳定工作，创造和谐的校园环境和教育环境。

第六，要正确处理学校教育、家庭教育、社会教育的关系。教育是一项培养人的社会系统工程，要树立大教育观念，强化大教育意识，充分发挥学校教育、家庭教育和社会教育的功能，促进学校教育、家庭教育、社会教育相互依靠、相互促进、协调发展。

第七，要正确处理教育本土化与国际化的关系。以国际化视野、本土化行动、现代化目标大力发展现代教育。要紧紧围绕提高教育现代化水平，弘扬和传播我国教育的优秀文化，加快区域教育现代化进程，促进国家教育国际化发展。积极参与教育国际竞争，充分整合和利用国际教育资源，加快国家教育现代化进程，为建设教育强国和创新型国家作出努力。

以上是我对现代教育的理解和发展现代教育的思考，请大家斧正和讨论。

下面，请大家提出你们感兴趣的问题，我们共同探讨。

再次谢谢你们！

关于现代教育价值建设问题

——在全国校长峰会上的演讲

2010 年 4 月 9 日

大家上午好!

10 月 24 日,中央电视台新闻调查栏目播放了云南省在各类学校开展生命教育、生存教育、生活教育的内容,引起了社会的广泛关注,引起了教育界的强烈反响,引起了各界人士的广泛赞誉。我觉得一个人,特别是领导干部要有一副沉重的头脑,不知疲倦地思考;要有一颗敏感的心,及时发现新的信息;要有一双勤快的手,把人民的事情办好。正因为这样,今天很高兴和大家一起讨论以"三生教育"为基本内容的现代教育价值建设问题。关于价值问题,对许多人来说是一个既熟悉又陌生的字眼,说它熟悉是因为人们每天都在说到它,说它陌生是因为价值一词是一个哲学命题,思辨性很强。今天面对的是 1300 多不同的对象,听说还有 200 多人站在门外听讲,对不起你们。其实,"好坏"问题,推而广之,拓而深之,就是"价值"问题。"好"、"坏"乃是生活语言中对"正价值"、"负价值"的判断和表述。我们通常说的"价值"是代表着人们的肯定,代表着积极,代表着向上,代表着发展,是对真、善、美和正确、优良、幸福的判断。什么是现代教育价值?现代教育价值怎样生成?现代教育价值怎样实现?这样的问题,不光是一个教育工作者应该学习践行的问题,也是每一个公民,特别是每一个党员、每一个领导干部都应该学习践行的问题。

一、全面认识现代教育价值

1. 现代教育价值的基本内涵

现代教育是以人为根本，以教育公平为基础，以价值教育为灵魂，以能力教育为核心，以制度教育为保障，植根当代知识经济和知识社会，引领时代不断进步的教育。人类教育活动为什么会存在？因为她的神圣价值存在。教育的根本价值是"教真育爱"；教育的终极价值是使人成其为"人"，使人成为幸福的人。也就是说，教育是以人为主体的、真理性的、富有大爱之心的社会实践活动，学校也就自然是真理的殿堂、至爱的磁场。整个教育活动过程就应该是爱真理、教真理、懂真理、服真理，尚真实、获真知、行真事、做真人的过程；是培育大爱之心、忠诚之志、智慧之能的过程。实现教育根本价值将使人崇尚真理、追求真理，爱自己、爱他人、爱民族、爱国家，使人富有忠诚之心，智慧人生。

教育的终极价值是使自然人成为社会人，成为有价值的人，成为幸福的人。自身的存在不但具有自然生存价值，更有社会精神价值。教育终极价值的真正实现，也就实现了个人的幸福、家庭的幸福、社会的幸福、人类的幸福、自然的幸福。如果教育不能最终实现人的幸福，教育就失去了终极目标的指向，也就失去了教育存在的价值。

2. 教育价值是高于一切的价值

人世间不可思议的是，人类作为宇宙的产物，居然能够理解宇宙；人类作为自然的一部分，居然能够创造出一个有别于自然的世界；人类作为生物圈里的一个物种，居然能够认识任何一种生物。这得益于什么？得益于教育，教育使人类进化，教育使人类发展，教育使人类智慧，教育使人类崇高，从这个意义上讲，最不可思议的是教育。人类社会活动不过是将资源向财富转化的行为过程而已。这个转化是以人为本，以教育和企业为主体的转化。表面上看，企业是创造财富的主体，从本质上看，教育才是创造财富的主体。教育使人成其为"人"，使人能创造财富，使人能全面发展，使人能走向幸福。一切价值，都体现在"人的全面发展"上，体现在人的存在价值上。人的全面发展和人的价值的存在和发展都是得益于教育，所以教育价值高于一切价值。

3. 教育价值生成过程

教育价值的增长是从人的现实价值向理想价值不断发展的过程。这就要求在现代教育价值的建设过程中，必须坚持以人为主体，从现实出发，注重行动过程，指向理想目标。现代教育的观念确立、制度设计、方法选择、目标追求都必须从现实的每个教育者和教育对象出发，从现实经济社会发展的需要出发。"教育即生活"，要使我们的教育活动贯彻到人们的现实生活之中，注重教育活动每个过程环节成果的实现。但教育又必须发挥引领时代不断进步的功能，成为昭示未来的旗帜，决不能盲目地适应人们现实的需要。

4. 建设现代教育价值意义

建设现代教育价值是建设社会主义核心价值体系的基础工程和重要任务。教育价值的严重流失将会动摇社会主义核心价值体系的根基。一个不争的事实是，我国现代教育价值在流失，主要表现在：学校的官场化、学术的市场化、学习的情场化现象比较突出；教育诚信、教育公平、教育竞争面临严峻的挑战；教育实践能力、发展能力和创造能力严重缺失；教育的工具化、功利化、庸俗化在膨胀。大家知道，一个民族潜伏的最大危机不是经济危机，而是教育危机，教育危机主要体现为受教育者创造能力的丧失。一句话，教育价值流失使学生缺乏爱心、缺乏信念、缺乏能力。我们的教育价值从幼儿园就开始流失，如果不努力建设现代教育价值体系，我们既很难培养出杰出人才，也很难培养出合格公民。建设现代教育价值既有教育的特殊意义，更有社会的普遍意义，既是对受教育者的价值教育，也是对国家公民的价值教育。建设现代教育价值不但是一个理论问题，更是一个实践问题。

二、建设和实践现代教育价值体系

1. 用"三生教育"建设人的主体价值

以上我们所谈的，实际上只回答了"什么是现代教育价值"、"为什么要建设现代教育价值"，下面我们要探讨的是怎样来建设现代教育价值。回答这一命题可以有不同的角度，我们从马克思主义人本哲学角度回答这个问题。马克思说过，一切价值，实际上都表示"对象为人而存在"，"客体为主体而存在"。我们就应该坚持以人为本，运用教育的力量，对受教育者全面实施生命教育、生存教育和生活教育，使受教育者树立正确的生命观、生存观和生活观，最终树立正确的世界观、人生观和价值观。要在建设社会主义核心价值体系的共同思想基础上，实现现代教育价值建设过程化、系列化、制度化的有机统一，促进人的全面发展。教育即生命、教育即生存、教育即生活。"三生教育"把人真正引向生命领域，引向生存世界，引向生活未来，是真理教育、能力教育、自由教育、尊严教育。它使受教育者知生理、调心理、明伦理、懂哲理、晓事理。所以，我们要通过生命教育、生存教育和生活教育建设人的主体价值。

2. 建设人的生命价值

我们要通过生命教育建设人的生命价值。使受教育者认识生命、尊重生命、珍爱生命，促进受教育者主动、积极、健康地发展生命，提升生命质量，实现生命的意义和价值。通过生命教育，使受教育者认识人类自然生命、精神生命和社会生命的存在和发展规律，认识个体的自我生命和他人的生命，认识生命的生老病死过程，认识自然界其他物种的生命存在和发展规律，最终树立正确的生命观，领悟生命的价值和意义；要以个体的生命为着眼点，在与自我、他人、自然建立和谐关系的过程中，促进生命的和谐发展。

3. 建设人的生存价值

我们要通过生存教育建设人的生存价值。帮助受教育者学习生存知识，掌握生存技能，保护生存环境，强化生存意志，把握生存规律，提高生存的适应能力和创造能力，树立正确生存观念。通过生存教育，使受教育者认识生存及提高生存能力的意义，树立人与自然、社会和谐发展的正确生存观；帮助受教育者建立适合个体的生存追求，学会判断和选择正确的生存方式，学会应对生存危机和摆脱生存困境，善待生存挫折，形成一定的劳动能力，能够合法、高效和较好地解决安身立命的问题。

4. 建设人的生活价值

我们要通过生活教育建设人的生活价值。帮助受教育者了解生活常识，掌握生活技能，实践生活过程，获得生活体验，树立正确生活观念，确立正确的生活目标，养成良好生活习惯，追求个人、家庭、团体、民族、国家和人类幸福生活。通过生活教育，使受教育者认识生活的意义，热爱生活，奋斗生活，幸福生活，确立正确的生活观；使受教育者理解生命的终极意义就是追求幸福生活；让受教育者理解生活是由物质生活和精神生活、个人生活和社会生活、职业生活和公共生活等等组成的复合体；帮助受教育者提高生活能力，培养其良好品德和行为习惯，培养他们的爱心和感恩之心，培养他们的社会责任感，形成立足现实、着眼未来的生活追求；教育他们学会正确的生活比较和生活选择，理解生活的真谛，能够处理好收入与消费、学习与休闲、工作与生活的关系。

5. 努力创造实施"三生教育"的条件

"三生教育"运用和追求的是，认知、体验和感悟相结合的方法；家庭教育、学校教育、社会教育相促进的方式；人格健全、智慧丰富、全面发展的现代人。这就需要教育主体和教育客体的教学相长，需要家长、老师和社会各界的密切配合和大力支持，需要建立民主化、法制化、科学化的"三生教育"体制机制。现在普遍存在教育信息不对称的问题，教育没有完全形成社会合力。我们经常说的原来"6＋1＝0"，现在"5＋2＝0"，就是孩子在学校学习6天或者5天，回到家里和回到社会上，学校对孩子的品德教育、行为养成教育成效付诸东流。家庭埋怨学校，学校埋怨家庭，社会指责教育，教育埋怨社会。这样的心态，这样的思维，这样的做法，严重地影响了受教育者的成长。所以，我们必须重视家庭、学校和社会在建设现代教育价值、实施"三生教育"过程中的合力形成。

三、充分发挥领导干部在现代教育价值建设中的垂范作用

1. 增强领导干部价值忧患意识

现代教育价值建设是社会系统工程，涉及到社会主义政治价值、经济价值、文化价值、社会价值的建设，是社会主义核心价值体系的重要组成部分。现代教育价值的建设关键在党、关键在领导干部。时下，领导干部价值的生成和发展受到严峻的挑战，主要表现在有的领导干部失去理想，信念淡薄，作风飘浮，背离人民；思维无理性，胸中无激情，手上无办法，事业无追求，更有甚者贪污腐化，失去了一个领导干部存在的价值。"不患无位，患无为。"既

然党和人民给予你领导岗位，赋予你领导职责，就要利用这个岗位履行好职责，有所作为，不能无为。这就要求我们领导干部必须居安思危，增强价值忧患意识，长怀忧能之心，恪守兴业之责，勇于变革、勇于创新，永不僵化、永不停滞，紧紧围绕学习实践社会主义核心价值体系的要求，率先垂范、身体力行，作学习实践现代教育价值的模范，为建设现代教育价值体系，全面实施"三生教育"作出积极的贡献。

2. 要建设唯真、唯勤、唯和、唯廉的为政品格

唯真。就是要崇尚真理、追求真理、实践真理，做真人做真事。空谈误国，实干兴邦，要求真务实，真抓实干，干出实绩。**唯勤**。人的生命是短暂的，事业是久远的，领导干部在任何一个领导岗位上履职是一种偶然的选择，但这个岗位所承载的职责和进行的事业是必然发展的。"天道酬勤"，"勤能补拙"，"君子不器"，"临事而惧"，领导干部要勤奋学习、勤奋研究、勤奋履职、勤奋事业。**唯和**。"人是社会关系的总和"，每一个人都是社会活动的主体。我们所从事的事业都是整个社会事业的一个组成部分，特别是信息时代，任何一项事业都不能孤立发展，任何一个人都不能独自前行。必须加强和谐修养，建设和谐心理，建设和谐家庭，建设和谐团体。必须以建设和谐社会的境界和胸怀，和睦履职，和舟共济，形成领导合力。**唯廉**。"公生明，廉生威"。要建设领导干部廉政价值，切实加强廉政修养，遵循廉政法规，提高防腐拒变的能力，高举清正廉洁、勤政廉政的旗帜。

3. 要培养明智、明快、明净的施政风格

明智。就是要明知履职岗位所肩负的职责，要确知自己的能力与履行岗位职责的差距，要深知党和人民对自己的希望和要求，居安思危，自省、自励、自新。**明快**。不到太平洋不知道自己之小，

不到博物馆不知道人生之短。领导干部在每个岗位上的履职时间总是有限的。珍惜时间就是珍惜生命。人们只注意金钱腐败，而很少注意时间腐败。要培养雷厉风行、快捷高效的工作作风，不断提高履职效能。**明净**。履职做事要明明白白，干净利落，光明正大，诚信公正。不为情所扰，不为钱所害，不为权所伤。

4. 要培养有建树、有形象、有话语的履职价值取向

领导干部要培养有建树、有形象、有话语的履职价值取向。这就要求领导干部要为人民、为社会笃功务实、建功立业，做好每一件事情，推进每一项事业；要树立良好的履职形象，用形象感召人，用形象统揽工作，用形象推进事业；要勤奋学习，拓宽知识领域，加强思维训练和语言训练，与时俱进，丰富话语信息，提高话语质量。现在，我们不少领导干部，错话不会讲，废话没少讲，无用的话大讲特讲。一次讲话两个多小时，真正传达的有用信息只有十多分钟。他在上面侃侃而谈，别人在下面昏昏欲睡。这不光是话语质量问题，更是知识和能力问题，还给人以时间腐败之嫌。

今天和大家一起交流探讨现代教育价值建设问题，是个人的一些思考，讲得不对，请大家斧正。

下面，请大家对感兴趣的问题进行提问，我们一起探讨。

我再次谢谢大家！

中华民族伟大复兴的战略选择

——在云南大学生形势报告会上的演讲

2010 年 6 月 18 日

今天，我们以国家意志、民族情志和教育情怀、学生情愫，在一起共同讨论中华民族伟大复兴战略选择，这对我们大家富有激情、富有理性、富有智慧、富有意志力地投身于中华民族的伟大复兴事业，促进人类的文明进步，实现自己的人生价值，都应该是很有意义的。

我今天讲的中华民族复兴战略选择，主要是讲怎样使中华民族从落后走向兴盛的战略思考，包括中华民族复兴的谋划、规划、策划、计划和与之相适应的心智和行动。大家知道，具有 5000 年文明史的中华民族在人类历史上曾经绘制过自己兴盛的画卷，包括汉武中兴、贞观之治、康乾盛世等。但这始终是历史，我们今天要探讨的是现实的中华民族怎样走向未来的兴盛。这个兴盛当然不是历史的简单重复，而是中国在新的历史条件下实现屹立于世界之巅的兴盛愿景。也就是，到我们党成立 100 年（2021 年）时建成惠及十几亿人口的更高水平的小康社会，到新中国成立 100 年时（2049年）基本实现现代化，建成富强民主文明和谐的社会主义现代化国家。我讲的主要内容是：中华民族伟大复兴的战略思想、战略方式和战略根本。

一、中华民族伟大复兴的战略思想

我这里所理解的战略思想，是在科学发展观的指导下，对我国经济、政治、文化、社会、军事现状和发展的观点。分析人类社会发展的轨迹，纵观我国和世界各国发展历史，我们认为，唯有产业建设、制度建设和素质建设，才能使国家兴盛，才能使人类进步。所以，中华民族伟大复兴应坚持产业富国、制度兴国和素质强国的战略思想。

首先，谈谈产业富国。我们认为，人类社会活动不过是以人为主体，将资源转化为财富而实现人的全面发展的过程而已。资源包括自然资源、人文资源和人力资源；财富包括物质财富、文化财富和精神财富。产业是社会发展和社会分工的结果。现代产业包括工业产业、农业产业、基础能源产业、现代服务业、科技产业、信息产业、文化产业等。世界大国的崛起无一不是以产业的发展而积累丰厚的财富为基础。英国之所以能从英格兰小公国崛起为"日不落帝国"，就是因为它在全球率先试行"工业革命"，以当时最先进的技术发展工业产业，快速积累社会财富，并以此为坚强后盾推进殖民扩张。到 19 世纪中叶，凭借着船坚炮利，英格兰这一小小岛国迅速崛起为全球第一强国。中国历史上的兴盛也是以产业的发展而积累财富为基石的。中国两千多年的封建王朝，大家认为哪一个朝代最富庶？对中华文明贡献最大？有人说是汉唐，还有人说是元代，但我的答案是宋代！史实证明，宋朝是中国封建王朝发展的顶峰，她是中国历史上经济最繁荣、科技最发达、文化最昌盛、艺术最高深、人民生活水平最富裕的朝代，这些都是因为宋代有高度发达的产业。据统计，中国历史上的重要发明创造一半以上都出现在宋代，中国古代的四大发明有三项出现在宋代。到公元 1023 年，宋朝拥有当时世界上规模最大、技术最先进的造船、炼铁、造纸、陶瓷、纺织产业，因此，宋代的 GDP 占当时全球的 50% 多，国家的综合实力无论是质量还是数量都是当时世界的第一。为什么产业可以富国？因为产业是资源向财富转化的载体，产业发展是民生事业的物质基础，产业创造和承载的不只是物质财富，还有文化和精神财富。凡致力于中华民族振兴的人士，特别是大学生，都应树立投身产业建设的志向，在产业建设的大潮中实现自己就业创业、报效祖国的宏愿。

改革开放以来，我国始终坚持以经济建设为中心的战略思想，大力发展社会主义市场经济。而以经济建设为中心和发展社会主义市场经济就必须坚持以产业建设为核心。近两年爆发的国际金融危机，就是因为以美国为代表的发达国家放缓了以发展实体经济为标志的经济产业建设，使虚拟经济严重背离实体经济。与此相反，以中国为代表的发展中国家比较注重产业建设，特别是在应对金融危机的时候，中国提出了振兴十大产业的行动计划，大力发展实体经济，先于西方国家实现经济复苏，很快走出国际金融危机的困境。我国产业建设发展取得了辉煌成就，产业总量不断增加、产业结构不断完善、产业制度不断健全、产业环境不断改善、产业质量不断提高。2009 年，GDP 达 3.35 万亿美元，财政收入达 6.85 亿美元，分别居世界第 3 和第 2 位。中国出口总额超过德国，成为世界出口的冠军。2010 年，中国的 GDP 有望超过日本，成为仅次于美国的全球第二大经济体。

但应该看到，中国产业层次不高，占领世界科技制高点的产品不多，产业结构不合理，产业制度特别是产业所有制不健全，产业总体质量和经济效益不太高的问题同时存在。人均 GDP 和国民收入比较低，产业建设发展的基础薄弱，民族工业和内生产业的发展始终受到战略性的严峻挑战。2009 年，在世界各国人均国民生产总值排名中，中国以人均 1100 美元排名 109 位，与排名第一位的卢森堡相差 42840 美元，与排名第四位的美国相差 36510 美元。

2009 年，我国的一、二、三产业的比重是 10.6：46.8：42.6，而美国是 1：20.4：78.6，日本是 2.1：37.3：60.4，特别是我国工业产业结构比较单一，分层次、多样化、各具特点的工业生产体系远未形成。

我们认为，中国现代产业建设必须注重战略性、系统性、市场性、主体性、创新性、效益性。所谓战略性，就是要注重中国产业建设的战略思想、战略环境、战略目标、战略重点、战略阶段和战略对策的研究和实践。所谓系统性，就是要建设现代产业体系，包括工业、农业、服务业、基础和能源产业、科技和信息产业、文化产业等，形成结构合理，科技文化含量高的产业聚群，提高中国产业体系的综合竞争力。所谓市场性，就是要坚持改革开放，充分发挥市场配置资源建设产业的作用。提高市场化水平和国际市场竞争力，主动参与国际产业市场分工，增加国际市场产业份额。所谓主体性，就是要充分发挥企业和事业单位在产业建设中的主体作用。发展市场经济的主体是企业和事业单位，发展现代产业的主体也必然是企业和事业机构。在产业建设中必须注重培养高素质的企业和事业机构，不断提高企业和事业单位管理者以及员工的整体素质。所谓创新性，就是通过大力推进产业的科技创新，包括吸收转化创新和原始创新，占领高新科技制高点，提高产业和产品的核心竞争力。所谓效益性，就是要通过加强管理，提高产业素质和产品质量，以最少的能耗获取最大的效益。提高产业建设的整体效益，包括经济效益、社会效益和生态效益。

其次，谈谈制度兴国。我们这里说的制度，是指国家在一定历史条件下形成的政治、经济、文化、社会的运行规则和模式。制度的本质在于调节相关关系，包括调节人与自然、人与社会、人与人之间的关系，其功能在于激励和约束。一方面激励以人为主体的各种社会要素的发展，另一方面约束和消除不利于发展的各种因素。人类社会发展包括各国发展的历史，从根本上讲是制度变迁史。国家衰于制度，兴于制度。国家的复兴，从根本上讲在于制度的设计和安排。1949 年后，两次大的制度变革使我国走向复兴之路。一次是新中国的建立确立了社会主义的基本制度；一次是 1978 年后的改革开放确立了中国特色社会主义道路。大家翻开历史看一看，新中国制度建设使中国人民走出了积贫积弱、毫无尊严的困境；改革开放使中华民族走向复兴，人民过上了有尊严的生活。中国历史上出现的兴盛时期无不是制度变革的结果。中国第一个封建王朝——大秦帝国为什么能席卷天下，包举宇内，囊括四海，并吞八荒？乃制度变革使然！在战国七雄纷争的时代，秦国任用商鞅实行变法，废井田、奖耕织、赏军功、建县制，由于新法适应了当时的经济社会发展，从而为秦国的富民强国和统一全国奠定了坚实的基础。世界大国的崛起也无一不是制度变革的结果。大家都知道，18 世纪下半叶，工业革命首先发生在英国。一说到它，人们所想到的往往是生产的增长以及物质财富的剧增，这使得英国一度成为世界霸主。那么，大家是否想过工业革命为什么会首先在英国发生？我认为一个重要的原因是制度的变革。早在 1688 年，英国就完成了"光荣革命"，通过了《权利法案》，实现了君主立宪制，这一制度与当时欧洲大陆的专制制度相比，环境更加宽松、自由和开放，从而为英国迅速发展资本主义提供了条件。而此时的中华大地正在忙于一次政治大轮回，大明王朝的末代皇帝在北京煤山自尽，清兵入主关内，建立了中国最后一个封建王朝。这是两个性质上完全不同的事件，中国是传统的改朝换代，正是"百代犹行秦法政"，而英国则是资产阶级革命，为资本主义的确立开辟了道路；中国只是换了一个"坐天下"的姓氏，而英国换了一种国家管理和发展模式；中国仍停留在封建社会，仍在"黑屋子"里大兴"文字狱"，而英国已经迈进了近代并向现代飞奔。中国与英国的差距也从此逐渐拉开，到 18 世纪末，中英制造业所拥有的世界份额比达到了 6：16。我们认为，党和政府肩负的根本使命是通过制度设计和安排来锻造国家机器。也就是说，要把建设在全国和全球范围内，有利于充分调动人的积极性和创造性，有利于充分整合、高效利用各种发展要素，有利于充分涌流各种物质财富和文化财富的体制机制，作为党和政府的使命和责任。1978 年，我们党召开具有重大历史意义的十一届三中全会，开启了改革开放历史新时期，进行了各方面体制改革，使我国成功实现了从高度集中的计划经济体制到充满活力的社会主义市场经济体制的伟大历史转折。从那时起，中国共产党人和中国人民以一往无前的进取精神和波澜壮阔的创新实践，谱写了中华民族自强不息、顽强奋进的壮丽史诗，中国人民的面貌、社会主义中国的面貌、中国共产党的面貌发生了历史性变化。实践充分证明，并将进一步证明：改革开放是决定当代中国命运的关键抉择，是发展中国特色社会主义、实现中华民族伟大复兴的必由之路；只有社会主义才能救中国，只有改革开放才能发展中国、发展社会主义；改革开放符合党心民心、顺应时代潮流。改革者是民族的脊梁、国家的忠臣、社会的功臣。大学生要培养反思意识和变革精神，我们要以崇高的志向和博大的胸怀自觉融入到改革开放的洪流之中，走进改革者的行列，成为时代的先锋。

纵观国际国内的改革历史，成功的改革一般都坚持以人为根本，发展为主题，民主为核心，和谐为基础的价值取向；都坚持人的身份社会化、收入分配绩效化、社会保障公平化和运行管理法制化的基本方向。改革始终坚持把人民群众作为改革实践的主体，充分依靠、调动人民群众改革的积极性、创造性，实现好、保护好、发展好人民群众的根本利益。始终坚持把发展作为第一要务，通过改革促进生产力的发展，促进经济、政治、文化、社会的全面发展。始终坚持推进民主政治建设，不断扩大人民群众的知情权、选举权、参与权、决策权、监督权，促进社会的民主、平等和人的自由全面发展。始终坚持把稳定作为推进改革的基础，切实加强法制建设，调整好各阶层利益关系，确保政治稳定和社会稳定，构建和谐社会环境。

要实现中华民族的伟大复兴，我们一定要坚定不移地坚持改革开放，着力构建充满活力、富有效率、更加开放、有利于科学发展的体制机制。第一，进一步深化经济体制改革，完善和发展社会主义市场经济体制。进一步巩固和发展公有制经济，鼓励、支持和引导非公有制经济发展；完善国有资产管理体制，深化国有企业改革；深化农村改革，完善农村经济体制；完善市场体系，规范市场秩序；继续改善宏观调控，加快转变政府职能；完善财税体制，深化金融改革；深化涉外经济体制改革，全面提高对外开放水平；推进就业和分配体制改革，完善社会保障体系；深化科技教育文化卫生体制改革，提高国家创新能力和国民整体素质；深化行政管理体制改革，完善经济法律制度。第二，进一步深化政治体制改革。坚持和完善社会主义民主制度，保证人民依法实行民主选举、民主决策、民主管理和民主监督，享有广泛的权利和自由，尊重和保障人权；加强社会主义法制建设，坚持有法可依、有法必依、执法必严、违法必究，维护社会和谐稳定；改革和完善党的领导方式和执政方式；完善深入了解民情、充分反映民意、广泛集中民智、切实珍惜民力的决策机制，推进决策科学化、民主化；深化行政管理体制改革，形成行为规范、运转协调、公正透明、廉洁高效的行政管理体制；深化干部人事制度改革，努力形成广纳群贤、人尽其才、能上能下、充满活力的用人机制，把优秀人才集聚到党和国家的各项事业中来；加强对权力的制约和监督，建立结构合理、配置科学、程序严密、制约有效的权力运行机制，从决策和执行等环节加强对权力的监督，保证把人民赋予的权力真正用来为人民谋利益。第三，进一步深化文化体制改革，根据社会主义精神文明建设的特点和规律，适应社会主义市场经济发展的要求，推进文化体制改革。一要健全公共文化事业发展体制，繁荣大众文化，为全民提供公平的文化生活，提高全民文化素养。二要培育文化市场主体，要进行文化事业单位的分离式、整体式、股份式的改革，重塑国有文化企业的主体，把文化产品的生产交给企业、让给市场；要进行整体式的事业转企业的改革，要引进国际国内民间资本进行改造。三要整合文化机构和资源，积极推进区域内和跨行政区域的文化机构和文化资源整合，提高文化事业和文化产业发展的质量和效益。四要加强文化法制建设，加强政府对文化事业和文化产业发展的宏观管理，理顺政府和文化企事业单位的关系。五要建立健全国有、民营和股份制文化企业平等竞争、共同发展的体制机制，充分调动文化工作者的积极性、主动性和创造性，使各类文化艺术人才和艺术精品充分涌流。

　　第三，谈谈素质强国。一个国家的强大不取决于她的疆域有多大、人口有多少，而取决于人口素质有多高。葡萄牙、西班牙两国的总面积与云南相当，当时两国人口不及400万，却一度瓜分了整个地球，因为什么？是因为人的高素质。葡萄牙、西班牙崛起时，欧洲大陆仍然笼罩在教皇的宗教统治下，人们的思想被禁锢在宗教教义中，人们普遍认为"地球是圆的"是离经叛道的怪论，但葡萄牙、西班牙的上层精英人士却普遍相信"地圆学说"，像麦哲伦、哥伦布等具有冒险精神的开拓者以"地圆说"为指导，以百折不挠的精神开辟了通往东方的新航道。抛开殖民掠夺的性质不谈，他们拉开了地理大发现的序幕，改变了人类的知识结构，加快了人类文明的进程，使本来互相隔绝的世界各地连为了一个整体，地球从此开始变为了一个"地球村"。试想，葡萄牙、西班牙的精英们如果没有崇尚科学、勇于探索的素质，会有两国的崛起吗？会有新大陆的发现吗？答案是不言而喻的。以色列为什么能立于群敌之中而不败？同样是因为犹太人的素质高。公元 73 年犹太民族国家被罗马帝国灭亡后，到处遭受迫害，只好四处逃避。在近两千年的恶劣环境下，犹太人逐渐形成了一种生活哲学——勤奋改变命运，智慧成就人生。全世界诺贝尔获奖者 605 人，占世界人口总数 0.3% 的犹太人就有 174 人获得了诺贝尔奖，占诺贝尔奖的 28.5%。占美国总人数 2.3% 的犹太人却操纵着美国 70% 的财富。国家的素质主要体现在以人的素质为根本的经济素质、军事素质、科学素质、环境素质上。第一，不断提高国民素质。一个国家要强大，一要有高素质的战略家，二要有高素质的公民。德国历经两次世界大战，却都能在战争的废墟上迅速崛起，所依靠的是一种积极进取、不屈不挠并且勇于争先的民族再生力。他们这种再生力得益于两个人：一个是有"铁血宰相"之称的俾斯麦，一个是有"德国缔造者"之称的威廉一世。在他们的强力推进下，日耳曼民族具有了勇武、严谨、崇尚科学和技术的民族特性。因此，历史是人民创造的，也是精英推动的。我们要有素质危机意识和提高素质的紧迫感，要千方百计提高我国国民素质，包括精神素质、道德素质、文化素质、科技素质、法律素质和身心素质。我们要有自强不息、厚德载物、诚信务实的精神和道德素质；要有富于智慧和创造力的科技文化素质；要有坚守公平、正义，知法、守法的法律素养，要有健康心理、健康体魄。第二，不断提高经济素质。要不断提高国民经济素质、微观经济素质和宏观经济素质。也就是说，政府要提供给每一个国民就业的充分条件，增强每一个国民的经济意识，提升每一个国民创造财富的基本条件和实际能力。提高一个国家的宏观经济素质，主要是通过经济制度的设计和安排，一方面培育市场经济，促进自由竞争，增强经济活力，增加经济总量，改善经济结构，提高经济素质；另一方面加强宏观经济管理，促进有序竞争和社会公平，创造良好的经济环境。提高微观经济素质，主要是创造企业发展的环境，巩固和发展企业在市场经济中的主体地位，充分调动企业管理者和员工的积极性和创造性，增添每一个企业、每一个国民经济细胞的活力。提高经济素质必须千方百计提高企业管理人员和员工的素质，千方百计增加产业和产品的文化含量和科技含量，千方百计提高企业管理水平和政府管理经济的能力。第三，提高军事素质。"兵者，国之大计"。国无军不宁，国无军不强，富国和强军的统一是国家强盛的最大战略。国家军事力量的强大是由军事素质所决定的。国家军事素质是由军事理论素质、军事技术素质、军事组织素质、军事管理素质、国民国防素质等所构成。中国应适应世界军事发展新趋势和国家发展新要求，坚持思想建军、依法治军、科技强军。培养军事思想家、战略家和富有国家忠诚感、民族责任感的军人。深入进行新军事变革，创造有利于军事要素高效整合，部队官兵积极性、创造性充分发挥，战斗力不断提高的军事管理体制机制。加快机械化和信息化的复合发展步伐，全面强化军事训练，全面建设现代后勤，切实转变战斗力生成模式。吸取国际国内军事建设的经验教训，目前我们应注重改变军事建设中战场变市场、打仗变打杂、训练变训化的倾向。第四，提高环境素质。环境素质包括社会环境、生态环境和国际环境。要加强社会利益关系调整和社会有效控制，努力建设公平正义、有序竞争、文明安全的社会环境。生态环境是人类生存和发展的基本条件，是经济、社会发展的基础。生态环境建设要坚持小流域综合治理与生态修复相结合，梯田建设与径流控制相结合，工程措施与生物措施相结合，建设祖国秀美山川。要加强国际环境建设，确保我国国防、经济、文化、政治安全，维护国家主权和领土完整，实现海峡两岸和平统一，通过和平发展实现中华民族伟大复兴。

二、中华民族伟大复兴的战略方式

用什么样的方法和形式来使战略思想付诸实施？我们认为，主要抓四个方式的转变。一是思维方式的转变；二是发展方式的转变；三是生活方式的转变；四是管理方式的转变。

首先，谈谈思维方式的转变。思维是人类的花朵，是民族文化素质的集中体现。思维水平决定着一个民族的智慧程度。一个国家的强盛取决于民族的智慧。我们这儿说的思维方式就是思维主体在实践活动基础上借助于思维形式认识和把握对象本质的某种手段、途径和思路，并以较为固定的、习惯的形式表现出来。我们要从封闭、保守、崇圣、单一、求全、顺向的传统思维方式的禁锢中解脱出来，努力培养中华民族的辩证思维、逻辑思维、战略思维、创新思维、多元思维、逆向思维、差异思维。培养全球和未来战略意识，增强建设创新型国家意识，多元化、差异性发展意识，增强危机意识和开放兼容意识。

其次，谈谈发展方式的转变。我们所说的发展方式转变是狭义的发展方式转变，主要是讲经济发展方式的转变。加快转变经济发展方式，要紧紧围绕推动产业结构优化升级，全面提高经济素质来进行。要坚持走新型工业化道路，坚持扩大国内需求特别是消费需求的方针，促进经济增长由主要依靠投资、出口拉动向依靠消费、投资、出口协调拉动转变，由主要依靠第二产业带动向依靠第一、第二、第三产业协同带动转变，由主要依靠增加物质资源消耗向主要依靠科技进步、劳动者素质提高、管理创新转变。发展现代产业体系，大力推进信息化与工业化融合，促进工业由大变强，振兴装备制造业，淘汰落后生产能力；提升高新技术产业，发展信息、生物、新材料、航空航天、海洋等产业；发展现代服务业，提高服务业比重和水平；加强基础产业基础设施建设，加快发展现代能源产业和综合运输体系。确保产品质量和安全。应大力鼓励发展具有国际竞争力的大企业集团。

第三，谈谈生活方式的转变。我们谈的"生活方式"一般指人们的物质资料消费方式、精神生活方式以及闲暇生活方式等内容。它通常反映个人的情趣、爱好和价值取向，具有鲜明的时代性和民族性。生活方式是人的"社会化"的一项重要内容，决定了个体社会化的性质、水平和方向。生活方式是一个历史范畴，随着社会的发展而变化。生活方式的转变对促进经济发展方式和社会发展方式的转变起着重要促进作用。经济全球化和改革开放的不断深入，带来经济发展和国民收入的增加，对国民生活方式的转变提出了新的、更高的要求。现在物质丰富，精神贫乏；穷不出精神，富不出素质等现象从领导干部到一般百姓都不同程度的存在。比如：腰缠万贯不会买牙刷漱口，身无分文酒醉如泥，手握权力吃喝嫖赌，算命卜卦为发财升迁，无理性消费等等。这些愚昧落后、违法、无理性的生活方式不但造成物质财富的巨大浪费，也造成人性的异化。物质贫困当然不是社会主义，精神空虚也不是社会主义！全社会都应该转变生活观念，崇尚科学、文明、健康的生活方式。提倡节俭、卫生、雅致、理性的生活行为，弘扬艰苦创业、无私奉献、公平正义的生活价值，使每个公民过有尊严的生活，提高生活品味，提高社会化程度，从而提高整个社会的文明水平。

第四，谈谈管理方式的转变。我们这里说的管理方式包括国家宏观管理和部门机构微观管理的方式，包括对国家、政治、经济、文化、社会实施管理的管理思想、管理体制、管理手段、管理方法和管理程序等内容。我们认为，管理方式应从以物为本转为以人为本，从运动式管理转为制度性管理，从单一手段管理转向复合手段管理，从粗放管理转向精致管理，从结果管理转向过程管理。始终坚持以人为本的管理思想，提高人的素质，调动人的积极性和创造性，实现好、保护好、发展好人的利益，促进人的全面发展，改变见物不见人、管物不管人的倾向；始终坚持法制建设，依法治国，依规管理，法制面前人人平等，规约面前人人遵守，改变口号式、运动式的管理方法；始终坚持运用行政、法律、经济、科技等综合手段加强管理，逐步改变单一行政管理模式；始终坚持精细、精确、精致的具体管理方法，改变粗放而原则化的抽象管理方法；始终坚持全过程的目标管理，改变简单的结果评价管理方法。最终全面推进国家的民主管理、科学管理和依法管理。

三、中华民族伟大复兴的战略根本

实现中华民族伟大复兴的根本在人，在人的素质。教育是使人成其为"人"，使人成为有素养的人，使人成为有价值的人的神圣事业。世界大国的崛起无一不是以教育的振兴为基础的。我们的近邻日本，可以说是一个"求知于世界"的典范。历届日本政府非常重视引进先进的文化知识和教育体制机制，重视对教育的投入。早在1872年，日本就实行了8年免费义务教育制度，到1901年，日本小学的入学率就已经达到97.8%，从1920年开始，日本投入到教育领域的经费就占到政府总开支的40%，即使在二战时期，都没有降低这一标准，这也是弹丸之地的日本为什么能崛起的根源所在。中华民族有尊师重教的优良传统，我国教育处在大发展、大变革、大跨越的时期，建设了有中国特色的社会主义教育体系，探索了中国特色社会主义教育发展道路。

中华民族伟大复兴的根本战略是教育振兴战略。国务院刚刚通过的《国家中长期教育改革和发展规划纲要》的目标非常明确："到2020年，基本实现教育现代化，基本形成学习型社会，进入人力资源强国行列。"因此，实施教育振兴战略必须高扬现代教育的旗帜，所谓现代教育，就是以人为本，以教育公平为基础，以价值教育为灵魂，以能力教育为关键，以制度教育为保障，适应当代社会发展需要，引领时代不断进步的教育。现代教育具有人本性、公平性、开放性、切实性、创新性等特点。发展现代教育要着力于现代教育体系建设、现代教育价值建设、现代教育体制建设、学校现代管理、领导能力建设。

首先，加强现代教育体系建设。构建现代教育体系，要努力构建包括基础教育、职业教育、高等教育、继续教育及教育经费保障机制、教师保障机制和民众享受教育权利保障机制在内的现代教育体系。普及和巩固义务教育，实施基本普及十五年教育计划（学前三年、小学六年、初中三年、高中三年），促进义务教育均衡发展，加快普及高中阶段教育，大力发展职业教育，着力提高高等教育的质量，大力发展远程教育和继续教育，切实加强学前教育，关心特殊教育，全面实施能力素质教育，形成有机循环、健康互动的国民教育体系和终身教育体系。建设一支富有忠诚之志、大爱之心、智慧之光的教师队伍。进一步落实教育优先发展的战略，加大对教育的投入。加强和完善教育惠民政策，建立健全人人享有受教育权力的体制机制。

其次，加强现代教育价值建设。教育价值高于一切价值！教育使人类进化，教育使人类发展，教育使人类智慧，教育使人类崇高。而现在教育存在的无限膨胀的工具性、功利性、世俗化、官场化严重背离了现代教育价值的本质要求。要围绕建设社会主义核心价值体系的目标建设现代教育价值。现代教育的根本价值应该是教真育爱，教育的终极价值是使人成其为"人"，使人幸福。所谓教真，就是教育要教导真理，追求真理，传承真理，使受教育者热爱真理，求取真知，做真人，做真事。所谓育爱，就是教育要培育受教育者的爱心：爱自己，爱他人，爱团体，爱党，爱国家，爱民族，爱社会，爱人类，爱自然。追求教育终极价值，必须从家庭教育、学校教育、社会教育全面展开，要从每一个老师、每一个学生、每一个家长自身的追求开始。要广泛开展生命教育、生存教育和生活教育，通过生命教育，使受教育者认知生命、尊重生命、珍爱生命、敬畏生命。不但认知和珍爱自然生命，更认知和珍爱社会生命和精神生命。不但认知和珍爱人类的生命，还要认知和珍爱自然界其他物种的生命。不但认知生，也要认知死，不但认知生的意义，也要认知死的价值。通过生存教育，使受教育者知道什么是有意义的生存，怎样进行生存，提高适应能力、生存能力、发展能力和创造能力。通过生活教育，使受教育者知道什么是生活，怎样去有意义地生活，从而热爱生活，奋斗生活，幸福生活。不但追求个人的幸福，还要追求家庭的幸福、团体的幸福、国家的幸福、民族的幸福、世界的幸福。通过以"三生教育"为主题的现代教育价值体系建设，使教育认识世界、改造世界、幸福世界的价值功能融为一体，使教育的理想价值、实用价值、个人价值、社会价值有机统一。

第三，加强现代教育体制建设。建设现代教育体制，要坚定不移地推进改革开放，建立与社会主义市场经济体制相适应、同经济社会发展要求相适应的，自由竞争、富有活力、高效而又公平的教育体制。要着力推进办学体制、教育管理体制、考试评价体制、受教育者权益保障体制和教育行政管理机构的改革。推进政校分开、管办分离的进程。进一步明确党委、政府管理办学机构主要负责人以及办学评估和办学资金拨付机构的责任；积极推进教育决策的科学化、办学机构人员身份社会化和聘用市场化、办学管理民主化和法制化、收入分配绩效化。全面落实学校办学自主权，教育和有关行政部门要树立服务意识，改变直接管理学校的方式，促使学校充分行使办学自主权，真正成为办学主体，成为自我发展、自我约束的责任主体。要变革办学体制，完善和规范以政府投入为主，多渠道筹措资金的教育投入体制。实施引资办教和引智入校战略，大力发展民办教育，形成公办学校和民办学校共同发展的格局。完善国家和社会资助家庭经济困难学生的制度，建立保障国家和省各项教育惠民政策全面落实的机制。建立全方位、多层次、宽领域的与国内国际开展教育合作与交流的体制机制，吸引国际国内优质教育资源。深化教育行政管理机构改革，围绕建设能力型、服务型、和谐型、清廉型机关，建设教育行政机关管理制度。

第四，加强学校现代管理。要以现代管理理念和现代管理方式大力推进学校的科学管理、民主管理和依法管理。加强学校的基础管理、全程管理和系统管理。确立师生员工在学校管理中的主体地位，建立完善的内部管理机制，发挥社会舆论监督对学校的管理作用。切实加强学生学风、教师教风和领导者服务作风"三位一体"的校风建设。全面加强学校文化建设，确立学校正确的价值取向、行为导向、精神方向。

第五，加强领导能力建设。学校是人民心中永远的丰碑，教育应该成为领导干部挥之不去的情感。领导干部要加强对现代教育知识的学习，增强现代教育意识，提高领导现代教育的能力。各级党委、政府要把发展现代教育置入优先发展的战略地位，自觉肩负起发展现代教育的历史责任。进一步增强全民教育意识，弘扬尊师重教的良好社会风尚，创造发展现代教育的良好社会环境。大学生要增强教育意识，加强自主教育，承担家庭教育、社会教育、学校教育、终身教育的历史使命。

老师们、同学们，实现中华民族伟大复兴是我们共同肩负的历史使命，更是当代大学生矢志不移的崇高追求。我们衷心希望同学们按照社会主义建设者和接班人的素质要求，全面加强精神道德素质修养、文化科技素质修养、审美和健康素质修养，以独立之人格，高尚之情操，深邃之智慧，健康之体魄，创新之能力，为中华民族的伟大复兴而奋斗。

老师们、同学们，没有危机感就是最大的危机，不迎接挑战就是最大的挑战。实现中华民族的伟大复兴面临着难得的国际机遇，也面临着巨大的全球挑战，这就需要我们不断增强危机意识和应对挑战的能力，万众一心，励精图治，开拓创新。

老师们，同学们，我们坚信，有伟大的国家，有伟大的人民，中华民族一定能实现伟大复兴。

实施"三生教育" 建设现代教育价值
——在中国生命、生存、生活教育论坛上的演讲

2009 年 5 月 29 日 人民大会堂

各位领导、各位专家、各位朋友：

下午好！

今天，群贤相聚，在庄严而神圣的地方共同探讨中国生命、生存、生活教育这一现代教育价值建设的重要命题，具有非常重要的现实意义和深远的历史意义。我对大家的拨冗光临表示热烈欢迎！对支持举办这个活动的各部门、各单位表示衷心的感谢！

纵观现代教育历史，任何一个国家的教育无一不围绕着价值教育、能力教育和制度教育而展开，其中，价值教育是灵魂，能力教育是核心，制度教育是保障。教育价值的流失会导致教育本真的丧失，动摇民族价值体系的根基。因为教育价值是一个国家、一个民族的时代精神和文化精髓，我国的教育价值建设是社会主义核心价值体系建设的基石。"切实把社会主义核心价值体系融入国民教育和精神文明建设全过程，转化为人民的自觉追求。"是党和国家新时期建设社会主义核心价值体系的基本要求。在中共云南省委、云南省政府的正确领导下，我们云南积极探索社会主义核心价值体系融入国民教育，努力建设现代教育价值体系的正确思路和有效途径。作出了"在各级各类学校以科学发展观为指导，以建立现代教育价值体系为目标，全面实施生命教育、生存教育和生活教育，树

立正确的世界观、人生观和价值观"的决定。一年多的实践证明，实施"三生教育"有广泛的社会教育基础，有鲜明的时代教育特征，有深远的教育价值意义。

我们所探索和实践的"三生教育"，是通过教育的力量，使受教育者树立正确的生命观、生存观和生活观的主体认知和行为过程。"三生教育"相辅相成，体现着现代教育价值体系的基本构架。生命教育是基础，生存教育是根本，生活教育是目标。通过生命教育，帮助学生认识生命，尊重生命，珍爱生命，主动、积极、健康地发展生命，树立正确的生命观，实现自然生命、精神生命和社会生命的价值；通过生存教育，帮助学生学习生存知识，提高生存能力，保护生存环境，把握生存规律，培养生存意志，树立正确的生存观；通过生活教育，帮助学生认知生活，热爱生活，奋斗生活，幸福生活，树立正确的生活观。最终使现实的个体生命、生存和生活转化为理想的社会生命、社会生存和社会生活。我们在实施"三生教育"的过程中，要注重认知教育、体验教育和感悟教育相统一，注重学校教育、家庭教育、社会教育相结合，形成教育合力。

我们始终认为，教育是以人为主体的教真育爱的社会活动过程，是人对人的主体间的知识传授、生命本质领悟、意志行为规范和社会文明传承的活动过程。教育的最终价值是使人成其为"人"，使人有全面教养，使人能全面发展，淳民强国，使人类走向幸福。教真理、学真知、做真人、行真事，爱自己、爱他人、爱团体、爱民族、爱国家、爱党、爱社会、爱自然，是教育的根本价值。"爱"的智慧在教育中培养，"真"的能量在教育中释放。教育是最具生命、生存和生活的本真事业。"三生教育"自觉融入到每个学生成长的过程中，实践了教育的本质，体现了教育的价值。实施"三生教育"，体现着全面贯彻党的教育方针和建立社会主义核心价值体系的要求，实践着素质教育和德育工作的基本任务。

"三生教育"推动着现代教育事业的科学发展。现代教育具有人本性、公平性、和谐性、社会性、开放性、务实性、创新性等特点。这些特点都反映着"人"的本体价值和社会价值，体现着教育价值和教育功能的统一，体现着人文精神与科学知识的统一，体现着教育认知性、体验性、逻辑性和历史性的统一，在建设社会主义核心价值体系的共同思想基础上，实现教育价值建设过程化、系列化、制度化的有机统一，应是21世纪现代教育的新理念。我们理解的现代教育，从本质上讲，应是排斥教育的工具性和功利性的教育。生命即教育，生存即教育，生活即教育。人的本体价值和社会价值以及人的现实价值和理想价值，都集中体现在人的生命、生存和生活的演进过程中。现在普遍存在的与党和国家推行的素质教育相背的片面的应试教育、绝对的知识教育、单纯的生存教育，以社会消融个人的思维方式来认识和培养人，在教育过程中把人与生活相割离，把人抽象化、静态化、同质化，忽略了"人"自身作为社会主体的独立性、动态性、自由性和发展要求，束缚、限制甚至窒息了人对自身生命、生存和生活主体性的发挥和发展。"三生教育"应用教育的手段，把人真正引向生命领域，引向生存世界，引向生活未来，是真理教育、能力教育、自由教育、尊严教育。从这个意义上讲，实施"三生教育"的目标指向在于围绕建设社会主义核心价值体系，建设现代教育价值，塑造高尚教育精神，促进现代教育事业科学发展。

"三生教育"应成为认知性、体验性和创新性很强的育人事业，应成为使学生知生理、调心理、明伦理、懂哲理、晓事理的认知和行为过程，应成为学校教育、家庭教育和社会教育有机统一的系统工程。我们应从历史、现实与理论三个维度，从哲学、心理学、社会学、伦理学、文化学和信息技术学等不同的视角来探索和实践

"三生教育"。我们应从加强组织领导，加强教师队伍建设，充分发挥学生主体积极性，有效整合教育教学资源，探索和实践"三生教育"。我们应从科学设计课堂教学、体验教学、教材完善提升和推广运用、建设教育评价体系、深入研讨和舆论宣传等来推进"三生教育"。思想理念是旗帜，如果没有制度做保障，就如同插在沙滩上一样，经不起风吹浪打。"三生教育"作为构建现代教育价值体系的一项重要事业，必须以制度做保障。应建立"三生教育"领导保障、教师保障、经费保障、课程保障和实践保障制度，建立学校、家庭、社会沟通协调保障制度，使"三生教育"进入我国国民教育体系，纳入国家法治轨道。

各位领导、各位专家、各位朋友，任何事业发展的希望都在于众望。实施生命、生存和生活教育，构建现代教育价值，建设社会主义核心价值体系，乃众望所归，更是我们矢志不渝的追求。我们决不辜负社会希望，自觉肩负时代使命，积极探索、深入实践、不断升华"三生教育"，使"三生教育"在我国现代教育事业改革和发展进程中不断放射出炫丽的光彩。

谢谢大家听取我的发言！欢迎大家到云南指导！

图书在版编目（CIP）数据

教育的逻辑／罗崇敏著．—北京：人民出版社，2010

ISBN 978 - 7 - 01 - 009384 - 0

Ⅰ.①教…　Ⅱ.①罗…　Ⅲ.①教育理论　Ⅳ.①G40

中国版本图书馆 CIP 数据核字（2010）第 207364 号

教育的逻辑 *Jiao Yu De Luo Ji*

作　　者	罗崇敏	
责任编辑	姚劲华　车金凤　苏向平	
出版发行	人 民 出 版 社	
	（100706　北京朝阳门内大街 166 号）	
网　　址	http://www.rmsh.ccpph.com.cn	
经　　销	新华书店	
印　　刷	北京瑞古冠中印刷厂	
版　　次	2011 年 1 月第 1 版	
	2011 年 1 月北京第 2 次印刷	
开　　本	710 毫米×1000 毫米　1/16　印张　16	
字　　数	200 千字	
书　　号	ISBN 978 - 7 - 01 - 009384 - 0	
定　　价	32.80 元	